彼岸的风景

柳笛 著

陕西新华出版
太白文艺出版社·西安

图书在版编目（CIP）数据

彼岸的风景 / 柳笛著. -- 西安：太白文艺出版社，2024.4
ISBN 978-7-5513-2596-7

Ⅰ. ①彼… Ⅱ. ①柳… Ⅲ. ①散文集－中国－当代 Ⅳ. ①I267

中国国家版本馆CIP数据核字（2024）第060664号

彼岸的风景
BI'AN DE FENGJING

作　　者	柳　笛
责任编辑	蔡晶晶
封面设计	幸运草
版式设计	建明文化
出版发行	太白文艺出版社
经　　销	新华书店
印　　刷	三河市腾飞印务有限公司
开　　本	889mm×1194mm　1/32
字　　数	186 千字
印　　张	10.25
版　　次	2024 年 4 月第 1 版
印　　次	2024 年 4 月第 1 次印刷
书　　号	ISBN 978-7-5513-2596-7
定　　价	59.00 元

版权所有　翻印必究
如有印装质量问题，可寄出版社印制部调换
联系电话：029-81206800
出版社地址：西安市曲江新区登高路 1388 号（邮编：710061）
营销中心电话：029-87277748　029-87217872

目录

01　巨石之舞

12　水上精灵

19　高迪的梦幻之乡

35　黑色古堡

56　沉寂在历史深处

76　佛罗伦萨掠影

88　洗浴之城的诗意浪漫

106	在海边演奏的西贝柳斯
118	紫铜、阳光与花岗岩的交响
128	布拉格遇见卡夫卡
153	斯美塔那的伏尔塔瓦河
170	沉船之谜
184	峡湾神驹
196	秘境的诱惑
225	巴德岗：中世纪的现代之美
250	绝壁上的圣地
262	敬礼，彼得格勒!
275	别样小樽别样情
287	沉醉在那片蓝蓝的海
298	走在最美地球表面
307	风雪弥漫少女峰
319	后记

巨石之舞

当汽车疾驰在威尔特郡索尔兹伯里平原,满目碧绿的草地像大海荡漾于眼前,起伏的地势犹如涌动的海浪,车子酷似海中的小船,随着地势的起伏而升腾跌宕。在车上人昏昏欲睡的沉闷中,忽然,一组巍峨的巨石呈环形屹立在绿色的旷野间,车上的同行者立马兴奋起来,探身争先观望这困扰人类千余年的不解之谜——英格兰的巨石阵。

从远处看去,这组使世界考古学界困惑的巨石阵并没有那么巍峨震撼,在一片平坦的原野上,一圈青色的圆形石林平静地矗立着,像一座巨大的蒙古包骨架,被拆去了洁白的篷布,在蓝天下赤裸地坚守着那份衰老。走近,才觉得这直径近百米的巨石圈,尽管历经了五千年的风雨沧桑,身上已是斑驳陆离,但它们不因沧桑而自卑,不因衰老而颓败,那敦实厚重的躯体,坚挺着刚劲的脊梁,让人在它们面前生出荡魂摄魄的震惊。

我走在参观的步道上,端详着这远古的奇迹,凝视着它们倔强而伟岸的身躯。它们高耸的身体,以任凭风吹雨淋、我自岿然不动的自负,巍然屹立于脚下厚重的土地上。它们有的茕茕独立,直挺着数十吨的身躯,一副独步天下的傲慢;有的并肩而立,勠力同心,头顶10吨重的悬石,好似伉俪情深;有的以50吨粗重的腰身,托起20吨的横梁,形成一座拱门,威风凛凛;有的头顶石楣悬梁,相互之间榫卯相连,构成马蹄形状,情同手足;有的躺卧在地,像是疲惫后的休憩;更引人瞩目的是中心线上的五组三石塔,形成奇妙的同心圆,构成紧凑的合围中心,释放出群威群胆的自信……这些巨石构成一组组不同的造型,正用一种不屈不挠的信念,散发着固执的远古情调和神秘的智慧气息。它在这里矗立了五千年的时光,却始终像是一个幽灵,留给人们无尽的猜测和惶惑,诡秘的冥思和臆想。

对于英国的建造史和考古史而言,1130年3月末的那天,必定是值得永存史册的记忆。一位叫詹姆斯的神父在外出布道时,走过威尔特郡索尔兹伯里平原。这里地势平坦略带缓坡,沃野千里却十分偏僻,附近几乎没有人居住,只有春风、绿草和小花陪伴着他的步履匆匆。此时正是日落时分,夕阳给草原镀上了一层金黄。在詹姆斯神父歇脚抬头远望的时候,一座静静躺在平原上的由巨石组成的圆形石阵进入他的眼帘。詹姆斯满怀好奇地走到巨石阵跟前。这时太阳已经落到地平线附近，他忽然看见太阳光从两块巨石之间的狭小缝隙中射进，一束阳光准确地照在对面的另一块巨石正中央，无比精确。神父惊呆了，作为一个神职人员，虽然他不懂考古学，不懂天文学，但他知道这绝对不是偶然现象，这里一定隐藏着远古时代不为人知的密码。他的心里涌起无名的激动。但那时天色已晚，四处无人，他只能草草地记录下巨石阵的位置、形状和分布后，匆匆离开了这里。从此以后，由巨石构成的奇特遗迹走入了考古学家、天文学家、神学家的视野。

据此后英国考古学家多年不懈的考证，巨石阵于公元前3150年就已开始建造，距今已有5000多年的历史。在古埃及人用巨石兴建金字塔前的大约四个世纪，在英格兰南部索尔兹伯里平原上的另一群人，已经用同样的材料建起了宏伟壮丽且神秘的建筑。而这座建筑使用的石块之大、分量之重，建筑难度之高，完全超出了那个年代的建造能力，巨石建筑者所具有的力量和智慧，完全超越了此后四五个世纪的古埃及人。

经过考古学家几个世纪对巨石阵细致入微的勘察，对扑朔迷离史前文明的昼思夜想，对卷帙浩繁资料的探颐索隐，得出了这样的结论：巨石阵这座浩大的工程经历三个时期才得以完成。公元前 3150 年，巨石阵开始了第一阶段的修建。建造者先在环沟的外侧斜置了一些石块，在环沟内侧修建了土坛，坛中有 56 个土坑，用蓝砂岩围成两个圆圈，这是巨石阵的雏形。公元前 2100 年到公元前 1900 年，修建了通往石柱群中央部位的道路，建成了规模庞大的巨石阵，形成了夏至观日出的轴线。远古人以巨石作柱，上卧一块巨石作楣，构成直径 30 米左右的圆圈。圆圈内是呈马蹄形的巨石牌坊。而到了公元前 1200 年前后，人们运来了 100 多块巨大的蓝砂岩，建成了有 30 多个石柱的外圈，在外圈里侧布置了马蹄形，形成今天大致可见的格局。

让人们惊奇不已、难以置信的是，建造大石柱群的石头，全部是从 200 千米之外的地方开采和搬运来的，那时既没有现代的运输工具，也没有炸药和铁器，只靠畜力和人力。运用原始的石器工具和木棍，怎能把这么多这么重的石头开采出来？靠什么把它雕刻成大石柱？如何将原本粗糙锐利的表面打磨光滑？如何从 200 千米外搬运到工地？如何将 50 吨重的石柱矗立起来？如何将重达二三十吨的柱顶大石板架上去？在生产力水平和科学技术水平极为低下的条件下，这一切看似不可思议的事情，却在多年前完成了。无数学者经年累月地找寻着巨石阵的建造者。他们感叹巨石阵的神秘莫测，甚至认为开采、运输、吊装如此巨大的石块，技术高超的巨

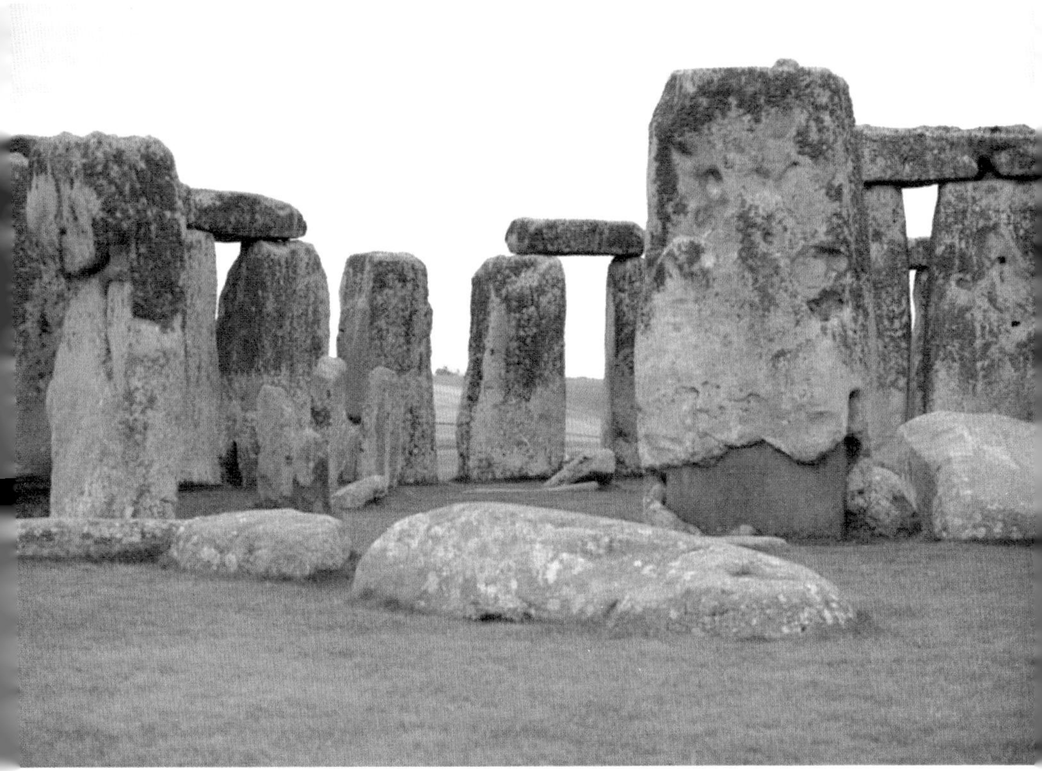

匠也做不到。有的专家提出巨石阵极有可能是外星人在地球上建造的信号塔。然而这些虚无缥缈的想象都没有确凿的证据。

  观看着巨石阵的时候我也一直在想，是什么样的信仰、什么样的力量，才可以使一座建筑群的建造持之以恒千余年才得以完成？是什么样的神奇、什么样的传承，才可以使一个建筑历时几千年而不走样？如果这一切确是人类所为，那么这些建造者应该不是一个未开化的族群。

  自詹姆斯神父在 1130 年发现这个神奇的存在后，在过去八个世纪的时光里，人们对这个神秘的巨石柱群的研究始终没有停止过。这样宏阔的建筑它的功能到底是什么？每年夏至，旭日从地平线上升起，它的主轴线，通往石柱的古道和夏至日初升的太阳同在一条线上，其中两块石头的连线直指夏至日落的方向，这种情况在冬至日那天还会再发生一次。有人据此猜推测，它是古代的天文台，是为了观察天象，研究历法，描绘日食、月食图像，观测和推算日月星辰在不同季节的起落，用于决定祭礼及收获的日期；有人用声学放射形成共鸣效应的结论，推测它是一个神圣的宗教场所，是祭祀的神殿，每到夏至总有身穿白袍的远古人，聚集在巨石阵周围载歌载舞，迎接夏季的到来；有人用当前最先进的仪器设备，检测出刀耕火种时代建造的巨石竟能发出超声波，推测是外星人在遥远的史前时代光顾了英格兰；有人认为它无异于"新石器时代的卢尔德"（卢尔德是法国圣地，因被认为具有神奇的治疗功能而名噪一时），是史前朝圣者的康复中心；有人根据出土的大量兽骨残骸、活人祭祀以及祭陵用品，推测它是古代部落酋长的坟墓；有人说它是献给天神的罗马神庙，萨满主导灵魂与神的交流；有人说它是外星人的降落地，对地球进行远古勘测……几个世纪以来，巨石阵吸引了众多的学者对它进行考察，对它的用途做出了煞费苦心的种种猜测。但时至今日，依然莫衷一是，没有一个足以说服众人的说辞。

美国小说家亨利·詹姆士在观看了巨石阵后曾经说："巨石阵隐含了一种永恒的品质。如果你总认为生命是肤浅的，或者认为我们将会很快走向生命尽头，那么这些古老的灰色柱子可能会提醒你：时间是永恒的。"巨石阵使我们困惑，但也激励着我们。我站在它的面前，对它所知甚少，甚至无所适从，难以对话，只有敬畏之情贯穿躯体和灵魂。我深切地体会到，这个伟大的建筑在嘲弄着人类渺小的同时，也歌颂着人类无穷的力量。我们内心充满的现代文明的优越感使我们自大，而这些巨石则提醒着我们已经遗忘但却不该遗忘的东西，它们用亘古的存在，嘲笑着我们的狂妄与骄傲。

在巨石阵不远处有一块石头，其貌不扬，粗陋毛糙，像一个丑陋的老妪，窥视着不远处巨石阵周边的繁忙。如果不知道它的过往，一定会把它看作被这个神圣殿堂甩出去的余孽，会因为它的粗糙难看而不屑一顾。但正是这块其貌不扬的石头，开启了这个神秘之地的辉煌。它是出现在当地的第一块石头，正是它的出现，索尔兹伯里平原才开始了声势浩大的巨石阵的建造。

这块石头被称作"种石"，高约两米，重约五吨，是一块蓝砂岩。考古学家确定，这块石头曾经位于巨石阵类似于"洞口"的位置，在这块石头出现在此地200年后，巨石柱才开始从英格兰西部的威尔士运来，矗立在中央，形成一大一小的两个圆周。应该说这是巨石阵的奠基之石。在巨石阵初具规模的第三阶段，180块10至50吨的蓝砂岩陆续被运到这里，与原来的青石柱重新排列成圆形和马蹄形结构。当总体布局完成后，"种石"便完成了它的历史使命，被移出核心圈，成了这座神秘辉煌圣迹的观望者。

对于这块石头而言，这也许是一种悲哀。正是它一马当先的无畏，才有了此后的恢宏壮阔，而当这座雄伟磅礴的神殿建成之时，作为奠基者的它，却被抛弃在荒野。如果不是考古学家的慧眼识珠，应该不会有人记得它往日的骄傲与荣光。

在走过巨石阵的步履中，我时时盯着每一块平躺的巨石，我在心里推测猜想，19世纪哈代笔下那个美丽的苔丝，生命最后的时光熟睡在哪块巨石上。

读哈代原著《德伯家的苔丝》应该是三十年前的事了，让我记忆犹新的是苔丝在杀死仇人，和情人克莱尔疯狂激情后，在深夜逃到了这里。在那样一个漆黑的夜晚，在这样一个古老、冷漠、孤独、寒凉的地方，一个纯洁、善良、柔弱的女子——献身爱情而熟睡的苔丝，平静地躺在一块沧桑而阴湿的石板上。她不知道，当警察围拢来的时候，是克莱尔向警察恳求，"让她把觉睡完吧"，而警察竟然答应了他的恳求；她不知道，握着她的小手，温情凝视着她的克莱尔是怎样地悲痛欲绝；她不知道，她身边站满了抓捕她的警察，而他们一动也不动地站在一旁守着，像周围的石柱一样，直到阳光把她唤醒……这充满了爱与人性的场景，是何其动人。那是纯真的苔丝生命中最后的静谧和安宁，她在这里熟睡，使冰冷古老的巨石阵充满了爱的柔情和人性的温暖。

也许，我们的哈代先生太过浪漫且充满理想，那个任何人都爱任何人的时代，并不曾真的存在过。那个没有道德桎梏只有爱情的岁月，也并不存在于这个世界上。而人性的温暖像阳光一样照耀尘世的时代，也许只存在于巨石阵所代表的那个史前文明的黄金时代。

在我离开巨石阵的时候，正值夕阳西下，霞晖照着这个由巨石构成的直径90多米的圆圈。巨石下拖出一条条阴影，形成一种高低明暗交织的几何图形。远远看去，在广袤的索尔兹伯里平原这个舞台上，这些石头就像是一群手拉手的裸体舞者，在落日下激情地跳着环舞。英国人库尔特·萨克斯在他的《世界舞蹈史》书中说过：世界上最古老的舞蹈形式就是环舞，因为只有这种转圈式的旋行舞蹈才能产生出一种力量。这种旋行的力量是一种媒介，它不仅把俗世和神圣两个不同的世界明白无误地区分开，同时把人从世俗的领域带到一种神圣迷人的神的领域之中。当初我读到这些文字的时候，脑海一直想着我国少数民族流传至今的锅庄舞，对他们悠远的历史传承，对他们持之以恒的坚守，充满了崇敬。

当我再一次回望这些站成一圈的巨石，我觉得它们真的就是原始舞蹈的象征，是神灵和俗世的一种交融，是引导尘世的人们走向未知领域的一种仪式。如果这个世界真的有一种超自然力量的存在，真的有史前的第一文明，那可以说，那些人一定活得比我们更为洒脱和纯粹，他们的灵魂一定比我们的更加充盈和丰厚，他们的精神一定比我们的更加超逸和富有。我想，这些史前文明的创造者，对生命和死亡，对财富和价值，对敬畏和怀疑，对神灵和力量，一定有着与我们不尽相同的理解，也一定会是当今人类绞尽脑汁而不解的谜团。

也许再过几个世纪，围绕着巨石阵的谜团依然无法解开，围绕这些谜团的争论也依然不会停息。但是不管人类怎样理解它，它还会静静地站立在这里，裸露着坦诚的胸怀，诉说着时间的轨迹，与日月星辰一起诠释着永恒的真谛。

史前文明一直是困扰人类的巨大秘密，在任何国度，那些属于史前文明的东西，都披着一层非常神秘的面纱。就像是我们至今仍然搞不清楚的玛雅文化、金字塔、麦田怪圈，找不到的亚特兰蒂斯大陆，探不明白的百慕大三角……这些史前文明似乎都是在讲述着一个主题，那就是诡秘。也许再过几个世纪，人类的认知与上苍的智慧完美交融，这些亘古之谜也就迎刃而解了。

我们期待着那一天。

水上精灵

　　威尼斯是一个美丽而和谐的城市，它那对称和完整的美，以及它那与生俱来的伟大气质，让人看一眼就会涌起难以忘怀的迷恋。这座不大的海上城市，面积不足415平方千米，却由118个小岛组成，听上去是何等凌乱琐碎，然而，这反倒成就了它的遗世独立、超凡脱俗。

　　贯通城市的是大运河，就像巴黎的香榭丽舍大道，威严而绮丽地成为城市的象征。大运河呈反向"S"形，自总督府直至中央火车站，全长3000多米，最宽处有70米，最窄处也有36米，平均水深达到3米，各种船只在河面上川流不息，成为城市一条勃勃生机的主动脉。它源源不断地给四周的毛细血管输送血液，一条条小运河从大运河接收着涌动的生机，再把这种扩张的动能泵进城市的角角落落，使城市焕发出朝气蓬勃的生机。沿着这条号称"威尼斯最长的街道"，可以饱览沿岸近200栋宫殿、豪宅和7座教堂。这些大多建于14至16世纪的建筑,囊括着拜占庭、哥特、巴洛克、威尼斯等不同时期的建筑风格。可惜的是所有建筑的地基都淹没在水中,行驶在运河上,就好像是在游览水中升起的一座艺术长廊。据说威尼斯共有大大小小运河177条,全长45千米,远远超出给予它生命的大运河母亲。这些宽窄不一、长短不等的运河,沿着古老的河道,蜿蜒曲折地流过城市的角角落落,或宽阔,或纤细,或壮观,或曲折,或美丽,或忧郁,造就了城市的千回百转、千姿百态。

威尼斯有188个大大小小的岛屿,这些岛屿和运河由400多座桥相连,整座城市只靠一条长堤与意大利半岛连接。

这座城市被水毫不留情地隔离开来,被水铁面无私地切割成零零落落的碎片,完全没办法扩张,也很难超越。但它并没因此而绝望,它在沉思中骚动,在沉思中疯狂。最初的岛民,曾尝试着在岛上修建崎岖不平的道路,来用马、骡子完成物品运输。但很快,他们就打消了这个念头。散落在水上的大小岛屿与纵横交错的河道,使威尼斯不具备传统交通道路建设的可能性。聪明的岛民在已有的不同的河道上设计出了运河网,以至成为被后人景仰的人间奇迹。它们造出了各种绝妙的船只,在各条运河上穿梭往来。时至今日,形态各异的船只虽然还偶有存在,但大都随着岁月流逝而消失了,只有一种船只成了这个城市的灵魂和象征，那就是贡多拉。

应该说贡多拉的确不同凡响，它的形态与气质与这座城市浑然天成，无法分离。很难想象，没有贡多拉的威尼斯会是怎样的。在这座城市的大小运河，只要打眼一看，总会望见一只或几只贡多拉，快乐而优雅地漂荡在水面上。翘得高高的船头，随着波浪晃动的船身，一副贵族气派。高大灵敏的身影，高傲地向着潟湖、向着宫殿、向着民宅、向着需要的人群驶去，留下优雅美丽的身影。

到威尼斯，如果没有坐过贡多拉，等于没有到过威尼斯。我曾两次游览威尼斯，有过三次乘坐贡多拉的经历。记得第一次乘坐贡多拉的时候，有些莫名的兴奋和紧张。船夫大都是些魁梧的男子，既技术娴熟又充满幽默感。当我站在岸边等候上船的时候，一只贡多拉如约而至。它划来的时候，有着较快的速度，那感觉总以为会撞上自己，却想不到它一个优美华丽的侧转，划出一个漂亮的旋弧，就准确无误地泊在岸边，等待着我的登临。船舱铺着厚厚的地毯，前舱配装着黄铜海马，座椅都带着靠垫儿。船夫的船桨是浅橙色的，船身通体是发亮的黑色清漆。12世纪前后，威尼斯的达官显贵为了彰显财富和地位，都将自家的贡多拉装饰得十分奢华，贡多拉上镶金包银，装锦饰缎，兴起一股奢侈的攀比之风。政府为了遏止这种膨胀的奢靡之气，于16世纪颁布禁止奢侈法令，自此

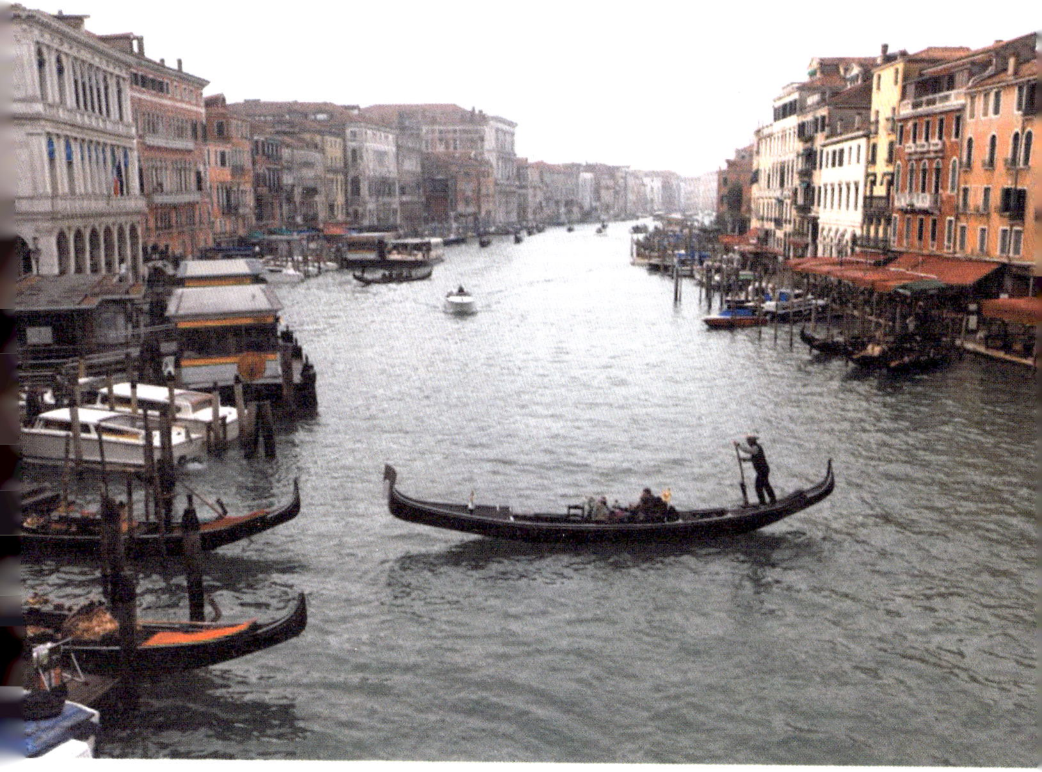

贡多拉就都漆成黑色，这倒成了贡多拉最为鲜明的象征。

贡多拉随着船夫摇桨的节奏会有轻微的晃动。船夫会和迎面而来的贡多拉船夫呼应唱和，他们的呼应唱和，和在国内的船夫唱和风格很不一样，国内的唱和更像是乡野俚曲，他们的唱和更像是登台献艺。行船一路，无论速度快慢，水面宽窄，贡多拉船夫总是泰然自若地站在船尾，握着船桨，鹰隼一样的眼睛盯着前方。河道突然急转弯时，船夫会把船桨提起，身体轻盈地转向与转弯相反的方向，贡多拉随之迅速而轻快地摇摆几下，歪歪扭扭地划转过去，而船夫则始终自信而平静地站在船尾。在狭窄河道转弯时，船夫会发出一种像海鸟鸣叫的声音，是那种低沉浑厚又有穿透力的声音，这是向对面来船发出警示，就像汽车过山道急转弯时的鸣笛。在宽阔的河面，船夫也会随性唱几句门德尔松的《威尼斯船歌》，那旋律绵长舒缓，略带忧郁，婉转动人。也许，在这样曲折而幽深的水面，就应该有这样辽远通透的声音才是。

贡多拉行驶在街巷的水道中，会遇见许多的桥洞，桥洞大多很矮，船夫总会灵巧地弯腰通过。贡多拉的尺寸都是统一的标准，长约 11 米，宽约 1.5 米，形状有点像梭子鱼，船头船尾都翘起，船头翘起得更高一些。尽管有着共同的标准，可也会因为不同造船师的技艺不同，而有所差异。无论有什么样的差异，每只贡多拉船头上却都有一种叫作"费罗"的装饰，非常醒目。这是一个六只钢齿朝前，一只钢齿朝后，一只喇叭状的齿片指向天空的铸铁物件。这种被称作"费罗"的装饰，有人说它是从罗马帆船的船头派生来的，有人说它是象征司法公正的斧头，有人说它再现了埃及葬礼用船上的钥匙，有人说它是无处不在的古老灵符，诗人雪莱更浪漫地说它是"没有明显特征的闪亮的鸟喙"。尽管没有人能确切地说清楚它代表什么、象征什么，但作为一种历史形象的代言，它已经在古老的运河上漂荡了十几个世纪，已经成为威尼斯人一种无言的图腾，一种神秘的文化表达。

十几个世纪以来，威尼斯人大都以贡多拉作为出行的工具。早在 16 世纪的时候，威尼斯曾经拥有 10000 多只贡多拉，是每家都有的基本配置，就像我们今天的小汽车。现今因为居住人口的减少和为保证水面航行的通达，就只有 400 多只贡多拉在水面上运行了。不难想象，当年大运河的水面上拥有 10000 多只贡多拉时的繁忙、拥挤和喧嚣。

贡多拉行驶在水道上，我观赏着水道两边的宫殿与居所，被建筑特有的魅力所吸引。正是这种很有历史味道的外观，构成了威尼斯建筑特有的韵味。但遗憾的是这些建筑大多年代久远，且根基全淹没在水中，有些已是破旧不堪了。看着这些美丽的建筑饱含沧桑、满目疮痍，总有一种隐隐的心疼从心底升起。我坐在贡多拉上，微浪冲击着身边建筑物损坏的墙面，浓稠的运河水亲吻着威尼斯古老的脸颊，偶尔会听见身后有墙皮落水的声音，让人产生一阵恐惧，一丝担忧，一种痛惜。我目睹着很多塔楼的歪歪斜斜，叹息着一些宫殿的风雨飘摇，心里着实有些不安。这么多世纪以来，建筑地基的木桩不断变朽，不时有一座古老的建筑，厌倦了与时间、海风和海水侵蚀的斗争，突然倒塌，碎成一堆瓦砾，留下一声悲痛的叹息。

很多世纪以来，人们面对这座建在海上的城市，普遍忧虑有一天它会彻底消失在潟湖的水面之下。倘若威尼斯有一天真的消失，它的历史将被赋予奇妙的闭环形式，诞生于海水中，最终又回归于海水中。如果这样的事情真的发生，那将是人类历史难以承受的伤痛。

不管未来是生存还是消亡，作为水上精灵的贡多拉，都是威尼斯人精神和肉体不可离弃的承载，也是游人畅想威尼斯最期待的翅膀。

高迪的梦幻之乡

在地中海的西海岸,有一座风光旖旎的城市,她因美丽奇幻的海洋、阳光、沙滩而被称为"阳光之城",她因一个人的名字而被世人崇敬、仰慕与赞叹,这一切使这座城市有了更多的味道,使这里的天际有了更丰富的韵律,使居住在这座城市的人们拥有了更多的骄傲。

这座城市是巴塞罗那。

这个人是高迪。

一

说来惭愧,在去巴塞罗那之前,从没有听说过世界上还有一个伟大的建筑师叫高迪,更无从谈起对他作品的认知。

在飞机落地巴塞罗那后,我顾不得休息,径直来到了高迪设计的奎尔公园。

　　本以为奎尔公园只是一个构思细致、草木葳蕤的自由空间，只需要睁大眼睛，在地中海的阳光下，在绿荫葱郁中散散步而已。然而，一踏进公园，一种强烈的视觉冲击便使我目瞪口呆。这简直就是一个幻觉中的世界，一个童话般的公园。这种强烈的冲击感充盈双眼，让我闪躲不及。公园门口的两边是两栋贴着马赛克的小楼，外墙是褐色马赛克，门框、窗框贴着灰白色马赛克，波浪形的房檐贴着乳白色马赛克，屋顶上有许多蘑菇状、圆球状的装饰柱子，有的用白色马赛克贴着，有的用暗红色马赛克镶贴，很别致也很梦幻。小楼的上部都有两个高低不同的通风口，其中的一个很高，用几种颜色的马赛克环绕着贴，斑斓的几何图形十分醒目，成为整个公园很鲜明的标识。

　　走过一块空地，沿着石阶向上走，便是公园的核心饰物——巴塞罗那城的吉祥物——巨型蜥蜴。这条五六米长的大蜥蜴，匍匐在斜坡上，头下尾上，四爪叉开，有力地抓住两边，昂着头，瞪着眼，一副柔顺而驯服的神态。蜥蜴表面是用各种马赛克瓷片拼成的，蓝白青黄绿等各色马赛克拼贴成色彩斑斓的躯体，碎小的马赛克在蜥蜴身上形成了斑斑点点的花纹，形象逼真，活灵活现，是一种童话般艳丽的色彩，亦幻亦真。除作为公园的主题象征外，蜥蜴还兼有重要的排水功能，每当大雨滂沱时，蜥蜴的嘴中就会喷涌出从广场上泄下的水流。

拾级而上，是著名的百柱厅。这是一个依山修建的约200平方米的大厅，大厅三面无墙，用马赛克镶嵌的圆形柱子支撑，柱子很密，有八十六根，像树林一般。这个陶立克式立柱支撑的建筑原本是一个市场，是为了满足居住在这里的居民生活配套的。立柱中间是排水管道，它除了支撑屋顶外，兼具泄洪功能。立柱的顶部还有精美的装饰，使得百柱厅生动而美观。大厅的天花板，都是波浪形状，充满动感，全部用颗粒状的马赛克贴嵌，不同区域，用不同颜色的马赛克勾勒出美丽的图案，有蓝色白色贴出的类似中国的太极图，有蓝色黄色贴出的海星图，有蓝绿色黄色贴出的太阳图……看着这些马赛克铺成的绚丽天花，深感这也许才是真正意义上的天花板呢。

在厅的上面，是著名的圆形大广场，大约有四个篮球场大。广场边缘，便是最著名的堪称世界第一长椅的马赛克长椅。长椅用石砌成，表面用马赛克碎片随意拼贴，形似波浪蜿蜒曲折，图形无规则变化，形态万千且美不胜收。这个由马赛克镶成的长椅，沿山体而建，有百米之长，像一条长蛇盘踞在四周。椅背呈S形连续弯曲，根据人体工学设计，靠背弯度恰到好处，兼顾到不同的对象，外弧狭窄为单人座，内弧略为宽大为情侣座，独特的设计别有一番情趣。坐在这样的椅子上，一边休息，一边居高临下欣赏巴塞罗那城市的风景，观赏地中壮阔的海面，很是惬意舒服。

在享受着这些破碎的美丽时，我就猜想高迪怎么这样偏爱马赛克呢，难道是这种面积很小、色彩繁多、可以随心所欲组合的小瓷片，才能淋漓尽致地表现他的造型灵感？才能实现他追求的现代气息和浪漫情调？才能把他的故土变成梦幻之都吗？也许，没人能猜得透一个伟大建筑师的起心动念。

在奎尔公园，高迪把幻想也融进了石头中。公园中，有很多路段都建有如同自然洞穴似的高架走廊，有的是单层，有的是上下两层，都是人行通道。廊道的支柱约有 3 米高，由粗糙的石料砌筑，这些石料都是就地取材，根据自然形状稍稍加工，便砌成了饱含沧桑的廊架。一块块石头依山就势，有倾斜的，有弧形的，似乎都是随意而笨拙地堆砌，细看却又显出不可思议的自然、厚重感。一些廊柱斜立得很扭曲，看似随时都会倾覆，但却已坚固屹立了一个多世纪。这样的廊桥成了公园一道很魔幻的景观，和山坡上的建筑、植物自然交织，粗粝中包含着精细，原始中蕴含着大美。

奎尔公园 1900 年开建，1914 年完工。遗憾的是，作为城市公园的首创者，高迪的设计在当时没有引起人们的兴趣。由于公园离城区较远，富人们觉得不方便，穷人们则住不起，因此园内只建起两栋别墅。高迪视奎尔公园是自己失败的作品。而 100 多年后的今天，当家庭汽车普及、人们对郊外别墅十分钟情的时候,人们才发现高迪当时的设计是怎样超前了。

二

高迪一生设计了许多个性鲜明、美不胜收的建筑,在巴塞罗那这座城市,几乎所有负有盛名的建筑都出自高迪之手,使人们对这位西班牙建筑史上最前卫、最疯狂的建筑艺术家顶礼膜拜。

在一排高低相近、幢幢相连的建筑中,人们立马会判断出哪座是高迪的作品。巴特略之家,它卓尔不群的外观,会牢牢抓住你的眼球,且毫不怀疑这是高迪的作品。尽管这座建筑最初不是高迪所建,但却因为高迪对它从里到外的改头换面而著名于世。它看上去就像一幅印象派画家笔下的风景画,慢慢品味,可以读懂高迪对自然界各类物状的独特诠释:骨架、壳体、熔岩、翅膀、海水、花瓣……随性地展露在建筑立面上。公寓的金属露台就像是一具骨骼面具,一对对惊悚的眼睛,窥视着这座浪漫城市里的各种秘密。海蓝色的瓷砖拼贴出海洋的深邃与起伏,屋顶及正立面,上釉的波状鳞片瓷砖如龙的脊背闪动,矗立在龙脊上的十字架格外耀眼,屋顶的烟囱,像是耸立在山脊上的险峰。

屋子内部的设计同样令人惊奇。高迪利用深浅不同的蓝色瓷片，拼贴出如漂浮在深海中的天井，以柚木做成的楼梯扶手、窗框、家具等饰物，充满着流线的动感，既自然和谐又雍容华贵。高迪是个追求完美的人，容不得任何影响他建筑追求的不和谐，管道、通风口，建筑中见怪不怪的这些东西，他都要精心改造一番。对他来说，凡是人眼所见之处的每个构件，都要给人以想象的空间，所有的装饰都被包裹于建筑师理性的遐想之中。

整个建筑营造了一个神秘愉悦的海底世界，里面无数精巧的细节设计，充满了想象和趣味，像一个高雅而又有现代感的梦境。高迪是个自然主义者，他认为大自然里没有直线，人就是应该活在自然里，建筑应与自然融为一体。这幢房子几乎没有一个直角，所有的线条都是柔和的曲线。这是他对大自然理解的又一次实践。

米拉公寓是高迪又一个代表性建筑，离巴特略之家很近，是一个叫作佩雷·米拉的富翁在和妻子参观了巴特略公寓后，羡慕不已，决定造一座更加令人叹为观止的建筑。他们找到了红极一时的青年建筑师高迪，请他来设计建造，并答应给他充分的创作自由。虽然在后来的日子里，米拉先生因高迪在建筑中没有设计、没有预算、没有施工图纸而焦虑不安，虽然在历时六年工程竣工后，米拉先生对于建筑很不满意，但这座建筑在今天被认为是20世纪非常重要的建筑之一，是

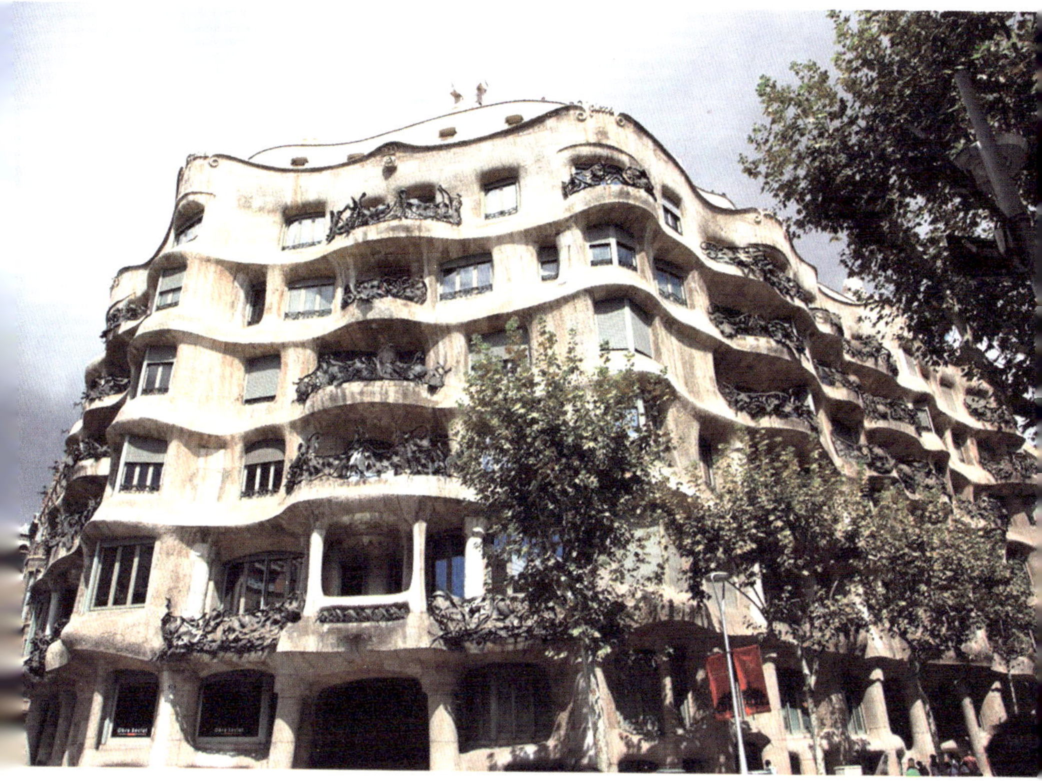

现代建筑中最具代表性、也最有独创性的建筑，成为这个世界不可多得的建筑瑰宝。

米拉公寓位于街道转角，是全部由石材包装的建筑外立面，含屋顶层共六层。建筑造型仿佛是一座被海水长期侵蚀又经风化布满孔洞的岩体。屋顶高低错落，墙面凹凸不平，到处可见蜿蜒起伏的曲线，整座大楼宛如波涛汹涌的海面，充满动感。阳台栏杆由扭曲回绕的铁条和铁板构成，像自然界随意搭摆的枝叶，也似挂在海边岩体上的一簇簇蓬松海草。进了公寓，高迪自然主义的设计随处可见：模仿植物纤维排列的大门，顶部彩绘的植物世界，窗口栏杆像海带一样扭曲翻滚，楼梯口的栏杆似纵横交错的叶脉……从底楼坐电梯直接上顶楼，那里有一座介绍高迪作品和设计理念的博物馆。再顺着楼梯便能上到屋顶天台。屋顶天台充满趣味，一组组奇形怪状的突出物立在房顶，有的像神话中的怪兽，有的似身着铠甲的士兵，有的如陶瓷拼花陀螺，有的灿如无名的花蕾，有的恍若天外来客……这些密集的建造，形态各异，线条柔美，肃穆奇特，抽象而又具象，显形而又迷离，而这就是高迪设计的烟囱和通风管道。高迪用这一切，把令人头痛的烟囱、通风口装饰了起来，把一个看似无用无趣的天台变成了令人留恋的好去处。公寓没有变成单纯的建筑展示物，还有很多办公室在公寓中。我想，在米拉之家办公跟在其他办公室办公的感觉一定不同,这种奇幻动人的空间,一定让人开朗快乐,会使人保持着不可多得的舒畅,每天一定像做梦一样,总会发现新的艺术思索的灵光。

高迪在米拉公寓的设计,绝不会计算每平方米卖多少钱,他考虑的是人们在其中的生活是否开心,是否能引发人们的艺术灵感,住得是否舒适。也许,高迪建造的与其说是舒适,不如说是魔幻。米拉公寓里里外外都显得非常怪异,甚至有些荒诞不经,但又处处体现着无可挑剔的精湛与人本思考。高迪认为,米拉公寓是他最得意的作品,是他建造得最好的房子。精灵般的米拉公寓,就是一尊由波浪形的曲线构成的巨大石造纪念碑,是高迪留给这个世界珍贵而精湛的艺术品。

米拉公寓也成为高迪为私人住宅设计的封笔之作。

三

建筑是凝固的音乐。巴塞罗那到处有着高迪消逝不散的音符,那波浪形的建筑曲线和绚烂的色调谱就的旋律,那精美的雕刻和炫目的十字架组成的高亢合奏,汇成了属于高迪特有的响彻云霄的圣歌。

在巴塞罗那,有一座已开工120多年至今仍在建造中的教堂,它就是由高迪设计建设的圣家族大教堂。如果说高迪在其他建筑设计上的成功还是一个序曲，那么圣家族大教堂才是他生命中辉煌的交响乐章。这座教堂在1884年就已开工，预计到2050年方可竣工。虽然，它的完工还需二十多年时间，可在20世纪80年代，它就已被联合国教科文组织认定为世界文化遗产，这在世界建筑史上是绝无仅有的。

远远地望着这座还在建造中的教堂，尽管脚手架林立，尽管许多地方为了施工安全做了护网，但依然挡不住它巍峨、奇伟、神秘而魔幻的身姿。这座造型奇特的建筑物，就像是用松软的黏土捏造的，庞大的建筑显得十分轻巧，犹如孩子们在海滩上造起来的沙雕城堡。走到近前，才看清它是用真正的红色石头建造而成的。170米的高塔、五颜六色的马赛克装饰、螺旋形的楼梯、宛如从墙上生长出来的栩栩如生的雕像……让人过目不忘。

教堂的上部四个圆锥形塔高耸入云，纪念碑般地昭示着不朽的神灵。塔顶形状错综复杂，用了各色瓷片来加以装饰。每个塔尖上都有围着球形花冠的十字架，整个塔身通体遍布百叶窗，看上去像镂空的大花瓶。教堂外部的雕刻精美独特至极，可谓鬼斧神工。不论是十字架上的耶稣，还是《圣经》故事的主题雕塑，都给人强烈的视觉冲击力和无法抵制的内心震撼感。即便你对基督教一窍不通，只要伫立在圣家族教堂的雕刻前，都会被那鲜明、生动、奇异的雕刻纹理所折服。

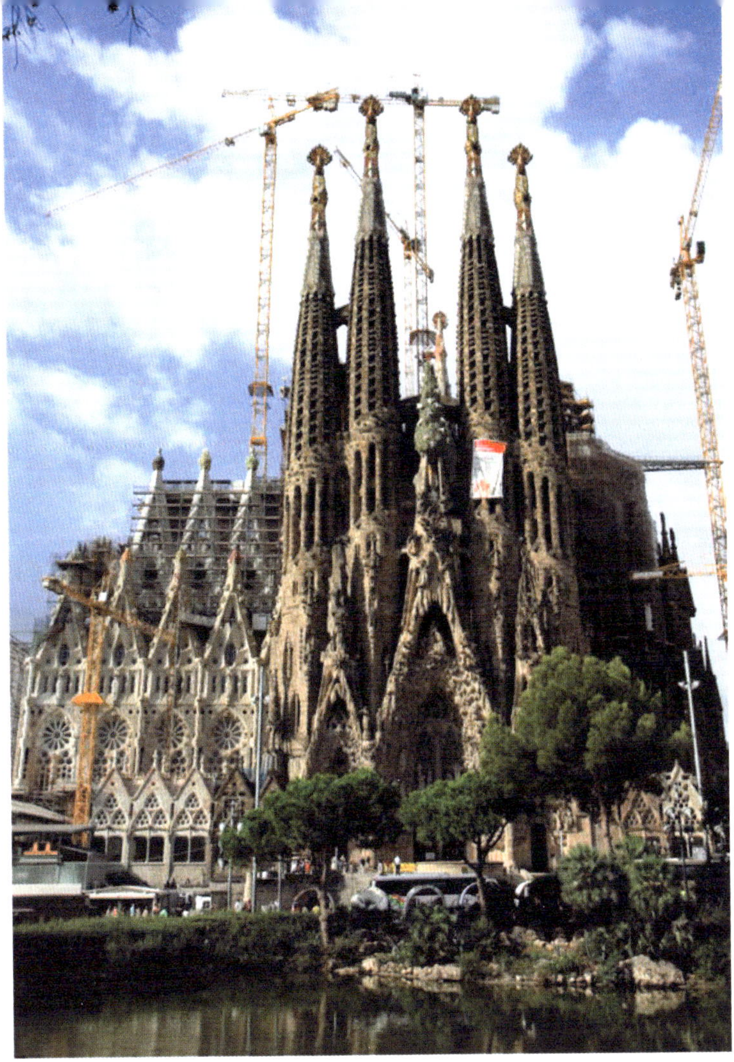

不由得让人进一步体会什么是撼动灵魂的雕刻，什么是巧夺天工。高迪在教堂墙面的每一处细节装饰，每一个雕塑的构思过程，都要做仿生模型。为了建筑的细部更接近自然，他收集了无数种植物标本；为了雕像的姿势、律动都和真人一样，他反复拿人骨做研究，甚至会面对尸体深度研究；为了一个个雕像的脸孔形象逼真，他常常行走在巴塞罗那的大街小巷，寻来模特，再依照片去制模……正是这样呕心沥血，才有了今天这些雕像的生动逼真和震撼人心。

走进大堂，依然还是一片井然有序的工地现场，但这里却没有工地的忙乱与喧嚣，一切雕琢与装饰，一切交流与行走，都在平静安宁中默默进行。然而大教堂中所显示出来的梦幻浪漫、光怪陆离，却使人目不暇接。仰视主殿的穹顶，会从心里发出"真是太美了"的赞叹，世界上居然存在如此美丽的结构，建筑结构至此似乎有了生命。户外的光线透过彩釉玻璃照亮了殿内，在地面、柱间以及神龛上留下艳丽多彩且神秘莫测的光线。充满大自然元素的柱子像树枝般撑起厚实的肋拱，一组组散枝秆叶向上伸展着支撑起顶棚的重量，穹顶上变化有序的结构与美丽奇幻的构图，在色彩斑斓的光线下，使人恍如在茂密的森林中漫步。

地下室是高迪曾经的工作地，现今依然有技术人员在做着高迪未完成的设计，各种大大小小的模型，各种自然中的参照物，都一一陈列在那里，似在诉说着一个不朽的亡灵80多年前痴迷的通宵达旦。这些东西的陈列，是在教堂的建筑中运用各种自然物状的写照与诠释。

让人痛心的是，在高迪事业的巅峰时，一场意外夺走了他伟大的生命。1926年，在巴塞罗那有轨电车开通的时刻，高迪被有轨电车撞倒在涌动的人群中，由于他将所有的钱都捐给了正在修建的大教堂，由于他其貌不扬、衣衫褴褛，而被当作乞丐送到穷人医院，并在那里不治身亡。两天后，一位平民老太太认出了他，才使得这位巴塞罗那的骄傲避免了被弃乱葬岗的命运。出于对这位大师的爱戴，巴塞罗那人将高迪安葬在他未完成作品的地下墓室里，他的灵魂最后守护在他的艺术与精神的家园。

高迪从31岁接手圣家族大教堂工程，工作了43年，直到他逝世。他的理想随他而去，他赤裸裸地来，又赤裸裸地去，来得平凡，走得突然，他没有带走任何东西，却给这个世界留下了一件件惊世骇俗的礼物。

四

1852年，高迪生于巴塞罗那附近的一个小镇，父亲是金属工艺师，高迪青少年时期做过锻工，又学过木工、铸铁和塑膜。1878年高迪获得建筑学学士学位。这一年他认识了奎尔，一位高迪事业最为重要的支持者。通过奎尔引荐，高迪被追求新奇的上流人士接纳，给他们设计住宅。同时他也设计了更多用来出租的公寓，因此在平民中他的名声更响。高迪一生的生活与常人无异，他没有夸张的固执和冷漠的性格，也没有惊人的言辞和怪诞的举止，只是在地下室安静地做自己的事，陶醉在建筑艺术的快乐中。一次短暂的恋爱失败后，他终身未娶。也许正是这终身未娶，使他能够心无旁骛地遨游在艺术的殿堂，使他拥有了别人不可企及的艺术高度，使他的天才潜质得以淋漓尽致地发挥，从而高迪才有了17项建筑作品被西班牙列为国宝级文物，3项被联合国教科文组织列为世界文化遗产。

高迪是美的创造者，他崇尚的美不是小桥流水的阴柔之美，而是气度恢宏的巍巍大美。他是诗人，但不是在纸上表达情感的诗人，而是用钢筋石块在巴塞罗那天幕下谱写出一首首建筑之歌的诗人。他以自己不泯的童心，灵异的想象，为这个世界留下了恒久的记忆与美丽的遐想。在高迪离开这个世界90多年后，现在的巴塞罗那市民喜欢称自己居住在"高迪之城"，享受着高迪创造的让世人羡慕的美丽。现在的巴塞罗那，一边是每年潮水般涌来的拜谒者，一边是圣家族大教堂依然在缓慢地"生长"，这让人觉得，高迪还活在这个美丽的世界,他未曾离去也未曾走远。

五

  匆匆地观览了高迪设计的几座建筑,心中涌动着挥之不去的不解与疼痛。我们今天,建设了许多别开生面的建筑,装点美化了我们的城市,但是我们还有很多的单调、模仿、平庸的建筑,成为城市不得不面对的污点。我们建筑的平庸、单调与模仿来自哪里?更多地来自内心的浮躁,来自内在的贪婪与急功近利。这种在未来必将成为罪恶的邪念,笼罩在我们许多建筑师原本圣洁的心灵,使我们现在的诸多建筑师缺乏创造的冲动,失去艺术的追求。当人的成功与否只用金钱来评判的时候,拜金就成为追求;当建筑仅仅与个人的财富积累与虚幻名誉交织在一起的时候,平庸与模仿就成为一种必然。

  这是建筑师的悲哀,也是我们这个时代的悲哀。

  我想,建筑也许就分为那么几种,一种是成为文化遗产而被后人观赏借鉴的,一种是虽然平庸无个性但还可以使用的,一种是数年后注定被拆除的。任何建筑创作都应是文化、艺术和个性的完美结合,否则,必将会被历史淘汰。高迪的建筑给人的启示在于他对巴塞罗那城市文脉的尊重和延伸,他从自然中各种有形物象的提炼，从传统手工艺充分挖掘，大胆而富有想象力地运用到材料应用和工程实践中，使他成为一位伟大的先行者和先觉者。他不急功近利于一时的得失，他把个人的财富与功名置之度外，他按照一个真正设计师的良知身体力行于每时每刻，因而就有了一种高度高迪化了的建筑艺术，就有了属于高迪的万物无不具有建筑灵气的世界，就有了高迪不经意间使巴塞罗那成为被人景仰的梦幻之城。

面对高迪的建筑，面对高迪倾注了毕生心血的巴塞罗那，我们似乎应该有更多思考。

黑色古堡

一

从伦敦驱车北上,一路绮丽的田园风光。英格兰广阔的田野,满眼葱翠,一派温婉祥和。穿城过镇,一路地势平坦,景色略显单调乏味。行至苏格兰边界,景色骤起变化,清冽的空气代替了和风的温润,平整的田畴变成了起伏的丘陵,低垂的天空幻化成瓦蓝澄澈,强劲的风吹得泛黄的草丛倾倒向一边儿,山野中的蓟花、石楠、野蔷薇倔强地绽放。

我是在中午时分抵达爱丁堡城的。

当我居高遥望这座城市的时候,感到它不像是一座首府,倒像是一座煤都。尽管天朗气清,但眼前整座城市中的许多建筑却通体乌黑,好像刚刚经历了战争的烟熏火燎。一条由树林、草坪组成的绿化带,把城市分隔成南北两半,相对峙,分庭抗礼。南部是老城，为中世纪的辉煌杰作，宏伟地立于山脊之上。一条"皇家一英里大道"纵贯全城，街东是爱丁堡城堡，街西是荷里路德宫。卡尔顿山、亚瑟王座分列前后，碧波浩渺的福斯湾水光荡漾。山岭撑起爱丁堡城市的骨架，海水舒展爱丁堡城市的脉络。山海之间，是爱丁堡的新城。名为新城，却也不新，清一色的乔治亚风格，1820年就已建成，迄今已历经两个世纪的风雨侵蚀。新城与老城此唱彼和，遥相呼应，遐迩一体。

走在爱丁堡的街头，不论在哪个方位，都可以看到闪耀着民族威武和自豪光辉的古堡——爱丁堡城堡，都会被它刚毅磅礴的气势所震撼。城堡耸立于城市最高点火山岩陡峭的山顶上，垂直高度135米，三面悬崖，一面斜坡，地势险峻，气势恢宏，俨然一处奇伟绝妙的天然要塞，大有一夫当关万夫莫开的龙虎之势。

爬上窄狭的斜坡石道，就是爱丁堡城堡的正门，门的两侧各矗立着一尊雕塑，左侧是罗伯特·布鲁斯，右侧是威廉·华莱士，他们都是反抗英格兰入侵战争中最伟大的民族英雄，也是电影《勇敢的心》中的两位主人公。华莱士的英勇无畏、坚强不屈影响了布鲁斯，在华莱士牺牲后，布鲁斯继承事业，成为苏格兰历史上不可忽视的苏格兰王。他领导苏格兰人打败英格兰人，取得民族独立大业。

城门上方镀金的盾形徽章上，一只红狮威风直立，这标记在英国皇家徽章中代表苏格兰。沿坡而上是铁闸大门——城堡最古老的正门入口。走过铁闸门就是内城，门旁有段70级陡峭的楼梯，称为长梯，也还名副其实。长梯是中世纪到达城堡顶端的主要通道。圣玛格丽特礼拜堂就矗立在通道顶端，它是古堡乃至整个爱丁堡中最古老的建筑。这座800多年前修建的石屋，是1130年苏格兰国王大卫一世为纪念母亲玛格丽特兴建的，用作皇家成员的私人礼拜堂。礼拜堂是一座独立建筑，修建在岩石上，是一座地地道道的石屋，以半圆拱为特征的罗曼式建筑风格。这种风格，在12世纪中后期过渡到了以尖拱为特征的哥特式建筑风格。礼拜堂里有一个罗曼式半圆圣坛拱，把空间分割成两部分，一部分是包含祭坛的半圆殿式高坛，一部分是皇室使用的长方形大厅。礼拜堂中的彩绘玻璃窗，描绘出王后圣洁的静美形象。

历史上苏格兰曾经是一个独立王国，被英格兰占领并统治长达数百年。这个城堡见证了英格兰和苏格兰之间的恩怨情仇。在众多战役中，对古堡形状改变最大的是1573年的长期围攻战，炮弹对城堡造成了极大的损害，城堡内的多处建筑，包括大卫塔都被摧毁，只有圣玛格丽特礼拜堂得以幸存。尽管经过了多次战争洗礼，经历了英格兰人对礼拜堂的无视和亵渎，但如今，这座简朴的礼拜堂依然是宗教场所，依然有许多人在这里举办婚礼或洗礼仪式。这里每周都会有名为玛格丽特的爱丁堡妇女,轮流来到这里,献上鲜花,打扫布置,以示对圣玛格丽特的敬爱。

在礼拜堂北侧的炮台上,摆放着蒙斯梅格巨炮,这门6吨重的攻城大炮,是1457年勃艮第公爵菲利普献给詹姆斯二世的。这门炮是那个时代火炮先进技术的代表,可以发射重达150公斤的石质炮弹,它巨大的威力让英军闻风丧胆。大炮十分笨重,在100个人的拖行下,一天只能行进5千米,因而参战的机会很少。随着詹姆斯五世时代海军的出现,它退出了战斗舞台,成了礼炮。1558年,在苏格兰女王玛丽婚礼上的鸣响,让它闻名于世。

进入内城后,我很好奇,就这样一个弹丸之地,竟然有着几个军事博物馆,国家战争博物馆、苏格兰皇家骑兵卫队博物馆、苏格兰皇家军团博物馆、苏格兰国家战争纪念馆,依次坐落在城堡一条"S"形曲线上。国家战争博物馆,展示着近400年中苏格兰的军事历史,既有苏格兰人保卫领土的故事,也有苏格兰军人在世界各地为大英帝国利益而战的功绩。这里,苏格兰人把英国殖民和侵略他国时的战利品陈列炫耀,也包括八国联军入侵北京那段不光彩的历史。当展柜里大清龙旗以及服装、枪戟战利品出现在眼前时,让人心里很不是滋味,100多年前的屈辱,把人的心抽得紧紧的。苏格兰国家战争纪念馆毗邻皇宫，与皇家大礼堂相对，是此地博物馆之最，为纪念第一次世界大战以来的阵亡人员所建。墙壁上有参战的军团名称和描绘历史事件的浮雕，石台上摆放着花名册，记载着阵亡战士的姓名、籍贯、生卒年月、军衔等信息，甚至士兵的私人物品，都展示于此，这些物品都标明了原来主人的姓名、身份乃至归途。

对于殉国的军人而言，国家不会忘记，绝不仅仅是一句振奋的口号，而是以庄重的形式在后世的深切追思和纪念。

二

苏格兰国家战争博物馆、皇家礼堂、皇宫与战俘监狱围合成了皇冠广场。称其为广场，确实委屈了广场的称谓。然而广场虽小，却也还是城堡中难得的一块平整去处。

广场东面的宫殿是当时的国王寝宫。值得驻足的玛丽之屋，曾经是玛丽女王1542到1587年间的日常居所，至今依然保持着16世纪时的风格，詹姆斯六世即英王詹姆斯一世就在这里出生。玛丽一世45年跌宕起伏的一生，充满了传奇，也写满了悲剧。玛丽一世出身高贵且美貌绝伦，出生后的第六天即为苏格兰女王，5岁被送到法国宫廷，15岁与法国王子结婚，次年丈夫成为法国国王弗朗索瓦二世。她成为法国王后后，仍是苏格兰女王，在此期间多由其母摄政。1560年12月，弗朗索瓦二世去世，18岁的玛丽成了寡妇。出于政局的需要，玛丽重返苏格兰亲政。1567年6月玛丽遭到苏格兰臣民的反叛，被迫退位，将王位传给只有一岁大的儿子詹姆斯。1568年，玛丽逃往英格兰寻求表姑伊丽莎白一世庇护，作为私生女的伊丽莎白，多年来一直因为血统身份而不得志，当血统纯正的玛丽到了苏格兰后，即被软禁，19年后，被伊丽莎白一世斩首。伊丽莎白在世时未正式任命继承人，1603年去世后，玛丽之子詹姆斯六世合法继承王位，成为英格兰的詹姆斯一世。从此英格兰和苏格兰同归一个君王统治，开始了不列颠统一进程的第一步——王室联合。

这听起来有点像历史开了个玩笑。

王宫的一楼是王冠室，参观的人尤多，这大约是其背后蕴含的权力和财富更让人心动吧。这里陈列着被称为"苏格兰之光"的三件宝物：王冠、权杖和宝剑。王冠造于1540年，黄金主体上镶嵌着珍珠、水晶和各种宝石，紫红天鹅绒与貂皮装饰其内，珠光宝气中尽显王者至尊。权杖为纯银镀金，是教皇亚历山大六世于1494年送给苏格兰国王詹姆斯四世的礼物。宝剑是教皇尤利乌斯二世1507年送给詹姆斯四世的礼物，剑刃上刻有圣彼得、圣保罗及尤利乌斯二世的标志。王冠、权杖和宝剑构成了苏格兰统治集团威权的象征。

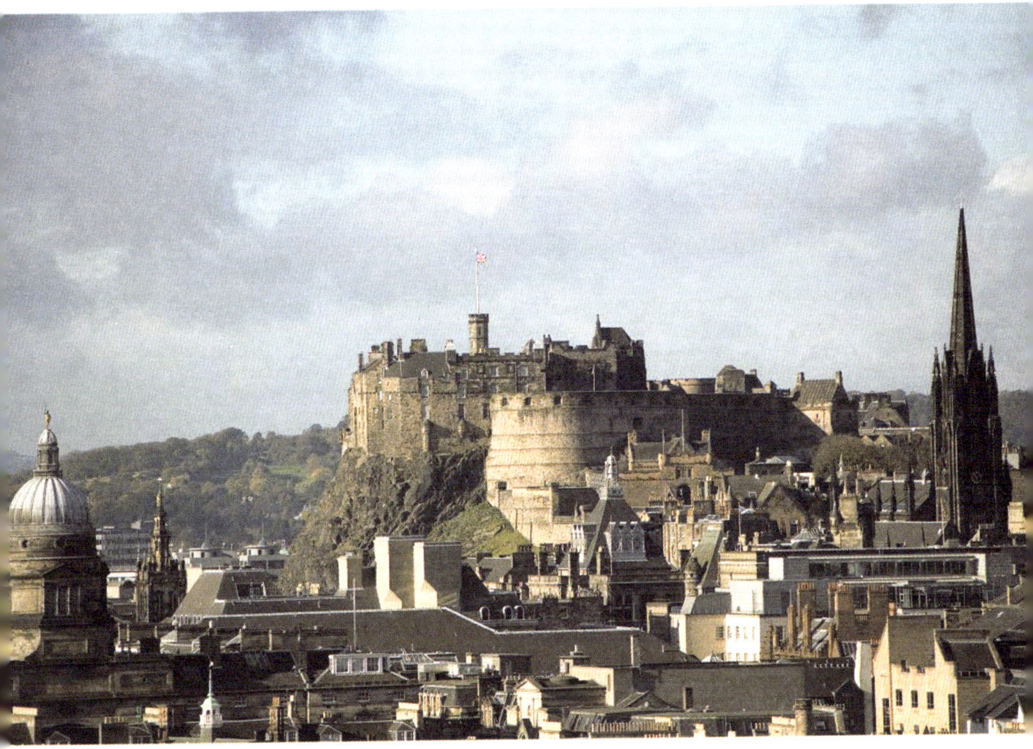

这里存放的另一件稀世珍品，是苏格兰的国家象征"命运石"。这是一块灰中带紫的砂岩石，并不产于英国，而是来自巴勒斯坦，据说与《圣经》中的记载相关。400多年来都是苏格兰国王的加冕座椅。

半月炮台雄伟的环形城墙，赋予爱丁堡城堡无与伦比的威武气势。炮台修建完成后，多无战事，军备懈怠，直到1716年炮台才装备了著名的七姐妹青铜大炮。半月炮台的基础建在大卫塔遗址上，早年大卫二世下令修建大卫塔，用以观察周边动向，防范外敌进攻。大卫塔楼高30多米，是城堡中最高的建筑，既有御敌的防卫功能，又有细致的雕刻艺术，周身布满鱼尾箭槽，看上去像是一件艺术品，众多劳工耗时九年才得以建成。1371年大卫二世在城堡去世的时候，他梦中的塔楼尚未完成。而在后来1571至1573年的长期围困中，塔楼被摧毁了，现存的只有一楼的一小部分。著名的一点鸣炮起初就在这个炮台，后来转到圣玛格丽特礼拜堂北侧的炮台。自1861年6月7日下午1点，爱丁堡城堡传来第一声鸣炮，除了周日、耶稣受难日和圣诞节，以及两次世界大战期间，每天炮声都会准时鸣响，延续着为利兹港口船舶报时的传统，这个传统从未中断过。

走出城堡，回首望去，湛蓝的天空下，山巅上的城堡沧桑不减，威严犹存，气宇轩昂却又意味深长，饱经忧患却又豪迈阔达,以一种沉毅雄浑之美,无言地昭示着威武不屈的苏格兰精神。

三

在这座古城池里,除了爱丁堡城堡,最醒目的应该是司各特纪念塔了。

纪念塔坐落在爱丁堡王子大街花园,它的醒目,除了塔的高大黢黑与构思奇妙外,被纪念者的雄杰光芒也堪称重要。司各特纪念塔于1846年8月15日正式揭幕,鲜明的哥特式建筑风格与伟岸的身躯,使它从诞生之日就成为城市的象征。纪念塔使用的砂石来自爱丁堡附近,由于石质疏松,仅100多年的时间,岁月的尘埃就叠加出时光的质感,塔身变成了黑褐色。这座高61米的纪念塔,外部结构像东方的亭子,四个方向都能看到司各特的雕像。塔中央司各特的白色大理石坐姿雕像,在黢黑的塔中很是醒目。他身着长袍,手持纸笔,神情凝重忧郁,一副安适而执拗的神态。四座小型尖塔星星拱月般地围着中央高塔,高塔底部四面都是拱门,显得结构优美轻灵。司各特文学作品中的64位主人公,都被雕塑成像,环绕着塔身,质感灵动,富有生趣。

这座凌空而起的纪念塔,是我所见过的对于一位文学家最宏伟的纪念。

有人说，19世纪初的英国文学，就是两个小儿麻痹症患者支撑起来的，一个是拜伦，一个是司各特。从文学的影响力来说，这话并不过分。1771年8月15日，沃尔特·司各特出身于爱丁堡一个古老家族。他的祖先不乏一些英武桀骜的人物，这些血统上的遗传，成就了他此后的性格。司各特18个月大时不幸患上小儿麻痹症，导致终身腿残。也许正因这个缘故，他把绝大部分精力都投入文学创作之中。在他放弃律师职业后，他的天赋使他很快成为伟大的诗人。司各特是爱丁堡的骄傲，准确地说，他早年是介于彭斯和雪莱之间、继布莱克之后英国最优秀的抒情诗人。当拜伦天才般横空出世之后，他意识到自己无法待在诗歌的塔尖，转而把注意力倾注于历史小说创作，成为英国历史文学的一代鼻祖，被称为西方历史小说之父。他的历史小说对狄更斯、史蒂文森、雨果、巴尔扎克、大仲马、普希金等作家都产生过深刻影响，他的代表作成为英国文学的奇迹。

司各特不愧为一个审时度势的伟人，他把握时事，认清自己，及时调整创作方向，放弃成熟的老路，开拓陌生领域，始终稳坐文学之巅。

像他作品中的人物一样，司各特的人生也表现出一种骑士风度——高尚、恢宏、伟岸。他被世人敬仰爱慕，除了无可非议的文学成就，诚实守信也是他身上耀眼的光芒。当 1825 年伦敦股市崩溃时，他的财富在一夜之间蒸发，他的出版社合股人破产，司各特充满英雄气概地承担了 114000 英镑的全部债务。朋友们凑了足够的钱帮助他，他拒绝了。很多家报纸报道了他投资失败的消息，言语间充满了同情和遗憾，他把这些文章通通扔到火炉里，他在心里对自己说：我不需要怜悯和同情，我有宝贵的信誉和战胜生活的勇气。此后他更加拼命地工作，除了写作，还学会了许多技术活，经常一天跑几处，变换不同的工作，人累得又黑又瘦。他的一个债主看到他写的小说后，专程跑来对他说："司各特先生，我知道你很讲信用，但是你更是一个很有才华的作家，应该把时间更多地花在写作上。因此我决定免除你的债务，你欠我的钱就不用还了。"司各特却说："我不能接受您的帮助，我不能做没有信用的人。"他努力地还清了所有债务，并购置了他满意的田园居所，在他生命的最后阶段，终于能过上相对轻松的生活。1832 年 9 月 21 日，司各特走完他 61 年的人生路，闭上了那双聪慧的眼睛。

爱丁堡有着富饶的文学沃土，从司各特的《艾凡赫》到史蒂文森的《金银岛》，从柯南道尔的《福尔摩斯探案集》到 J.K. 罗琳的《哈利·波特》……无数作家在这片土地上编织他们的文学梦想，实现了文学与梦的完美结合。

文学的厚重使这座城市熠熠生辉。

四

　　与王子大街并行的是王子街花园。王子大街商铺林立，热闹非凡，而王子街花园则宁静安详，林籁泉韵，闹中有静，静中带闹，成为一个动静结合的和弦。王子街花园内，不时会碰上穿着苏格兰裙的艺人演奏风笛，在美丽如画的花园中，聆听音律悠悠的风笛，是一种妙不可言的体验。如果说有一种声音可以代表苏格兰，那一定是苏格兰风笛。粗犷独特的民族风情、风格独特的基尔特格子裙、清亮高亢的风笛，带着人们走进往昔的岁月。

　　风笛源于古代西亚两河流域的苏美尔地区，公元1世纪流传到古罗马，随着古罗马铁蹄传到苏格兰。苏格兰风笛最早应用于军事，那时候风笛象征着军魂，在几个世纪前的苏格兰军队里，风笛是战场上激励士兵冲锋陷阵的号角，类似我们军队中的冲锋号。演奏苏格兰风笛，尤其是用风笛引导队列前进时，风笛手必须穿着苏格兰格子裙，不穿那就是对民俗的亵渎，是会被驱离被鄙视被训斥的。可以这样说，苏格兰风笛和苏格兰裙，已成为爱丁堡和苏格兰人日常生活中不可或缺的最具仪式感的符号。在爱丁堡，风笛无时不在，无处不在，不论是走在王子街花园林荫道上，还是在王子街的街头巷尾，随处可见身穿花格裙的风笛演奏者，吹奏出最地道的苏格兰风情，为爱丁堡增添迷人的色彩，温润着人们平淡而富有光泽的日子。

苏格兰风笛吹奏难度极大，500个吹奏者中才能出现一个真正的风笛演奏手，即便是这样，风笛依旧是苏格兰人爱不释手的迷恋。风笛的音域很宽广，表现力极强，一个小小的风袋，几根长短不一的管子，时而婉转动人，时而气势磅礴，既可以吹出荡气回肠的铁血柔情，也可以吹出民族悲壮的血泪传奇；既可以表现耳鬓厮磨的风情万种，也可以表达硝烟弥漫的悲壮豪迈。风笛响起，苏格兰的悠远历史依稀飘荡在眼前。

五

位于一英里大道中部的圣吉尔斯大教堂，曾经是爱丁堡最高等级的教堂。教堂的塔楼尖顶，酷似一顶硕大而华丽的苏格兰皇冠，在蓝天白云下，发散着王者的气息。在爱丁堡的每一个角落，只要登上高处，都能看到这个具有王者风范的标志性尖顶，它构成了爱丁堡优美天际线不可或缺的部分。教堂始建于1124年，曾因大火于1390年重建。今天我们看到的圣吉尔斯大教堂已不是初建时的模样，洁白的岩石早已变成了暗黑色,岁月给它披上了沧桑的外衣,因而显得更加庄严肃穆。教堂外的正门布满繁缛精美的石雕石刻,极尽奢华。教堂内高耸的石柱、肋拱汇集的穹顶,美轮美奂。描绘耶稣故事的彩绘玻璃,图案精巧细腻,艳而不媚。坐在祷告椅上,仰望,感受建筑艺术的魅力,静坐,感受神秘力量的激荡,是一件很舒心的事。

曾有机构做过统计,现在的年青一代对宗教的认可度很低,英国只有30%的人称自己是有信仰的教民。在我听到这种说法的时候就想,从某种意义上来说,任何一种宗教的衰落,都是人类的一种觉醒,都是脱去沉重的包裹,向本我的回归。这不是对于神的摆脱,而是向着神的另一种抵近。

教堂的广场不大,亚当·斯密青铜雕像耸在广场中。雕像左腿稍稍前倾,目光坚毅,眺望远方,一种对未来坚毅而智慧的期盼。苏格兰人对这位本土的经济学家充满了骄傲和敬慕,在日常使用的20英镑钞票上,一面印着伊丽莎白女王,另一面就印着亚当·斯密。作为世界经济学之父,亚当·斯密配有这样的盛誉。时至今日,亚当·斯密已经逝世了200多年,但他的理论,依旧在世界政治学和经济学领域发挥着影响力。作为自由主义和新自由主义的创始人,亚当·斯密反复强调市场发展面临的最紧迫威胁,不是国家忽视市场的作用,而是国家被商界精英所掌控。借助《道德情操论》,亚当·斯

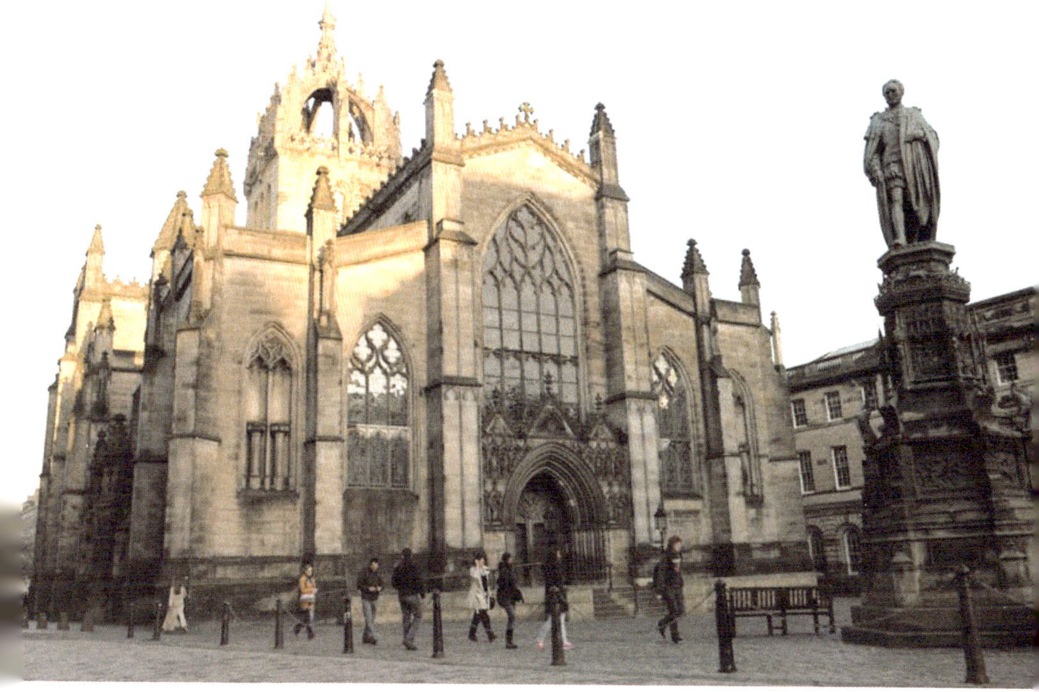

密表达着他深邃的思考：政治领域内任何预先的规划，尤其是数百万民众组成的社会不假思索地遵循政府指令的规划，都有潜在危险。这是因为"体系狂热症"让政治家们内心出现一种救世主一般的确定和自信。他们深深地相信，自己的改革是社会必须，也坚定地认为，只要计划能够实现，付出任何代价都是值得的。如果一个社会的经济成果不能真正分流到群众手中，那么它在道义上将是不得人心的，它注定要威胁社会稳定。

当我凝视着亚当·斯密的雕像，回味着他的精辟论断，竟为他入木三分的先见之明而毛骨悚然。世界上不乏睿智的人，也不乏经典的理论，只是当统治者头脑发热的时候，一切的睿智和经典，都抵不过愚昧的狂妄。

亚当·斯密雕像对面，是大卫·休谟的坐姿青铜雕像。这位苏格兰启蒙运动的伟大人物，身披古罗马斗篷，身体微倾，右手持书，赤脚而坐，一副若有所思的神情。大卫·休谟和亚当·斯密是至交，情同手足，两人不仅经常探讨哲学和经济学理论，甚至互托终身大事。1773年，体弱多病的亚当·斯密生恐自己突然辞世，历时九年的著作会石沉大海，便指定休谟为遗稿管理人，协助出版《国富论》。然而在《国富论》出版没多久，休谟却因病先行去世。人们发现，在休谟的遗嘱中，指定亚当·斯密为其遗稿管理人。这两位智者的伟大友谊，使他们的理论研究不断深化，使他们的旷世之作得以流传至今。

如今，这两位伟人的雕像相对而立，仿佛还在继续他们200多年前的理论磋商，继续他们谊切苔岑的感情交流。

六

在城东临海不远的坡地中，耸立着卡尔顿山，神祇般守护着沧桑的古城。山只有170米高，称其为山，大抵是因为它出现在这样特殊的位置，因而也就成为世界上海拔最低的名山了。蜿蜒曲折的小路像四川缠丝兔身上的线，从四面八方通向山顶。山顶是观看爱丁堡全貌的绝佳地方，荷里路德、亚瑟王座、新老城区、王子大街、司各特塔、圣吉尔斯教堂、爱丁堡城堡……尽收眼底。

卡尔顿山之所以让人心驰神往，除了居高临下的绝佳地势、美轮美奂的景色景致，还缘于山上的历史文化遗迹。就是这样一个腾挪局促的山顶，竟然有着四座享誉世界的纪念碑亭。

最醒目的当数酷似雅典帕特农神庙的建筑，12根巨大圆柱笔直伸向天空，雄浑的骨架托起气势恢宏的横梁，这便是苏格兰国家纪念碑。早在1815年，英国带领的反法联盟在战争中获得胜利，统一于大不列颠帝国的苏格兰决定建造一座国家纪念碑，以纪念战争中的牺牲者。纪念碑于1826年动工兴建，由于选材过于优良，导致造价过高，预算早早用完。到了1829年只得无奈停工。这样一个国家级的标志建筑，半路搁浅，一停就停了近200年。建筑本来就只有古希腊神庙一半的规模，还成了跨世纪的烂尾工程，这真是一件让倔强民族遗憾而神伤的事情。这大约也是世界国家纪念碑中最尴尬的一个。然而恰恰是这未完工的建筑物，却给人以一种不流于俗的残缺美，一种遗世独立的沧桑感。它孤独地立在卡尔顿山头，像一个历经风霜的老人，和蔼豁达地巡视着世事沧桑，终成为爱丁堡极具魅力的象征。

　　最奇特的纪念碑要算是纳尔逊纪念塔了。这座纪念塔高32米，是卡尔顿山上最高的建筑。这座酷似老式单筒望远镜的纪念塔，被数根雕刻精美的罗马石柱托起，在深蓝色的天幕下，深褐色的碑体显得壮阔宏伟，成为福斯海湾船只的灯塔。纪念塔是为纪念霍雷肖·纳尔逊而建的。在1809年的特拉法尔加海战中，海军中校纳尔逊浴血奋战，从容指挥，击败了法国与西班牙联合舰队，本人不幸中弹殉国。这场战役对于爱丁堡和大英帝国都有着非常重要的意义，为了纪念这位伟大的海军指挥官，英国人在伦敦市中心和爱丁堡都竖起了纳尔逊纪念塔（柱）。这里的纪念塔，顶端有一个白色的报时球，当爱丁堡城堡一点报时的炮声响起时，塔顶的报时球也随之升起，成为航海人员每天的校时器。

卡尔顿山上出镜率最高的是杜格尔德·斯图尔特纪念亭。杜格尔德·斯图尔特是苏格兰民族的骄傲，他从1786年直到去世，都在爱丁堡大学任教，教授道德哲学。斯图尔特在学校里，还教授经济学、自然哲学、希腊文和逻辑学，并著有众多哲学著作。在西方人的认知中，哲学代表着智慧，被视作文明的基石。他去世后，爱丁堡皇家学会于1831年修筑了这座纪念亭，纪念这位英国最重要的哲学家。这座纪念亭，以雅典的列雪格拉得音乐纪念亭为设计理念而修建，在它身上拥有雅典建筑简洁优美而浑厚的风格，成为爱丁堡明信片上印得最多的建筑。

斯图尔特纪念亭附近，是苏格兰民族歌手罗伯特·彭斯的纪念亭。这位伟大诗人的纪念亭，模仿了斯图尔特纪念亭的风格。两座相似的纪念亭，就像是兄弟二人，既特立独行，又相互凝望。彭斯出生于1759年的苏格兰阿进阿洛韦镇，家境穷困，从小务农，只上过两年学，24岁开始写诗，1786年出版第一本诗集，诗集使他一举成名，他被称为天才的农夫，成为享誉世界的诗人。只可惜在他诗歌创作的黄金时期不幸病逝，年仅37岁。站在彭斯纪念亭旁，我的耳边响起了诗人《魂断蓝桥》中的主题歌——

怎能忘记旧日朋友，

心中能不怀想，

旧日朋友岂能相忘，

友谊地久天长

……

七

爱丁堡有一则广告："不经意间，就爱上了这座美丽的城市，爱上了它精雕细琢的建筑，爱上了它依山傍水的秀美，还爱上了它典雅下的奔放。"广告语有点婉约，不像苏格兰人的豪放倔强，但实际却如其所言。爱丁堡的角角落落都充满着美和神秘，都隐含着不凡的历史和深厚的文化，都以它的与众不同吸引着人们的眼球，都以它的凝重荣耀震撼着人们的心灵。爱丁堡的美是刚毅的，庄严的，厚重的，沉静的。它意味无穷而不露声色，它饱经沧桑却生机勃勃，它器宇轩昂又高深莫测，它集雄浑的力量之美、恢宏的建筑之美、典雅的精神之美于一体，成为独一无二的自我。如果说有哪座城市代表了苏格兰的历史和人民，除了爱丁堡再无其他之地。

爱丁堡之旅，浮光掠影地观看了爱丁堡的人文景观，而在此后的资料翻阅中，让我原本沉静下来的心情又掀起震撼的狂澜。让我想象不到的是,这片土地上不仅盛产伟大的哲人、作家、诗人,还盛产发明家:詹姆斯·瓦特改良蒸汽机,推动了工业革命;麦克里奥德发现胰岛素,挽救了无数糖尿病人的生命;约翰·伦敦·麦克亚当发明的碎石路面,至今还被人们称为"麦克亚当道路";罗伯特·汤姆逊和约翰·伯德·邓洛普发明了充气轮胎,为世界汽车工业的发展做出巨大贡献;亚历山大·贝尔发明了电话,为人类提供了快捷简单的联络与交往方式;约翰·罗杰·贝尔德发明的电视,实现了图像的获取和传送;亚历山大·弗莱明和詹姆斯·辛普森发明的青霉素、麻醉剂,挽救了无数人的生命,开创了世界无痛分娩的历史……而爱丁堡大学,就有 25 名诺贝尔奖获得者。

这些震惊世界的发明,这些诺贝尔奖获得者,足以让世人对苏格兰人、对爱丁堡充满崇敬。

史蒂文森说:"无论他们去哪儿,都无法找到这样独一无二的城市;无论他们去哪儿,都带着对故乡的自豪。"这话用来表述爱丁堡与爱丁堡人,恰如其分。

沉寂在历史深处

也许,但凡来到巴黎的人,都要到这里来看看,来看看这里堆砌的金碧辉煌,来看看旧时皇家的浮华奢靡,来看看浪漫风雅的法国人引以为豪的娇宠,来看看法兰西帝国曾经的强权掠夺。

尽管它离巴黎市区有着 20 千米的距离,它依然以它的独特魅力与雄伟壮丽,以它在历史上的辉煌与傲慢,接纳着海潮般涌来的游览者。

这就是凡尔赛宫。

一

我去凡尔赛宫的那天是阴天,但不是那种黑云压城的云迷雾锁,而是那种灰蒙蒙中的云舒云卷。

凡尔赛宫的大栅栏门前，是铺满碎方石的扇形军械广场，也称为仪仗广场。这种空阔的场地在许多帝王宫殿前都有，既象征皇家不可亵渎的威严，也便于举行盛大的检阅。大门前的广场中央，有一尊路易十四策马扬鞭的青铜雕像，铜像已经锈蚀成青绿色，但路易十四那副纵横天下唯我独尊的神态却依然如故。这位铜像耸立在凡尔赛宫前高高在上的君王，在位统治法国达72年之久，是世界历史上在位时间最长的主权国家君主，曾使法兰西帝国成为整个欧洲的翘楚，以至于当时的欧洲贵族都以说法语为荣。让人难以置信的是，这么一位强悍的让欧罗巴版图震荡的君王，真实的身高却只有1.54米。而今天每个观瞻者站在雕像面前，都会为铜像的高大伟岸而赞叹，都会因为对他的仰视而觉得自己渺小。足见世上很多看似伟岸的东西，并不是自身有多高大，主要看你处在什么位置上，把你推得是不是足够高。

皇宫大栅栏门，直对着大理石庭院。这是一个三面围合的小广场，宏阔的楼体拱卫着广场中央的建筑，这里曾是路易十三的狩猎行宫，凡尔赛宫建造时保留了下来。早在1623年，那时的凡尔赛地区还很荒芜，杂木丛生，沼泽满地，人迹稀少，但却是野生动物恣意出没的乐园。为了满足休闲的需要，路易十三决定在这座高地修建一座狩猎小屋。经过一年的施工，路易十三住进了这座简陋的小屋。建筑的一层为储藏室

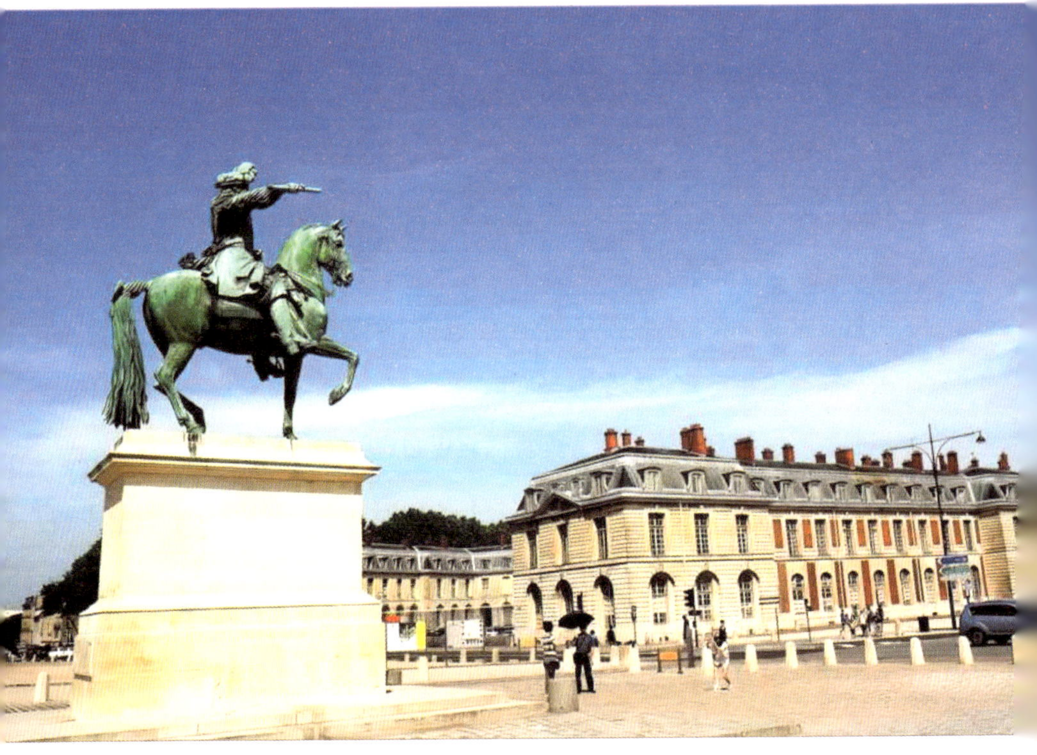

和兵器库，二楼为国王办公室、寝室、接见室、随从人员卧室。当时这里只能容纳十几个人的住宿，对于一个君王的出猎来说，这确实是过于简朴而寒酸了。小屋的风格也显过时，当时巴黎主流是用白色巴黎石修建房屋，路易十三在凡尔赛的小屋却用红砖建成，点缀着公元前7世纪兴起的多立克石柱，屋顶则由黑色的板岩铺就。这座被称作"纸牌屋"的小屋，拥有红、白、黑三种颜色。过了十年左右的时间，路易十三对狩猎小屋进行了改建，简陋的狩猎小屋成为一座美丽的乡间庭院。

这座庭院正是现在的大理石庭院，位于凡尔赛宫的心脏地位。

当路易十四决定在父亲庭院原址建设新的宫殿的时候，王室的顾问和大臣们都认为，保留已趋破落的"纸牌屋"，对于新宫殿的建造极不现实。建筑师路易·勒沃在向路易十四描绘设计蓝图时，建议拆掉先王的这座狩猎行宫，以便使凡尔赛宫的建造毫无障碍。然而路易十四却寸步不让，他甚至威胁说：出于对城堡的感情，即便它被彻底拆毁，他也会原封不动地将它重建起来。这种感情也许是对于先王的一种尊重和思念，也许是对童年随同父王逐猎的一种追忆和铭记。

建筑师经过苦思冥想，提出了巧妙的解决方案，不仅保留了最初的庭院，还大幅扩建其规模，环其三面新建大量布局松散的建筑，围成两座新的庭院，保留原来的红砖墙面，增加院落里的大理石雕塑和镀金装饰，并在原来空旷的庭院中铺上了红色大理石，小院得名"大理石庭院"。在狩猎小屋得以保留下来后，庭院的最后改造由路易·勒沃的继任者芒萨尔完成。他彻底改造了路易十三狩猎小屋，曾经古朴的外立面添加了半身塑像和时钟组合，使古朴的建筑生动而又庄严。而这些创造性的改变，都饱含政治寓意。每当时钟敲响，钟里都会出现路易十四的塑像，头顶有女神赐予的桂冠。国王晚年的寝室位于宫殿的正中央，外面加盖了露台，以便使已是日薄西山的"太阳王"能够再次感受到壮丽的日出。而对于终身愿意与大众打成一片的君主，露台还能让他和蔼可亲地俯瞰他的臣民。

可见一个建筑师的成功，除了有着不同凡响的建筑美学思维外，揣摩帝王的心理需求，也是在特定时期成就事业的重要手段。

二

关于凡尔赛宫的诞生，有着这样一段与君王嫉妒有关的故事。

1667年7月，尼古拉斯·富凯的沃勒维孔特城堡建成，路易十四应邀前往参加庆典。这位曾经的财政总监、时任的总检察长,用聚敛的大量钱财,将自己的城堡建得前所未有地富丽堂皇,远远胜过皇家御用的圣日耳曼宫和枫丹白露宫。与沃勒维孔特城堡相比,两座皇宫真是相形见绌。这让路易十四一走进富凯的城堡,就极其震惊而恼火。庆典过程中感受到的富凯的权势、城堡的恢宏、宫内的珠宝、精美的绘画、园林的瑰丽、接待的奢侈,都让作为君王的路易十四醋海生波,妒富愧贫。那个因权力、财富而膨胀的人,那个因膨胀而大肆炫耀的人,竟不知王权这柄达摩克利斯剑已悬在头上,也不知天下哪里会有容忍臣子比自己显赫的君王。当一个人的才德和智慧不足以支撑他的显赫时,走向毁灭是早晚的事。原本希望取悦讨好自己的君主,反而适得其反。这盛大的接待仪式打开了地狱之门,成为富凯最后的辉煌。这次接待,使路易十四震怒地指控富凯奢侈得无法无天,也坐实了他对富凯贪腐成性和颇具野心的怀疑。在庆典结束两个月后,路易十四命令皇家火枪手逮捕了富凯,并把他投入一座永远不会释放他的监狱。

虽然富凯的行为让他嫉恨,但富凯建造的城堡却让他惊异。这座城堡宏伟的建筑形态、园林的别出心裁、绘画的巧夺天工,都让路易十四兴趣盎然。他把给富凯修建城堡的全班人马收到麾下,他要让这些人加入他心中的宏伟计划,他要打造一座全新的凡尔赛宫，它的壮丽要远远超过沃勒维孔特城堡，它的宏伟要堪比古罗马建筑，成为这个世界上一座巍峨的丰碑。

三

尽管当年路易十四在勘察新宫殿地址的时候，随行的廷臣没有一个人认同此后的选址，但那也只能是关起门来的窃窃私语。那时的凡尔赛没有水源，没有风景，没有沃土，只有流沙和沼泽，只有潮湿和蚊虫，以及乌烟瘴气、萧瑟凄凉的环境。跟随路易十四在凡尔赛山地、树丛、沼泽中选址的同僚们，饱受蚊虫叮咬，整日疲惫不堪，尽管他们满腹怨言，却又不能不接受国王的与众不同。路易十四将自己的宫殿确定在最糟糕的地方，以此向世界展示他的意志超越自然。

一个独裁体制的君王，只要他想去实现他的某种梦想，是一定会不遗余力去做的，绝不会因为有人反对而偃旗息鼓，更不会因为国库没钱、民生艰难而善罢甘休。对于独裁的君王而言，权力、形象、丰碑、胜利，是构建他神威的巨大支柱。路易十四是一个绝对专权的君主，他不习惯听命他人，也不屑于此。没有人能命令他，从小他就认为自己是神灵，像那个时代的所有君王一样，他也毫不例外地认为"君权神授"，因而他把自己的一切权力都当成上天所赐。

创作过许多经典童话的法国文学家夏尔·佩罗说：国王刚说完那里应该有一座宫殿，一座非凡的宫殿就出现了……凡尔赛宫的建造听起来就像是童话，但它的建造却并非童话那样妙趣横生，一蹴而就。凡尔赛宫的建造，体现了一个专制君主的独断专行，也体现了一个专制政体集权的优势，全国的人力、物力、财力可以毫无节制，尽其所用。在那片沼泽密布的山地上，路易十四动用了三万余名工人、数百名建筑师投入施工，六千匹马搬运石方。为确保凡尔赛宫建设的顺利进行，路易十四下令10年内在全国范围内禁止其他新建建筑使用石料。到了夏季，水源奇缺，沼泽地的各种蚊虫肆虐，各种热病流行，死于热病的工人不计其数。但死亡挡不住一个君王的狂妄。可以毫不夸张地说，凡尔赛宫的辉煌，建立在国王对臣民生命无情的漠视上，由无数白骨堆积而成。

路易十四童话般的城堡，像被施了魔法一样，突然矗立在贫瘠的沼泽地上，这种有目共睹的奇迹，使他越发声名显赫。在此后的岁月里，他纵横欧罗巴大陆，赢得"路易大帝"之称。

路易十四深知自己将在凡尔赛宫住得长久，需要大臣们随侍左右，一向神秘的路易十四向廷臣透漏，凡尔赛宫不仅仅是宫廷，也将是政府的办公所在地，这里将打造成君主的权力中心和政府的控制中枢。随着建筑的扩展，两排占地广阔的"人臣翼楼"出现了,一个更大更宽敞的新庭院自此诞生,这就是现在的皇家庭院。

1682年5月5日,路易大帝将其宫廷和政府迁至凡尔赛宫,法国的政治、外交决策都在凡尔赛宫决定,凡尔赛成了事实上的首都。

四

如果凡尔赛宫的外观给人以宏伟壮观的感觉,那么它的内部陈设装饰就更具艺术魅力了。500余间大殿小厅处处金碧辉煌,满眼的豪华富丽,各种雕刻、巨幅油画、挂毯挂满内壁,工艺精湛的家具琳琅满目,让人叹为观止。

凡尔赛宫最豪华瑰丽的殿堂是镜厅,这是法国乃至世界建筑史上的经典之作,也是游览凡尔赛宫必去之地。镜厅长约76米,宽约10米,高13米,两端分别与设施完备的战争厅和和平厅相连。17扇落地窗和四周的墙壁上,镶嵌着483块镜片,将外面的蓝天、绿树映照出来,别有一番景色。24个巨大的波希米亚水晶吊灯,32座多支烛台和8座可插150支蜡烛的高烛台,经镜面反射形成3000多支烛台,映照得整个大厅群星璀璨,光彩夺目。镜厅中昂贵多彩的大理石、银质家具、制作精美的镶嵌工艺装饰品以及拼花地板,都使镜厅透露着与众不同的高贵。而墙上一面从天花板直抵地板的巨大落地镜更是巧夺天工，这使得法国的工匠们完全有理由挑战主宰玻璃制造业的威尼斯大师们。墙壁用淡紫色和白色大理石装饰，柱子为绿色大理石，柱头、柱脚和护壁均为黄铜镀金，装饰图案的主题是光芒四射的太阳，以表达对路易十四的敬仰与崇拜。

拱形天花板上是国王的首席画师夏尔·勒布伦绘制的系列画作，大约有30幅，描绘了国王从1661年掌权到1678年间立下的赫赫战功。位于天花板中心的画作是《国王亲政》，纪念路易十四在亲政后，不再设立首相一职，而由他本人直接进行统治。这些画作构图精巧，绘制细腻，挥洒淋漓，气势纵横，展现了一幅幅风起云涌的历史画面。从美学角度来看，这些画作都属于上乘之作。但勒布伦的这些画作不仅仅是美学意义上的画作，它标志着一个象征性的转变。此前，在凡尔赛宫里，路易十四对伟大的诉求，主要通过与神话人物的类比来实现，或对太阳形象的象征手法进行表达，而自此以后，路易十四本人开始成为每幅画像的主宰。那个穿着盔甲、裸露四肢、头戴假发、身披鸢尾花图案斗篷的君王，开始了从神话到历史的转变，意味着路易十四正将自己提升到神的地位。

镜厅举行过多次大型聚会，接待过许多外国使节，举办过王子婚礼，然而，更让人难忘的还是这里记载了德国和法国的恩怨纠葛。1870年普法战争期间，凡尔赛宫被普鲁士军队占领，成为普鲁士军队的司令部。1871年1月18日，普鲁士国王威廉一世在凡尔赛宫的镜厅加冕，被拥立为德国皇帝，德意志帝国宣告成立。同年2月26日，德法在凡尔赛签订了初步和约。一个德国皇帝在法国的镜厅宣誓即位，这种被战胜国蔑视和侮辱的历史令法国人世代难忘。然而历史在它的进程中，总是不断地转换当事人的角色。1914年，第一次世界大战爆发，战争以英法为首的协约国打败德奥同盟国而告终。作为协约国的法国，坚持在镜厅与战败国德国签订《凡尔赛和约》，宣布第一次世界大战的结束。之所以这样坚持，为的就是洗刷当年之耻。

五

1662年，路易十四选择太阳作为自己的象征，在他看来，太阳是生命的主宰和宇宙的中心，代表着至高无上且最完美的君主形象。此后，象征太阳及阿波罗的形象开始出现在王室领地各处。他也以太阳神阿波罗自拟，自称为"太阳王"，并制定了一系列礼仪原则，目的是让整个法国的目光都聚焦在他个人与他的权力上。

两年后，成为国王首席画师的勒布伦和他的团队一起，在城堡北翼国务厅的中心布置了华丽的阿波罗厅，也是国王的御座厅。自此凡尔赛宫内主要的大厅均以环绕太阳的行星命名，如维纳斯厅（又称金星厅）、狄安娜厅（又称月神厅）、玛尔斯厅（又称火星厅）等。阿波罗厅在这所有的厅中布置得最为奢华绮丽，柱子为绿色大理石，柱头、柱脚和护壁均为黄铜镀金，装饰图案的主题是光芒四射的太阳，处处表达对路易十四的崇敬。天花板是镀金雕花浮雕，浮雕里阿波罗站在黄金战车上，驾驭着四匹白马，拖着太阳，在五彩云霞中翱翔，春夏秋冬四季神围绕在他的周围。墙壁为深红色金银丝镶边天鹅绒，中央为描金御座，位于深红色波斯地毯的高台之上。大厅壁炉上有一幅路易十四62岁时的肖像画，大约两米高，这是著名的肖像画家里戈的作品。画中的路易十四身着皇袍，头戴假发，足蹬高跟鞋，百合花徽的蓝色长袍搭在肩上，一柄宝剑悬在腰侧，手持权杖，站在御座前，威仪十足。这幅画本来是为了送给他的孙子——刚刚成为西班牙国王的安茹公爵的。画作完成后，路易十四非常喜欢，就此留在了法国，悬挂于此。

位于主楼东面的国王套房，早已不是当年路易十三简朴的狩猎小屋了，现今的奢华绝不可与当年同日而语。中央为国王卧室，内有金红织锦大床和绣花天篷，围以镀金护栏，

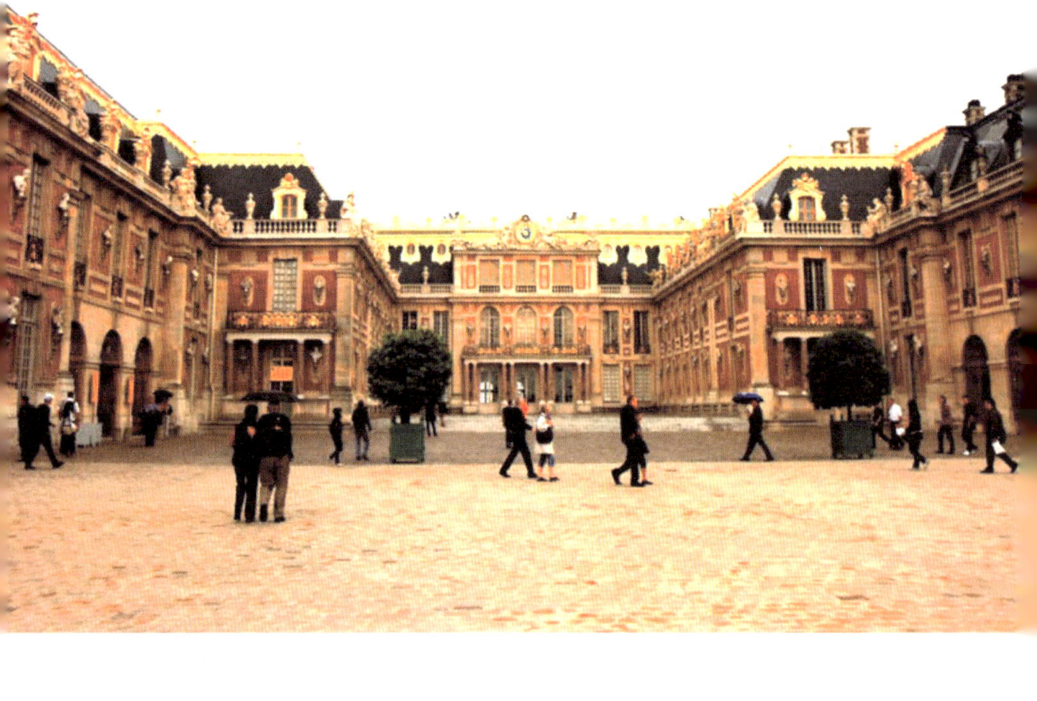

天花板上是名为《法兰西守护国王安睡》的巨大浮雕。这里是路易十四的私人居所，也是凡尔赛宫的政治活动中心。

像许多独裁的君王一样，路易十四也是一个喜欢表演的人，他把日常生活中的私密细节，变成了礼仪化的公共表演。在这里，每天都会举行起床礼、早朝觐、晚朝觐和问安仪式。早上八点左右的晨起仪式，晚上十点半后的就寝仪式，都是有大批廷臣和仆从参加的小型仪式。上百名贵族从前厅进入国王的寝室，服侍、观看国王起床。随后，国王会走进与寝室对称分布的议政厅，在这里将上午的时间用在与大臣及官员处理国务上。路易十四的用膳也是公共事务之一，下午一点他会享用小食，而晚间盛宴是更大的公共事件。晚上十点左右，晚宴会在王后套房内进行，食物都装在金餐具里，在大批廷臣的围观下，国王与最亲密的家庭成员共进晚餐。

国王将宫廷及主要政府机构安置在凡尔赛宫，同时鼓励高级贵族定居于此，他以一种全新的方式实现了中央集权。并不是所有的贵族都有资格来到凡尔赛宫陪驾，只有那些在政府部门担任要职的贵族，才能有机会来到这里。居住于凡尔赛宫里的贵族常年有6000到7000人，而能够有幸参加这些私密仪式的只有百余人，这对于每个贵族而言都趋之若鹜，以尽阿谀谄媚之能事。在这样的专制体制中，不论是贵族还是平民，绝没有尊严和人格而言，只有奴颜婢膝的生存之道和肮脏丑恶的利益获取。当路易十四举行完滑稽的起床礼，经由装饰华丽的走廊时，廷臣们会焦躁不安地争抢靠前的站位，以便让国王看到他们的存在。在国王的寝室里，尊贵的家族彼此竞争，伺候国王更衣，为他举烛照明，只为让自己的家族获得受国王垂青的机会。

这些看似荒唐的事情，在路易十四的仪式制度下，却承载着巨大的荣誉和尊贵，以及可能借此获得的赏赐。在那个时代，王朝的荣耀、家族的尊贵、个人的前途、官员的任命，毫不走样地掌握在君主手中，君主的喜怒哀乐，就是臣民的悲欢离合。

凡尔赛宫的每一个厅都是精心打造的，几乎没有一个厅是一次装潢而成的，为了君主的喜好，有的甚至翻修达10余次之多。正是这样对宫殿不加节制地美化，才有了今天眼前眼花缭乱的盛景：位于主楼二层东北角连接处的王家小教堂，后为国王接见厅的海格立斯厅；位于主楼二楼北侧，墙壁用各种精美瓷器装饰的狄安娜厅；天花板上绘有奥朗德油画《战神驾驶狼驭战车》，经常举行宫廷音乐演奏会的玛尔斯厅；存放历代国王的奖章及珍宝收藏的丰收厅；围以银质栏杆，摆放纯银大壁橱，墙壁上围有金色和银色锦缎的墨丘利厅；反映路易十四征服西班牙、德意志、尼德兰等功绩的油画，镀金壁炉之上为路易十四骑马浮雕像的战争厅；以罗马、法国和纳瓦拉王国国徽为主题，壁炉上悬挂"路易十五创造和平"油画的和平厅……每个厅都因为近乎夸张的奢侈而让人惊艳。当然，还有豪奢的王后套房。

这些厅堂，因为它们的瑰丽奢华、富丽奇巧而又蕴含历史情境，让人记忆深刻。

六

只要走进凡尔赛宫前的花园，就会被延伸至地平线上波光粼粼的水域和莽莽无垠的森林所震撼。就是这座建于4个世纪前的园林，成为日后席卷欧洲、影响世界的"法兰西式"园林典范。

皇家公园分为大公园、小公园和御花园三部分。大公园占地面积达150平方千米，大都是生态型的山野土地；在大公园上圈出的小公园，面积约17平方千米；当然最核心的是凡尔赛宫殿前的御花园。小公园里最具冲击力的是大运河，这条十字形水道，纵向长约1600米，与中央大道连成一条直线，将园林分成了两部分。大运河的宽度和深度足以承载各种船只，包括贡多拉、那不勒斯帆船、英式游艇、荷兰驳船以及法国战舰。路易十四就曾在运河上安排帆船进行海战表演，或让船夫划着贡多拉模仿威尼斯运河风光，逍遥自在，自得其乐。

　　沿着中轴线的大林荫道对称分布，几何形状的花坛与花圃之间延伸出一条条小径，通往各处不同的景观。在箱形树林和修剪过的灌木丛的衬托下，各种鲜花争奇斗艳。这些被切割成几何图形、受到限制的模块化空间里，建筑、泉池、运河、雕塑、花坛……多种艺术表现形式与植被巧妙地结合在一起。虽然严格的塑形和修剪无处不在，但其精妙的设计、精美的造型，令人感到赏心悦目。花坛栽满了从法国各地收集来的奇花异草，包括诺曼底的水仙、普罗旺斯的玫瑰、朗格多克的枫树等。自1686年芒萨尔掌管设计后，更换了之前勒沃的版本，这座花园里面种满了来自世界各地的果树，还开辟了欧洲最大的橘树种植地，种植了2000多棵橘树。

　　路易十四有很长一段时间热衷于喷泉，因而无论是宫殿，还是御花园，喷泉便雨后春笋般地出现。据统计，凡尔赛宫建有大小喷水池1400多个，走到花园中，人们都会震惊于这里喷泉数量之多以及水柱喷射之高。园林内还布置着大量雕塑，数量之多、质量之高，同样让人震惊。园中的100多座雕像，从古老的雕塑精品到当时最杰出艺术家的作品，都恰到好处地放置在园内，把一座园林打造成巨大的露天雕塑博物馆。从镜厅朝大林荫道看去，著名的拉托娜泉池就在眼前。这座雕塑讲述了拉托娜被农民所辱，为了保护年幼的阿波罗和戴安娜不受欺辱，无助的拉托娜向宙斯求救，宙斯便把这些邪恶的农夫变成青蛙。喷泉中央的制高点，拉托娜和孩子呈三角形依偎在一起，一群青蛙和头部刚刚变成青蛙的农夫口喷清泉，形成一幕晶莹的水帘，把立于泉水之上的拉托娜和孩子罩在水花之中。在拉托娜喷泉的对面，是阿波罗喷泉雕塑。这组雕像直接建在运河里，阿波罗雄踞四马战车之上，英姿勃勃跃出水面，一副叱咤风云、龙腾虎跃的威武形象，几个海妖吹响海螺，宣告阿波罗的降临。

站在宫殿高处极目远眺，凡尔赛花园就像一个流光溢彩的艺术中心，玉带似的运河波光粼粼，帆影点点；大林荫道两侧大树参天，郁郁葱葱；各种雕塑亭亭而立，绚丽多姿；喷薄而出的喷泉直冲云霄……

七

波旁家族似乎是一个注重传承的家族，路易十四钟情于路易十三的狩猎小屋，路易十五除了加盖路易十四计划而没有完成的剧院，没有改动其他建筑，路易十六除了在他的五金作坊里迷恋他的锁具制作，对改动先王建筑更是毫无兴趣。1789年法国大革命之后的100年时间里，法国历史上政权更迭频繁，先后历经了法兰西历史上几个短暂的统治时期，凡尔赛宫也在这动荡的政局中飘摇。虽然在世事动乱中那些珍宝器物也被洗劫、被转移，但依然在国泰民安的时候归还到这里，从而使今天的凡尔赛宫依然保有当年的流风遗韵。

出于对文明的尊重，对于波旁王朝建造的宫殿，我心怀敬意，对于法兰西人创造的奇迹，我充满敬仰。但在我参观这座富丽堂皇的凡尔赛宫时，在我走过这里每个辉煌的殿堂时，在我看到无边无垠的园林景观时，我的心情并不高兴，总有一种难言的沉郁，脑海里一直萦绕着我们的圆明园，眼前似乎燃烧着熊熊的烈焰，一个民族撕心裂肺的嘶喊仿佛就在耳边。

前些年，我在读法国历史学家伯纳·布立赛的著作《1860：圆明园大劫难》时的那种呼天抢地的悲愤，那种肝肠寸断的苦痛，那种切入骨髓的怨恨，此时，像一股强大的电流，又一次穿透我的胸腔。当想到一个民族集聚几个世纪的奇珍异宝，被英法联军掠夺精光；当想到作为世界上最为辉煌的园林建筑，被法国人、英国人烧为灰烬；当想到一个文化璀璨、历史悠久古老帝国的尊严被烧毁、被践踏；当想到躲在楼阁中，寻求最后生机的300多名太监宫女被活活烧死时的哀号……我的血液在汹涌，我的心跳在加剧。作为一个中国人，我们不应该忘记！

在这本书里，有许多珍贵的史料，让人刻骨铭心。法国对华远征总司令蒙托邦在给陆军部大臣的信中写道：

"难以计数的壮丽豪华建筑一座连着一座，绵延16千米之远，这就是人们常说的皇帝夏宫。园内有很多寺塔，里面供奉着各种各样金的、银的和铜的巨大神像……花园湖泊，星罗棋布；一座座白色大理石建筑物以琉璃瓦盖顶，五颜六色，熠熠生辉，里面有数世纪来堆藏着的各种奇珍异宝。除了这些，还有绝妙的田园风光。阁下对我们所看到的这一切，也许仅有概念而已。"

参与这次大抢劫的法国海军上尉巴吕说：

看到这座宫殿的时候，不论受过何种教育，也不论哪个年龄，还是什么样的思想观念，大家所产生的印象都是一样的：压根儿想不出有什么东西可以与之相比，绝对震撼人心！确切地说，法国所有王室城堡都抵不上这个圆明园。

就是这样一个举世无双的建筑，这样一座震撼古今的皇家园林，在1860年10月18日这一天的凌晨，丧心病狂的英法联军用一把罪恶的大火，把它化为灰烬。

今天，当我站在这里，五味杂陈，既有对眼前宏阔壮丽建筑的欣赏，也有对过往屈辱历史的悲愤。我真切地希望，一个民族能够真诚地忏悔对其他民族犯下的罪恶，一种文明对另一种文明的残暴践踏不再发生。

佛罗伦萨掠影

一

巴士停在佛罗伦萨城的时候，已经是下午两点，而晚上八点，我们又将离开这座城市。对于游览这样一座美丽优雅而纯净厚重的城市，时间安排得实在是太仓促了。

佛罗伦萨是一座美丽的城市，古朴、幽静而又韵味十足。青石板铺就的条条街道，黄墙红瓦错落有致的座座建筑，十足中世纪韵味的一间间商铺，透彻的阳光下光影交错的丰富色彩，随处一个角度拍摄出的图片，都是一幅精美的油画作品。最初徐志摩将佛罗伦萨译成"翡冷翠"，是一个多么美丽而有意境的名字，只这名字就让人产生晶莹剔透、无尽韵味的悠悠遐想。佛罗伦萨城是一座可以用脚步去丈量的城市。这座城市虽然不大，可它曾经拥有过的辉煌与高度，这片土地上蕴藏的恢宏与内涵，足以让当今许许多多过度膨胀的超大城市汗颜。

佛罗伦萨建都于公元4世纪的罗马帝国，公元14世纪初，这座小城成为意大利文艺复兴运动的策源地，也是欧洲文化的发源地，从而改变了欧洲历史文化进程。漫漫100多年的时光，这里都是举世瞩目的地方。以至于600多年后的今天，人们仍然对这里充满了无限的景仰与崇尚。19世纪中叶，意大利统一后，多年的战乱使他们没有更好的城市可以定都，佛罗伦萨曾作过11年的意大利首都。作为首都的佛罗伦萨，并没有改变它的文化属性，没有因为它的政治尊贵而改变城市特质，它依然美丽而朴素，低调而内敛。不然，也就不会有我们今天看到的佛罗伦萨。

当我走在这座被石板铺满的城市街道的时候，一种很奇异的感觉，一种很厚重的东西，一种很独特的美的震撼，使我心里沉甸甸的。

二

一条美丽的河流贯穿全城，河的名字叫阿尔诺。河面很宽，河水很舒缓，阳光下望去，金光闪烁，带有几分妩媚，几分迷离。两岸是一片片建筑，绵延不绝，错落有致。红白相间处，白的是墙，红的是瓦，洋溢着浓浓的韵味。

　　河上横跨着多座造型优美的桥，而维琪奥桥却是佛罗伦萨最古老的桥了。人们叫它旧桥。它始建于古罗马时期，历经两次毁坏，现在看到的这座三拱桥，是在14世纪重建起来的，距今已有近700年的历史了。旧桥是座廊桥，是阿尔诺河上唯一的廊桥。这座桥远看就像一幢建造在河上的楼房，典雅绮丽，别致有趣。最初的廊桥上开着铁匠铺、屠宰场和皮革店，很是肮脏杂乱，臭气熏天。在16世纪末，费迪南度公爵将这些很脏乱的商铺迁出，改由珠宝店和金匠来经营，从根本上使这座廊桥的气质得到改变。一条拱廊商店街道，各色人群熙熙攘攘，犹如一幅古典风俗画。沿桥上行走，两边都是紧紧相连的商店，经营着金银饰品与工艺品，也有现场用手工制作金银器的作坊。在这廊桥上，目光所及，处处闪耀着意大利的古老文化和传统手工艺的灿烂光芒，感受到古往今来工艺技巧的余韵。桥中间有一个观景平台，可以观赏阿尔诺河沿岸绮丽的风光。桥中心有一座半身雕像，雕像的主人并非王公大臣、权贵英雄，只是佛罗伦萨一位有名的金匠，接受着来来往往人们目光的礼赞。对于一位工匠的尊重尚且如此，足见文艺复兴的人文思想是怎样牢牢地植入这个民族血脉中的。

　　诗人但丁也正是在这座桥上邂逅了心爱的女人贝特丽丝，梦幻般的邂逅凝固了但丁一生的爱情。这个脍炙人口的爱情故事，也使阿尔诺河上的这座旧桥名满天下。

三

距旧桥不远是著名的西尼奥列广场。西尼奥列广场位于佛罗伦萨市中心，这里有一座城堡状的建筑物，历史上这是美第奇家族的府邸，现今已是市政厅。西尼奥列广场也被称为市政厅广场。

在佛罗伦萨，永远无法回避的一定是美第奇家族，这座城市处处都铭刻着这个家族的印记。14世纪，佛罗伦萨就被当地的巨商美第奇家族这只狮子所守护，这一守护就是300年，而美第奇家族的族徽也成了今天佛罗伦萨的市徽。在那个遥远的时代，这个家族是佛罗伦萨实际的统治者，掌握了当地政治和经济的实际权力。这个家族先后诞生了三位教皇、两位法国王后，也经历过三次政治放逐。在300多年的进程中，美第奇家族建造教堂，修建公共设施，鼓励奖掖文化，搜集大批失散的图书及手稿，建立图书馆，对公众开放；不遗余力地网罗扶持艺术家；大力倡导宽容自由的人本思想。在美第奇家族的推动下，佛罗伦萨成为欧洲文艺复兴运动的发源地和中心，诗歌、绘画、雕刻、建筑、音乐成就斐然，历史、哲学、政治理论等研究雄踞意大利各邦前茅。在那个辉煌的年代，在佛罗伦萨怀抱里，创造了多少珍稀的艺术品，哺育了多少振聋发聩的历史英杰！就是这样的一个小城，达·芬奇、米开朗琪罗、拉斐尔、但丁、薄伽丘、伽利略等历史巨人，在这里激情演绎，智慧创造，使得这座城市成为文艺复兴的摇篮。是美第奇家族的倾情努力，孕育出创造了欧洲崭新历史的文艺复兴运动，历史给予他们"文艺复兴教父"的尊称。

也许，没有美第奇家族，就没有意大利的文艺复兴，欧洲的复兴历史也不是今天所看到的历程。美第奇家族开明豁达的胸襟，作为有良知的富人对人类崇高追求的感情倾注，是值得举世敬重的。获取财富用来推动社会发展，推动文化繁荣与文明进步，从而使财富的积累变得高尚而有意义，人生大善莫过于此。这需要人生的大境界。而坐拥金山仍睁大攫取财富的贪婪的绿色眼睛，将财富的累积当成生命目标的那些人，即便是富可敌国，面对美第奇家族时，又是显得何等猥琐、鄙陋、可怜。

西尼奥列广场被认为是意大利非常美的广场之一，不仅是因为它的大，还因为周围的精美建筑与雕像。广场始建于14世纪，当初规模并不大，经过扩建后形成今天的规模。广场旁旧宫上的塔楼很高，看去有百米左右，它是意大利非常夺人眼目的公共建筑之一。旧宫侧翼的走廊，当初为行政长官宣读文告的会场，现在连同整个广场成为一座露天雕塑博物馆，各种雕像栩栩如生，生动传神。英俊威武的大卫，驾车驭马的海神，跃马欲试的科西摩一世……神态各异地陈列在那里，展示着雕塑艺术特有的震撼与骄傲。大卫本是《旧约》里的一个人物，是古代地中海东岸希伯来民族的领袖。当扫罗王的军队无力抵抗从北非来的腓尼基人入侵时，他勇敢上阵，用手中的甩石机打倒了敌人的首领。公元前1055年，他带领人民征服了周边的小部落，继承扫罗王的王位，奠都于耶路撒冷。伟大的艺术家米开朗琪罗借用这个人物，来表现一种顽强、坚定、无畏和正义的精神气质。米开朗琪罗创作这件雕像时，意大利正处于四分五裂状态，米开朗琪罗一定是希望有一个英雄来统一国家，使人民能够过上幸福祥和的生活，而故事中的大卫正是艺术家理想的英雄人物。米开朗琪罗刻刀下的大卫体魄健壮，肌肉健美，浑身上下张扬着无尽的生命力；面部表情冷峻逼真，双眉紧锁，头向左转，双目怒视前方，显示出威武不屈的坚毅姿态……久久凝视着雕像，一种无名的冲击力使我内心澎湃不已。

真正的艺术是打动人心的艺术，与时代、与历史持续地产生共鸣。《大卫》的问世，在佛罗伦萨引起了轰动。许多著名艺术家组成的委员会，就雕像应该摆放在何处进行了反复而慎重的讨论，最后，还是按照艺术家本人的意愿，放在了市政厅的门前。后来，出于对雕塑保护的考虑，原作被移藏在佛罗伦萨美术学院，现在的市政厅门前，安放的是一尊复制品。

时至今日，《大卫》雕像问世已经500多年了，它的艺术魅力依然熠熠生辉，依然那样动人心魄，吸引着世界各地许许多多艺术追求者的顶礼膜拜，永续地向人们解读着男人的力与美。

四

自中世纪以来，欧洲各地的大教堂可谓蔚为壮观，这既得益于宗教，也得益于一种带有宗教性的生生不息的精神气质，不然有些奇迹是无法理解的。如建设历经了漫漫6个世纪的科隆大教堂，130年前开工预计再过20多年方可竣工的巴塞罗那圣家族大教堂，如果没有一种特有的精神气质传承，是很难想象这样一丝不苟的恒久坚持。佛罗伦萨的圣母百花大教堂，坐落在佛罗伦萨的中心地带，距离西尼奥列广场很近，是世界排名第三的大教堂。教堂始建于1295年，但直到1887年才最终完工，悠悠近600年的时间，不同年代的设计大师阿尔诺沃·迪卡姆比奥、菲利浦·布鲁内莱斯基、埃米利奥·德法布里等，分别设计了教堂主体、圆顶及教堂的外墙装饰，才使这座教堂如此巍峨地屹立在这片土地上。也许，只有当建筑艺术的文脉与宗教的精神气质真正联通了建筑巨匠的心灵时，才有可能创造出这样跨越时代的奇迹。

  仰望着圣母百花大教堂，会强烈地感觉出它与众不同的气质，白色、绿色、淡粉色的大理石，拼成各式几何图案的墙体装饰，线条简约柔美，色调明快圣洁，从而使外墙上的雕像、绘画及圆形窗户显得更加奇美。奢华艳丽中，大教堂洋溢着女性柔美瑰丽的气质。与见到过的许许多多的教堂比，圣母百花大教堂多了一份优雅，少了一丝压抑；多了一份柔美，少了一点刚毅。最奇迹的，还是它那仿自罗马万神殿的神奇圆顶。主教堂的顶部是那个时代绝无仅有的最大圆屋顶，也是第一座文艺复兴式圆顶，是中世纪建筑工程最伟大的代表作。设计师菲利波·布鲁内莱斯基用了14年的时间完成了大教堂的圆屋顶工程，震惊了当时的建筑业。而这项完美的建筑杰作也是他的终身代表作。菲利波·布鲁内莱斯基建造这圆屋顶时，因为怕别人剽窃他的设计成果，据说是没有用一张图纸，光凭精确的计算、空间想象和现场亲力亲为的运筹，就把这惊世巨大的圆屋顶建造出来了。这样非凡的才华真让人惊叹不已！以至于后来米开朗基罗在计划设计圣彼得大教堂时由衷地说："我可以盖个比佛罗伦萨教堂圆顶更大的圆顶，但绝无法及上它的美。"罗马教皇在参观这个大教堂时，被这个充满空间节奏、光线荡漾、极富美感的穹顶所震动，

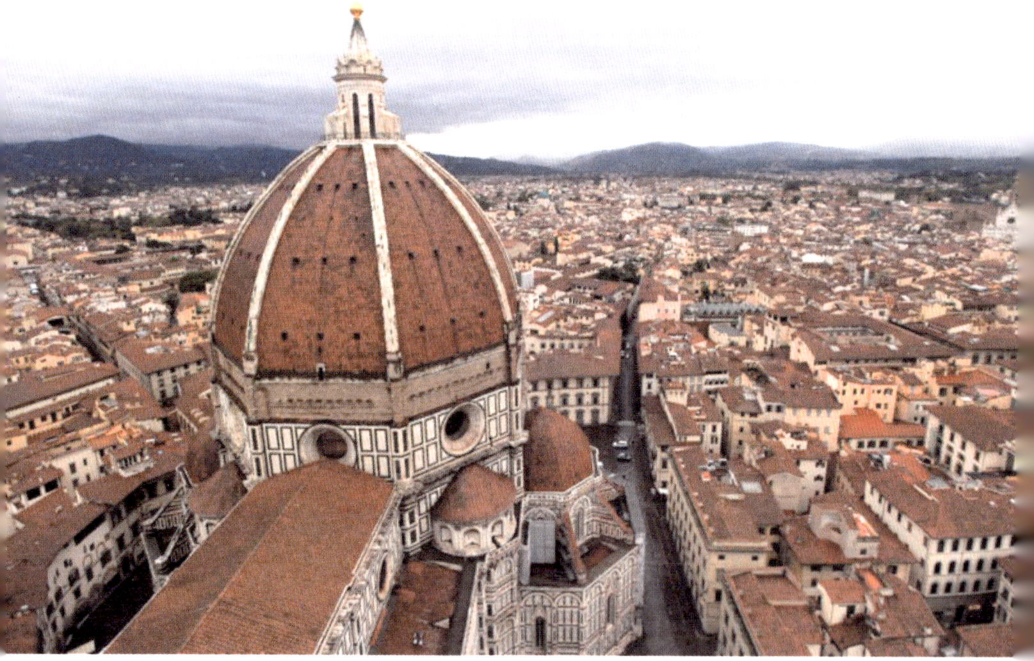

惊讶地称这是个"神话穹顶"。

乔托钟楼、圣乔万尼洗礼堂与圣母百花大教堂紧密相邻，三座建筑风格相似，色调相近，相映生辉，是佛罗伦萨最为著名的地标建筑群。靠近大教堂右侧的花边建筑是钟楼，由举世闻名的建筑师、画家乔托设计，因而得名乔托钟楼。乔托钟楼建于1334年至1359年间，乔托1337年辞世时只完成了底部两层。乔托去世后，先后由昂德雷阿·皮萨诺和弗朗切斯科·塔冷蒂接替他负责监造工程。钟楼地平面呈正方形，通高八十九米。整个钟楼饰满了彩色大理石的镶嵌图案。底部两层为无窗闭合式结构，四周分别装饰着六角形和菱形浮雕，内容囊括了人类起源及人类的生活，亚当夏娃的故事、农耕、狩猎、纺织、天文、航行、医学、绘画等等，全景式地描绘了人类的生活形态。二至四层也是各种浮雕，五层悬挂大钟。钟楼镶嵌着各色大理石，图案都很精美，钟楼看上去挺拔俊秀而清爽，尤似直插青天的一根擎天柱。它是意大利14世纪初最丰富的雕刻杰作，它把罗马古典风格的坚固性与哥德风格的高贵性融合到一起，成为一件经典的历史杰作。

圣乔凡尼洗礼堂在大教堂对面，它的历史可追溯到公元5世纪，是佛罗伦萨最古老的建筑，也是托斯卡纳地区罗马式建筑的代表。洗礼堂外观呈八角形，比例极度完美协调，绿色与纯白色大理石交错镶嵌，尽显其高贵性。洗礼堂有三座铜门，"天堂之门"是洗礼堂的东门，正对着圣母百花大教堂。"天堂之门"是由吉贝尔蒂创作完成的，他花费了27年的时间，将亚当夏娃偷吃禁果被逐出伊甸园等10个圣经故事，用浮雕的形式在青铜大门上的10个小格内生动讲述。大门上端的墙面上还有三个天使雕塑，表情自然随意。"天堂之门"长年关闭，以方便游客随时观赏大门上的浮雕作品。浮雕是薄金所做，整个画面金光闪烁，浮雕人物栩栩如生，使这座"天堂之门"更显华丽尊贵。

五

在意大利有一种说法：罗马是政治首都，米兰是经济首都，佛罗伦萨则是文化首都。这话似不为过。走在佛罗伦萨石头铺就的街道，观赏着一间间商铺古老的面孔，目送着中世纪的马车从身边叮咚而去，欣赏着一尊尊鬼斧神工的雕塑，徜徉于一座座厚重而有传奇色彩的广场教堂……那充满艺术气息的历史和文化，那艺术博物馆般的街头巷尾，让人生出一份别样的尊敬。

暮霭临近时，我来到了背倚城市东南侧的小山岗上，这里是米开朗琪罗广场。广场中间耸立着铜质的大卫雕像，雕像底座的四面有四件浮雕，是米开朗琪罗的另外一组重要作品，是为美第奇家族陵墓所作的人体雕像的一部分，脱胎于古代河神的四件象征性雕刻。站在广场边缘，俯瞰着整个佛罗伦萨城，辉煌的落日给城市蒙上一层薄薄的金帛，灿烂地展现在面前。远远望去，连绵起伏的山丘，迤逦流过的阿尔诺河，奇丽壮观的建筑群落，郁郁葱葱的绿树，巍然高耸的教堂塔楼……尽收眼底。面对眼前情景，佛罗伦萨古老而厚朴的自然之美、艺术之美和历史之重，浑然一体，水乳交融，在我胸中交织起难言的激动……

洗浴之城的诗意浪漫

一

这是一座需要用心品读的小城,不适合那种到此一游的匆忙。这里没有高低错落的建筑,没有都市的喧嚣匆忙。走在车辆稀疏的街巷,体会到的是超脱于世的轻松与悠闲,久别重逢的沉静与舒畅。城市的灵魂在于它的气韵。一座富有韵味的城市有它跃动的灵魂,有它不同凡俗的味道,有它能让人细细琢磨的地方,绝没有千篇一律的单调和无聊,以及躁动与懊恼。正是这种超然的与众不同,才有了它的独特气质,才吸引着世界各地的人们流连于此,意惹情牵。

这座小城在英国,它的名字叫巴斯。

我是乘坐火车去巴斯的。在英国,火车是一种极其便利的交通工具,既便宜便捷又准时。不同的路段,不同的人口密度，就有不同的火车车体与时间的编排。在布里斯托倒车后，乘坐的开往巴斯的火车就只有三节车厢，车厢看着古朴，但并不陈旧，有一种很古典的怀旧感觉。坐在这样的车厢里，听着车体有节奏的响动，望着窗外阳光下因逶迤起伏而色彩斑斓的原野森林，任心思四野八荒地神游遐想，很有点十八、九世纪贵族旅行的味道。

巴斯位于英格兰的西南部，是英国一个著名的旅游小城。巴斯在英文中的意思是洗浴，这个词在中国的城市似乎妇孺皆知。是罗马人最早在这里发现了温泉，爱好洗温泉的罗马人在这里建了庞大的浴场。从此这座古老的小城，跟沐浴就有了密切的联系。

虽说巴斯是座小城，从地域的广博和人口的数量上看，都不足以与世界多数城市媲美，但它所蕴含的历史张力，它所透出的动人魅力，却足以让人震撼，也是多数城市不可企及的。

当我随着熹微的晨光走在这里的街巷，静谧的城市在晨光下披上了金色的衣裳，空气里散发着草木、水汽和泥土的芳香，深深地吸一口清晨的空气，人像是被洗涤了般的清爽。街道上晨跑的人，悠闲遛狗的人，都在晨光中绽放着和善的微笑，都在清晨的静谧中享受着全新的快乐。站在意式风格的普特尼桥下，俯瞰贯穿整个巴斯的埃文河，波澜不惊的河水像雏鸟的羽翼展开，静静地流淌。周围环境幽静清雅，18

世纪乔治王时代的建筑散落在桥的两边。伫立桥头,眺望埃文河两岸风光,河水清澈,野鸭闲散地在水中游荡,精巧的别墅点缀在埃文河谷延绵的风景里。那种古老的庄重,那种如诗如画般的绮丽,令人情不自禁悠然神往。走过普尔特尼桥,沿着普尔特尼街缓步而行,仿佛置身18世纪古老的城邦。那淡黄的石屋、石街、石桥构成的厚重的美,饱含着历史的沧桑,每一处似乎都骄傲着自己几个世纪的坚守、几个世纪的风光。

顺着街巷望去,远处连绵逶迤的山峦,秋天的晨光中,层层叠叠着五彩缤纷的盛装,似有似无的雾霭薄纱一样笼在山上,远山近峦平添了仙境一样的幻象,灵动着深远含蓄的勃勃生机,幻化出变幻莫测的万千气象。这就是狄更斯在《匹克威克外传》中描绘的巴斯田园风光吧:"那连绵的山丘,那静静地流向远方的美丽河水;还有那高耸的山岭,远远地望去,一部分被早晨的迷雾遮掩住,失去崎岖险峻的气势,却好像是非常温柔了。"

二

走在小城中,一股文艺气息扑面而至。优雅、宁静的盖尔街,是一条两百年基本不变的街道。简·奥斯汀笔下描写的许多地方,如今依然可以找到去处。走在盖尔街的石板路上,差点与简·奥斯汀撞个满怀。那个美丽而倔强女人的塑像,一身湖蓝色的连衣裙,孤傲的脸颊微扬着凝视远方,那神情不知道她是在理智与情感的天空中无尽遐想,还是在期盼生命中的真爱达西先生,抑或是在等待一见钟情的勒弗罗伊……简·奥斯汀纪念馆就坐落于这条街的尾端,这尊惟妙惟肖的塑像就竖立在她的故居旁。游客可以在这里穿越到两百年前,探寻与生活息息相关的情境,重温作家对于爱情美好而真切的假设:"假设你为我放下傲慢,假设你对我抹去偏见。"奥斯汀年轻时在巴斯度过两段长假,之后便写就了享誉世界的《傲慢与偏见》。1801年随父亲移居巴斯后,又完成了《劝导》和《诺桑觉寺》。让人痛惜的是,奥斯汀41岁因病去世,她短暂的一生,留下了六部长篇小说,成为英国文学史上经久不衰的经典著作,这也算是对富有才华的生命的一种告慰吧!

如果想深刻体会简·奥斯汀小说中的情景,只有来到巴斯,走在这里的街巷,才能理解那些缠绵悱恻的爱情故事,那些人世间貌合神离的若即若离,为什么都发生在这里。唯有来到巴斯,走过她走过的街巷,驻足她驻足过的橱窗,走过她爱过恨过哭过笑过的地方,才能够懂得她的柔肠百转,她的情愫缱绻,才能够真正读懂她的人格化的巴斯,她的巴斯中的温婉恬静。

三

这里有一种沧桑叫罗马浴场遗址。

早在公元1世纪，英国还在古罗马版图之内，李尔王的父亲布拉杜德王子在雅典读书时，不幸染上了麻风病，这在当时是不治之症。王子回国后被放逐到乡下养猪放羊。在山岗放牧时，他发现猪羊们经常在一处有着奇怪气味的泥塘里打滚，久久不离开。于是，王子就下泥塘去驱赶猪羊，弄脏了身子就在泥塘旁的一眼温泉里洗浴，每次洗完后，都感觉浑身舒畅。天长日久，他的皮肤日渐细腻光滑，温泉水奇迹般地治好了他的麻风病。他以健康之躯再次回到王宫。当他接替王位后，下令在当年治好他麻风病的温泉处，建起了颇具规模的"国王浴场"，也就是现在的古罗马浴池博物馆。

国王浴场尽管历经两千年风雨洗礼，雄伟华丽的建筑已成残垣断壁，但是当年建筑的壮观、雕塑的精致，依然可见一斑。进入浴池博物馆，最先步入的是二楼的回廊，回廊边矗立着12座人物雕塑，看上去魁梧、俊逸而沧桑。他们都是罗马不列颠时期的统治者，对英格兰的历史有过重大影响，如恺撒、屋大维、克劳狄、哈德良等。从回廊俯身望去，五六米之下荡漾着一池翡翠色的温泉，这就是遗址里最大的浴场。很难想象，这么多世纪过去了，大浴池的温泉仍然奔涌不息。

在阳光的映照下,泉水泛出古老迷人的色泽。从露台下到地面,在内廊环绕的大浴池边,布有雕塑、栏杆,原来覆盖在浴池上方的巨大弧形拱,现仅存一些柱子,浴池周围还能找到拱的残片。2000多年前的温泉与排水系统,依然哗啦啦地流淌着热气腾腾的泉水,眼前廊柱、脚下方石,满身的岁月斑驳,呈现出厚重的历史沧桑。大浴池两侧,是东、西两个浴池区,这里不仅有若干小型浴池,还有古罗马人在浴场健身、会客、商务交易等社会活动的场所。记得前几年游览古罗马卡拉卡拉浴场废墟,那种规模、那种豪华、那种奢靡,让人惊诧不已。那时的豪华浴场,吃、喝、玩、乐,应有尽有,一站式服务无所不包。浴场里面设置有不同温度的浴室间,有娱乐场所,有康体场地,在会见朋友或谈事情的时候,这些豪横的古罗马人会先去打球、锻炼,或者下棋打牌,再去泡澡,谈事情。夸张地说,在当时的罗马,没有什么事是洗一次澡不能解决的。一位罗马人这样说:"浴池、醇酒和美人腐化了我们的躯体,但这些又何尝不是生命的一部分呢?"

据记载,最早发现使用温泉水的是公元前三四千年的埃及,秦始皇也曾建"骊山汤"为将士治疗疮伤,但把温泉用来如此豪奢享受的,却是始于罗马人。温泉沐浴成为古罗马人生活中的一项重大社交活动。在两千年前,将沐浴提升到如此高度的民族,全世界恐怕也只有古罗马人了。当希腊人

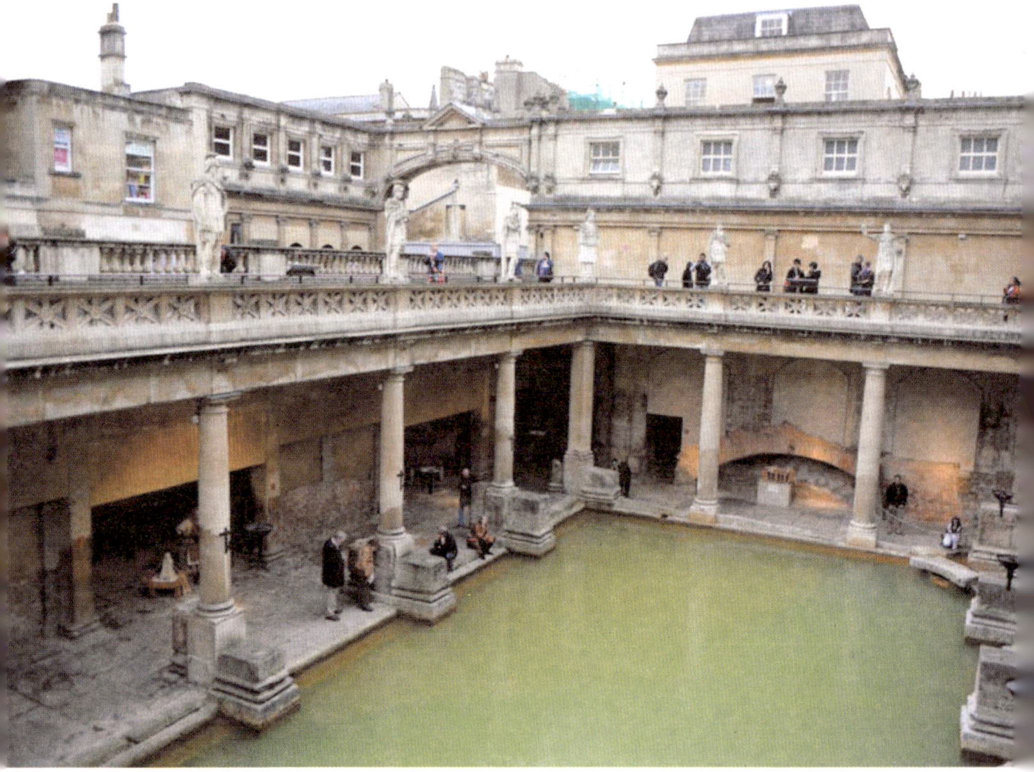

还在洗冷水澡的时候，古罗马人就已经懂得沐浴的美妙。眼前的这座古罗马浴场，正是"生活就是洗澡"的最佳范本，完美地继承了古罗马人的这种传统。

古罗马人在国王浴场的旁边建造了一座宏伟的神殿，把罗马人的神和当地凯尔特人的神结合在一起，创造出女神莎丽斯·密涅瓦。莎丽斯为凯尔特人的水神，密涅瓦为罗马人的智慧女神，莎丽斯·密涅瓦是两种宗教神祇联姻的结晶。这足以看出，两千多年前的罗马人对一个地区的统治，并不仅仅靠着野蛮的武力，也是文武之道各随其时的，会巧妙地把神的崇拜统一在一种权力之下。

这里的地下博物馆，陈列着当年神殿的珍贵文物，真实地记录着过往的历史。这些展品，有当年神殿的立柱、窗棂，有形态逼真的神兽、神鸟，有工艺细致的石制水槽，有活灵活现的人物浮雕……这些展品，展现出古罗马人不俗的审美情趣及高超卓绝的工艺技巧，除了精致、美观、沧桑，还有些神秘感。那尊陈列在中央的莎丽斯·密涅瓦镀金铜头像，更是精彩绝伦，那精细的工艺，那迷人的脸庞，让人难忘。这尊美丽的女神头像，虽然失去了婀娜的躯体，但依旧以这样的泰然自若、花容月貌，惊艳着世界两千年的时光。

四

巴斯大教堂始建于公元 8 世纪，是有着 1300 多年的基督教礼拜场所。它起初是一座规模不大的修道院，1499 年由奥利弗主教重建，以其雄伟的彩色玻璃窗及扇形天花板而闻名于世。教堂的广场不大，与周边的古建筑群融为一体，是那种亲切的蜜蜡色。教堂是哥特式建筑，有着典型的哥特式尖顶，在这座城市里成为一座擎天柱样的建筑巅峰之作。教堂外部最抢眼的是正门的石雕，这些雕塑，生动地描绘着奥利弗主教梦中遇到上帝指示他如何建造教堂的情形，以及天使攀爬通往天堂的雅各布天梯的景象。

走进教堂，就会看到数十米高的玻璃彩窗，那极其醒目的 56 幅玻璃彩绘，精细地描绘了 56 个情景，共同组成了耶稣从诞生到受难的完整画卷，讲述了耶稣从诞生到 33 岁被钉在十字架期间的许多故事，将耶稣的一生娓娓道来。这组超群绝伦的彩窗，是整座教堂装饰艺术的经典之作，几乎没有其他教堂拥有这样华丽而生动的玻璃窗，因而被世人称为"西方明灯"。教堂内部的柱子与穹顶用当地的蜜色石料建造，非常精美壮阔。一根根镂刻着精美线条的柱子，像一棵棵蓬勃生长的大树，伸展向高高的穹顶，柱顶的花纹像一片片美丽的棕榈叶，舒展在穹顶的空阔处，使空阔的穹顶富有韵律般的浪漫感，漫步其下，犹似行走在森林之中。这座教堂顶部的每一处，都经过了精雕细刻，像是一座精美的牙雕宫殿，给人一种富丽堂皇的视觉震撼。

教堂被列为英国的十大教堂之一。它没有伦敦威斯敏斯特大教堂柱廊的恢宏凝重，拱门的镂刻优美，建筑的金碧辉煌；没有约克大教堂无处不在的中世纪内涵，网球场大小的大东窗，华丽多彩的绝妙工艺；也没有伦敦圣保罗大教堂美丽绝伦的恢宏气势，壮观得不可一世的大圆顶，众多伟人灵魂的护佑。但是作为一种精神象征，作为同时期最早的哥特式建筑，巴斯大教堂华丽的建筑雕刻和巍峨的布局结构，也足以傲立于世界教堂的丛林之中。

在教堂的中间，有一个烛台，上面摆着很多圆形的蜡烛，像在藏传佛教寺庙看到的蜡烛。每一个来这里的人，几乎都会在这里点上一支蜡烛，再从烛台旁的纸盒里拿出一张方形纸条，写上祝福的话语，然后折叠放进一个竹筐里。不知道1000多年前，英格兰第一位国王埃德加在这里举行加冕仪式的时候，是不是也把祝福的语言留在了这里？不知道每年在这里举办的巴斯国际音乐节，那些饮誉世界的音乐家是不是也会点上蜡烛？

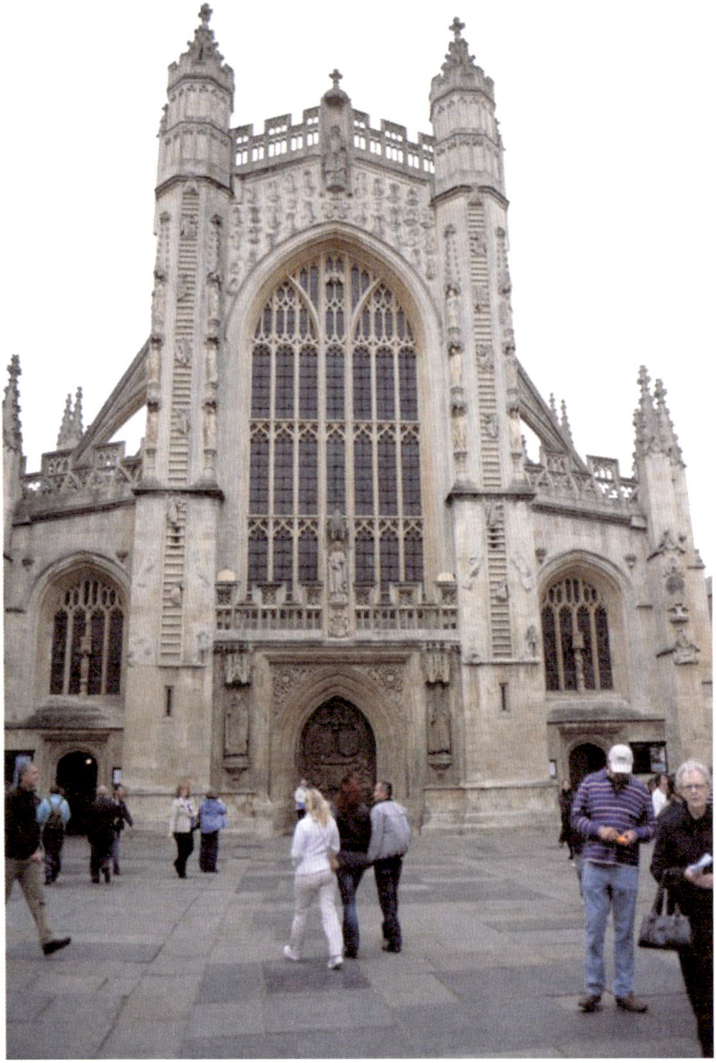

五

当余晖把天际染得橘红嫣红，蜜色的小城愈加显得温馨浪漫。渐渐地，靛蓝就铺在橘红嫣红上，城市顷刻暗淡了下来，就像闭上了美丽的眼睛。此时，华灯初上，是那种幽幽淡淡的昏黄，像是落在水中的一滴滴水珠，在高处荡漾出散漫的光。昏黄的光辉照出脚下的路，路面上千年的石块泛着微光，呼应着路灯的光亮。这里没有眼花缭乱的霓虹，没有车水马龙的慌张，只有淡淡的昏黄的灯光勾勒出建筑的轮廓，就像是建筑本身经过一天的日照后溢出来的余晖，温和柔婉，清水芙蓉。这里没有拥挤来往的人潮，没有纸醉金迷的喧嚣，散落在街角巷尾的酒吧，几个旅人，一杯啤酒，几碟小菜，或温情脉脉，或谈笑自若，亲切温情，安闲自得，很有几分惬意。巴斯大教堂前不大的广场，街头艺人还在倾情演唱，艺人的那种投入，不像是在街头，倒像是在剧场，悠悠的吉他、嘶哑的歌喉、沉醉的神情，不知道他唱出的是英伦的哪个乐章。

夜幕降临时，躺在皇家新月楼前空旷的大草坪上，夜空的星斗是那么近、那么繁、那么亮，久久地望着，就像身上长出了翅膀，在那浩渺的星海里翱翔。在我居住的城市，只有登上秦岭之巅，才能够看到这样的星空，才知晓星空是这么深邃、这么美，这么让人心神荡漾。我想到了德国自由音乐家威廉·赫歇尔。赫歇尔19岁的时候，和他妹妹卡罗琳从德国来到这个著名的小镇，为教堂演奏风琴，创作歌曲，以此为生。音乐传播他的美名，保障他的生活，可他真心热爱的却是天文学。在这个小镇，赫歇尔捣鼓出了当时最为先进的天文望远镜，借助望远镜，赫歇尔在1781年3月13日发现了一颗新行星——天王星，它运行在比土星更为遥远的冷寂太空。这也是望远镜时代发现的第一颗行星。它的发现，一夜之间就让太阳系扩大了一倍，在此后很长的一段时间里，人们都认为它是太阳系中最偏远的行星。赫歇尔成为第一个确定了银河系形状大小和星数的人。这样创造奇迹的天才，有理由说："我看到的星空比我之前的任何人都要辽远。"

六

这是一座适合静心闲逛的小城，走到哪里都舒适，望向哪里都美丽。我久久地陶醉于这里精美的建筑，陶醉于那种柔美甜蜜而浪漫的色调，为这里迷人的蜜蜡色而痴迷。我徜徉于这里的大街小巷，细细品味这种古典文雅、静影沉璧的味道，用自由的脚步丈量古罗马的王者之气，用好奇的眼光探寻文艺复兴后的建筑奇迹。

这座小城格调的形成，有一对父子不能不提，那就是约翰·伍德父子。老约翰·伍德是18世纪著名的设计师，他受邀对巴斯小城进行规划，如今的巴斯老城，依旧保留着当年老约翰·伍德的规划格局，依然留下了许多老约翰的痕迹，著名的圆形广场就是其中之一。象征着太阳的圆形广场，由三栋弧形多层建筑环列而成，围抱着直径92米的广场。三座建筑的相邻处是三条大街，三条大街在圆形广场交会，形成了疏导车流的巨大转盘，转盘中央怀抱翠绿的大草坪，几棵巨大的梧桐树耸立其中，形成一片葱茏的小森林。这种动静相宜的构思，倒还有点东方文化的天人合一味道。500多个有关艺术和科学的雕塑和徽记，分布在圆形广场旁的街屋与石柱上，增添了这座建筑与众不同的科学艺术格调。这座建筑的最初构想，不知道是罗马的竞技场给了他灵感，还是受到巴斯近郊索尔兹堡史前巨石阵的启发。

老约翰·伍德去世后，小约翰·伍德子承父业，他在父亲修建的圆形广场的不远处，盖起了一栋令他名垂青史的建筑。这座建于1767至1774年间、由30幢楼连体而成的建筑，因其建筑和道路呈弧形，酷似一弯新月，得名皇家新月楼。皇家新月楼耸立在一片高坡之上，一眼望去，宽阔的草坪海浪般由坡底向坡顶的新月楼涌去，像是奇幻的海市蜃楼。碧蓝的天穹映衬着宏伟身姿，气势恢宏的圆弧形自然延展，蜜蜡色的石块和精致的雕刻，让人叹为观止。

在英国，有一个有趣的现象，一个新的统治者执政后，总希望在建筑上体现自己的政治理念，倡导一种新的建筑风格。在英国的传统建筑中，自18世纪开始，就有乔治亚式、维多利亚式和爱德华式建筑风格的兴起，像一朵朵绚丽的花朵，散落在英国的城镇乡野。约翰·伍德父子生活在乔治亚时代，他们设计的巴斯建筑就洋溢着浓郁的乔治亚华美气质。皇家新月楼是其中最为经典的作品。这座由30幢楼体组成的宏伟建筑，既有着巴洛克的曲线形态，又有着洛可可的装饰要素，还有着浓郁的古典主义色彩，集以往建筑风格之大成，以它的唯美追求而与众不同。它以英国最风雅的街道和曲线优美的建筑，英伦乡村田园牧歌式的如画园景，尽显高贵典雅之姿，满眼洒脱自在之貌。

七

这是一个古韵流淌的宁静小城，或许稍显寂寞，却是韵味十足，这种韵味，与巴斯人对历史的敬畏、对文化的尊重不无关系。在这里尽可以体会巴斯人的细致、巴斯人的恋旧、巴斯人甘于寂寞而又富有内涵的情愫中澎湃着的静美。

这里除了古朴的街巷、精美的建筑，还有很多博物馆。位于亨廷顿伯爵教堂内的建筑博物馆，位于市中心的服饰博物馆，邻近圆形广场的东亚艺术博物馆，坐落于古老住宅区的赫歇尔天文博物馆，维多利亚艺廊，皇家新月楼1号博物馆，著名的罗马浴池博物馆……这样一座小城，博物馆如此之多，着实让人诧异。在巴斯中央邮局的后院，是邮政博物馆，博物馆不大，世界上第一张邮票就陈列在这里。1840年5月2日，一封贴着邮票的信件，由巴斯的布劳德大街八号寄出，邮票的划时代历史自此开始，提高了人世间交流的速度，缩短了人与人的距离。在离巴斯大教堂几十米的小巷里，有一间面包店叫萨利伦斯，有着300年的历史。一座深灰色的小楼，门口一块红色的牌子——SALLYLUNN'S（萨利伦斯）。小店不大，布置得很雅致，大玻璃窗里，摆放着一篮子面包，看上去香气袭人。透过玻璃窗，看得见店里摆设的古董用具，很有一点古老岁月的气息。这里以自烤的半甜面包著称，300年前，来自法国的萨利伦发明了这种风味独特的面包，据说直到今天，还没有人可以拷贝出相同口味来呢。这里只有十几张小餐桌，装饰也很简单，都是过去的旧用品，服务人员大多是老人，没有特定的服装和打扮，只是很随意地系着一条白色围裙，脸上真诚的笑容，让人进店感觉就像回到家里和家人在一起那样放松和随意，也许这也是这个店经营几百年不衰的原因之一吧。地下有一个小博物馆，保留着几百年前的厨房设备，陈列着古老的烤面包房，旧时的炉具和人物塑像，保留着几百年前的旧光景。把一件简单的事一做就是300多年，依然保持着旧有的规模，保持着旧有的操作，这种坚守何其可贵又何其难得啊！而把几百年前用过的设备与场景保留至今，让人们走进遥远的过去，成为一种历史记忆的封存，又是何其珍贵。

漫步在这个小城的时候，我常常会想到母国，有多少千年古建被毁于一旦？有多少民族记忆被残暴抹去？对于历史，对于文化，对于城乡的文脉，我们似乎缺少了一点尊重，缺少了一点敬畏。我们太把自己的意志、自己的利益当一回事了。我们把宏大叙事盲目地演绎，把破旧立新无度地挥舞，使我们本有的那些具有民族记忆特质的城镇，变成了千城一面的复制品。

八

走进巴斯，感受巴斯，迷恋巴斯。我爱这座小城几百年不变的执着。它不因王朝的更迭而谄媚，不因岁月的无情而衰老，一如既往地保持着最初的容貌，忠诚于与生俱来的内在格调。这是一种多么难得的品质啊！也许正是这千余年的执着，才有了今天的为世人尊重，为世人景仰，成为人们心中一块美丽的宝地，成为当代人追求宁静深思的绝好去处。

巴斯是一座小城，但又不仅仅是一座小城，它更是一种生活。它既有着古罗马蔚为壮观的千年遗韵，又有着佛罗伦萨华美悠长的浓浓诗意。

碧水、青山、老桥、教堂、古城、浴场、蜜色、街巷……哦，巴斯，美丽而低调的巴斯，这难道就是西方人心目中的桃花源吗？

在海边演奏的西贝柳斯

　　赫尔辛基是世界上纬度较高的首都之一,也是一座古典美与现代文明集于一身的都市。欧洲古城的浪漫情调与国际化大都市的丰盈韵味,在这里和谐地融为一体,它不因豪奢的贵族气而让人疏离,不因时尚的摩登劲而让人轻视。这座城市的建筑大多用浅色花岗岩,素有"北方洁白的城市"之称。走在这座城,精美的建筑、浅色的城阙、绿色的森林、碧蓝的大海……就像是一阕阕跃动的乐章,跳跃在城市的每一个地方。无论是海碧天蓝的夏日,还是冰雪蔽日的冬天,整座城市都像是演奏着的西贝柳斯北欧自然风光的交响乐章,高贵、热烈、优美、冷峻……

　　在赫尔辛基西北海滨的浅滩处,有一个开放性的公园,没有围墙,不收门票,在一片树丛的掩映中,鲜花绿茵自然地舒展着美姿笑颜，海水轻轻地亲吻着细沙浅滩，老人孩子聆听着音律的美妙，旅人揣摩着雕塑的奇观。这就是西贝柳斯的纪念公园。

这座公园建于西贝柳斯去世后的1957年，是一个尊重艺术家的国度做出的深得人心的决定。

19世纪后半期，是世界音乐创作最为辉煌的时光，而在这色彩缤纷的艺术圣殿里，北欧这一时期最有力的北国之声却不是出自音乐，而是来自戏剧，体现在挪威剧作家易卜生深刻而锋利的现实主义作品之中。而音乐方面，直到耶安·西贝柳斯的出现，北欧才得以展现出让世人肃然起敬的冲击力。

1865年12月8日，西贝柳斯出生于芬兰南部的海门林纳镇，他的家庭属于小资产阶级家庭，说瑞典语的父亲是海门林纳镇的一名军医。他幼年时的表现，一点也不像是个神童。直到后来师从海门林纳镇的乐团首席学小提琴，西贝柳斯才算真正踏上了音乐之路。但那时开始的音乐之路也没有定位在正确的方向上。他学小提琴，练钢琴，也是表现平庸。就学业的一般标准而言，他也不是块读书的材料，他对功课缺乏兴趣，很难集中注意力，似乎生来就缺乏这方面的天分。他那时对音乐有着足够的兴趣，音乐之外的所有事情他都觉得乏味。他中学毕业后的学业选择，却必须能为家人接受和保证未来的生活，父母要他将音乐方面的研究当作自娱的副业及消遣，而把精力放在高尚体面的实际事物上。1885年，他通过了赫尔辛基大学的入学考试，准备修习法律，那时的法律正是未来寻找理想工作的万灵药剂。巧合的是，与此同时，他也获准进入音乐学院，可以继续学小提琴，并利用部分时间进修和声及对位法的课程。这对他而言是惊喜的，他那时已经开始尝试作曲，作曲已成为他生活中不可或缺的一部分。他心中的矛盾冲突日益剧烈，而音乐击倒法律成为不可避免的事情，不久，他就放弃法律学习，全心投入音乐研修和创作。

芬兰丰富的神话故事和民谣遗产，是西贝柳斯创作的源泉。他一生的创作，都受到芬兰著名史诗《卡莱瓦拉》的启发。在写了名作《四首传奇曲》后，西贝柳斯在谈到其中的《图奥内拉的天鹅》音色时写道："图奥内拉，死神的王国，由一条黑色的小溪和湍急的宽阔河流所包围，图奥内拉的天鹅在河中庄重地滑行和歌唱……"他就这样用神话中的图景，生动地描绘这首乐曲应有的音色。在另一首同样来自芬兰神话的著名交响诗《塔皮奥拉》的乐谱上，他加上了这样的文字："黑黝黝的森林铺展开来，挺立在那里。古老、神秘、沉思的梦。林中住着强大的森林之神，树精们在黑暗中编织着奇幻的秘密。"西贝柳斯的大多数交响乐作品，就是这样由古代的神话传说，由其中的英雄人物、森林、冰和雪、风和火等所构成。

走入公园，最显眼的是一处高坡岩石上耸立的一组不锈钢管雕塑，远看像是展翅巨鹰，振翼向上攀升，大有一跃冲天的气象；也像是芬兰茂密的森林，一棵棵茂密结实的树干凝结成牢固的树墙；似乎又像是雪漫山峰，绿荫之中，蓝天之下，远近高低不同的钢管覆盖着积雪的山峦，神秘洁净。走到近前，这组雕塑更像是巨大的管风琴，高低错落的风管等待着风的奏鸣。站在雕塑底端从下往上看，一根根钢管反射下的强光像是舞台的追灯，蓝天的强光在地面投下梦幻般的光影。

这座纪念雕塑由600余根银白色不锈钢管组成，酷似一架高大的管风琴悬挂在半空中，是芬兰著名女雕塑家艾拉·西尔图宁的代表作品。她的这组作品，满溢着北欧艺术设计的风格，简洁时尚，抽象超前，充满了浪漫激情，也弥漫着梦幻浮想。每当海风吹过，气流穿过钢管发出风鸣声，随着风速的高低，时而低沉厚重，时而清脆高亢，时而高低音融会一起，成为悠悠扬扬的旋律，仿佛伟大的音乐家在演奏着永恒的乐章。组成雕塑的钢管并不是简单的集合拼凑，每一根钢管上都刻着精致的纹路，这些纹路有的像是一束束针叶，有的像是一条条昆虫，更多的是抽象而曲折的线条，在钢管上交会成神秘的图案，让人看上去有种莫名的感动。很多钢管上，切割出大小不等的圆洞，或锯齿状的沟壑，正是这样的神奇切口，在海风吹来时，雕塑才会发出悦耳的音律，人们才会听到似音乐家在海边的演奏。

这600多根不锈钢管构成的雕塑，奇妙而独特，把自然的海风与抽象的造型巧妙结合，产生出令人浮想联翩的幻象和此起彼伏的和声，仅就这样的奇思妙想，就让人惊叹咋舌。这座雕塑的完成，女雕塑家希尔图宁耗时6年之久，亲自挑选钢管，亲手焊接钢管，亲手切割钢管上的沟壑，以至身受制作过程中毒气的影响而在所不辞。一个真正的艺术家，只有对于艺术的精益求精，一丝不苟，才可能创造出百世流芳的杰作，而在艺术创造上的投机取巧，一蹴而就的急功近利，留于世上的都是无用的糟粕。

然而，这由600多根钢管创作而成的雕塑，对于当时的芬兰来说实在太超前、太抽象了。任何艺术的抽象都给人极大的想象空间，创造出非具象的臆想和美妙，然而任何抽象的艺术，都会因为它的模糊性而引起争议。试图用具象作出注脚，似乎是芸芸众生普遍的心理需求。只是，作为一个作曲家的纪念公园，仅仅是一种抽象的造型，确实很难让人理解这种超前的深奥。最起码我不行。人们来到这里，既希望重温西贝柳斯雄浑优美的音乐旋律，也希望看到那个征服了世界的伟大作曲家的形象。

在这组纪念碑式的雕塑竖立起来之后，蜂拥而至的民众也蜂拥而至地表达了不可理解的失落。这种失落成为一种伤害，涌动起一股请愿的浪潮。他们需要纪念具有形象的西贝柳斯，希望在西贝柳斯的凝视下聆听海风演奏的管风琴。民众的呼喊，政府给予深情的理解，作为创作者的雕塑家希尔图宁也无奈地放下了艺术尊严，接受了民众的祈求，创作出符合民众心里渴望的新的雕像。

新的雕像在西贝柳斯逝世十周年时完成，就立在这组纪念碑的侧面。西贝柳斯的银色头像立于两米多高的棕色石岩上，像是突如其来的圣灵，在岩石上透视往来的芸芸众生。这尊头像不大，没有一般伟人雕塑的顶天立地，但那副凝神深思、专注执着的神情，不由得人浮想联翩。那深邃的目光，那凝结的眉头，就像正在构思一部交响乐章。作曲家创作中的痛苦与凝思，挣扎与熬煎，冷峻与欢乐，活生生地展现在眼前，让人体会到那种绞尽脑汁、苦思冥想的情形。雕像的头顶与下侧有三块抽象的云朵，似乎象征着作曲家的思绪翱翔于天地之间，也给突兀的棕色岩石上洒下一片缥缈的空灵。

坐在在公园的木椅上，会听到隐隐的旋律飘荡在绿草间、空气中，那是芬兰人挚爱的《芬兰颂》。

在静谧中聆听——那浑浊和咆哮般的音响奏出的和弦，那受禁锢的原始力量和对自由的强烈渴望，那流淌出来的人们的苦难心情，那阴森沉郁中的紧张、激烈的冲突，那纯朴

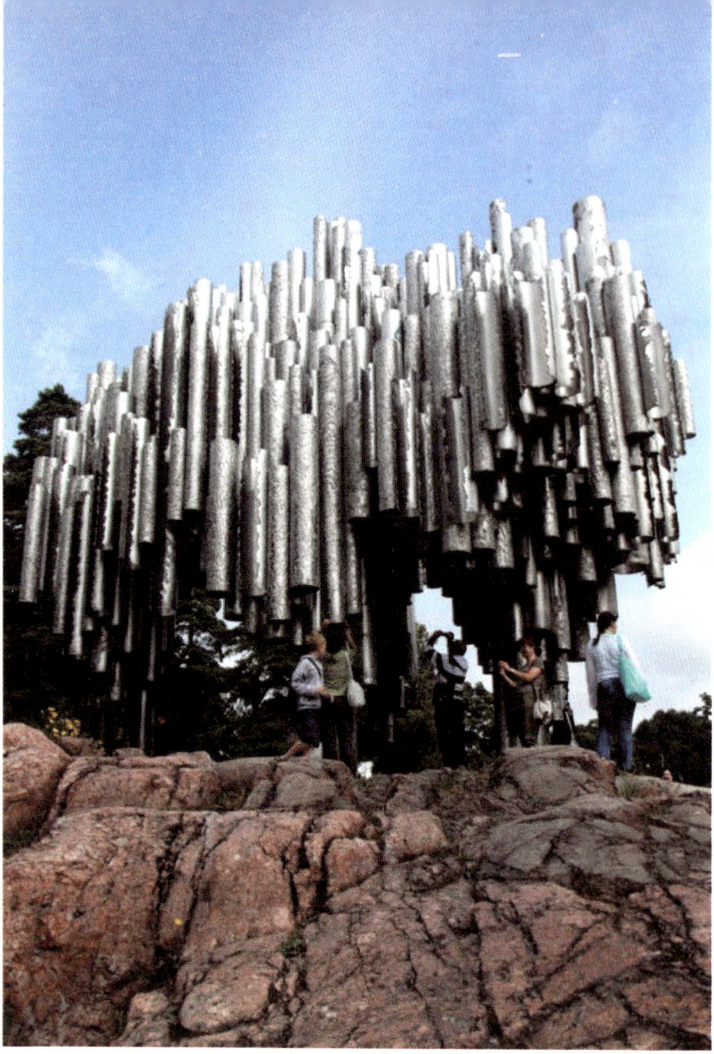

而明朗、犹似舞蹈节奏的欢乐民歌，那寂静中奏出的宽广自由的优美旋律，那高昂的颂歌塑造出的辉煌与激动人心的情境……都诚挚深情地表达出祖国之爱、民族之情。《芬兰颂》就是一曲赞美祖国、表达民族愿望的颂歌。

西贝柳斯终其一生，都是位深情的爱国者。1808年，在结束了瑞典对芬兰近600年的统治后，沙皇亚历山大一世在1809年将芬兰建立为一个实际上自治的大公国。夹在瑞典和俄国之间的芬兰，一直处在风雨飘摇之中。但民族独立的暗流一直涌动。西贝柳斯加入了民族独立运动的进程，结交了许多民族运动的精英人士。他的好友斯聂曼的一句话对他影响至深："我们不再是瑞典人，也不能变成俄国人。我们只做芬兰人。"民族运动的热潮滋养着西贝柳斯内心的爱国情操，鼓舞他在音乐中直接表达这些感受。然而，民族运动的支持者无可避免地招致沙俄的打击，西贝柳斯在这一时期因愤而起，有感而发，创作了非常多的爱国音乐。最具意义的作品，是为配合一系列历史剧演出而创作的音乐。这次活动于1899年举行，这期间西贝柳斯影响较大的作品是以《历史场景》为题发表的第一部组曲，和以《芬兰的苏醒》为题发表的终曲。这首终曲发表后不久，西贝柳斯对它进行了再次修改，以《芬兰颂》之名广为人知。

在当时的历史背景下，西贝柳斯的《芬兰颂》奏响了民族的心声，鼓舞了人民反抗沙俄统治的斗志。这首让人热血沸腾的乐曲引发了极大轰动，也引起了国际乐坛的震动，成为世界音乐宝库中的瑰宝，并被誉为芬兰的第二国歌。像一切专制的统治者一样，他们表面的强大掩盖不了内在的虚弱，一切不利于专制统治的文化都不被允许存在，这部深得人心的交响诗《芬兰颂》，遭到了沙俄的禁演封杀。

西贝柳斯的作品相当丰硕，留下了宝贵的音乐遗产和民族财富。他一生创作了100多部作品，其中包括7部交响曲、多部交响诗、2部歌剧，以及小提琴曲、钢琴曲、管风琴曲、铜管乐曲、室内乐、独唱曲和合唱曲等。西贝柳斯一生的辉煌成就，使他成为芬兰音乐史上最著名的作曲家，享有"芬兰音乐之父"的盛誉。他的作品是芬兰永远的骄傲和象征。傅洛丁在其所著《芬兰音乐家》一书中说："他不只是芬兰最伟大的、历来唯一的天才作曲家，而且以作曲家的崇高品质来说，他也是全世界各国最卓越的音乐诗人。"一个伟大的人，能够将他的天才与能力，他的情感与心灵，跟他的时代、他的民族以及祖国的江海山林结合起来，从而创造出动人心弦的音乐，这必然会赢得世人的赞誉和崇敬。

西贝柳斯十分长寿，活了将近92岁，1957年9月20日在位于赫尔辛基市郊的耶尔文佩埃镇别墅中去世，他在那儿度过了后半生。

不过他的作曲生涯并非特别长。在世界都翘首以盼地等待他的《第八交响曲》的许多年,西贝柳斯似乎挂冠归隐了,音乐界殷殷的期盼随风而去。尽管他仍被视为当代音乐界极受敬重的卓越人物,但在他生命的最后30多年,却没有任何音乐作品问世。这必然会产生某些历史上的误解。一方面人们认为他已是江郎才尽,一方面认为他是畏惧作曲家第九交响曲的魔咒。西贝柳斯在逝世前的几年解释这一段历史时说:"专制和战争使我厌恶,只要想起暴政和压迫,集中营和捕人,就使我心理上和生理上发病。这就是为什么我在20多年中未能创作的主要原因。"20多年的缄默,并不意味着西贝柳斯创作精神的萎缩,他在思想上依然年轻活泼。作为一个真正的作曲家,他只是严肃地对待艺术,绝不会为了虚荣和生计而狗苟蝇营。艺术只是心中感情的迸发,不是专制政治的美容师,这是一个艺术家真正的品格。

在海边不雕饰的自然环境中修建西贝柳斯纪念公园,是对作曲家难得的理解和最大的尊重。

在西贝柳斯的天性中,蕴藏着对大自然无限的爱,他把自己融汇在美丽、广阔、充满神奇的自然之中,无边的大海和幽静的森林,激发他丰富的想象。在他青少年时期,他们一家经常去洛维沙海滨的岛上度假,望着海上的落日和天边神秘变幻的色彩,他的思想进入了美丽迷人的幻想世界,大自然的美丽和他的幻想形成一个和谐的整体,这让他欣喜陶醉,常常在海边静静地坐上几个小时。在黄昏的森林里,他想象着自己与神话中的神仙、妖女一起游戏。他曾经说:"我爱田野和森林,流水和山岳中的各种神奇的声音。"他还说,"人们称我是描绘大自然的艺术家,我欣喜万分,因为对我来说,大自然是真正的书中之书。"这种对祖国山海的深情,对大自然的挚爱,滋养着他的音乐具有了大自然的浓郁味道。

尽管《芬兰颂》被芬兰人奉为至宝,但从音乐的广度和高度而言,他的交响曲更受世界人民的喜爱。如果说《第一交响曲》还保留着《克莱瓦拉》题材的情调,那么在《第二交响曲》中那种情调则荡然无存了,而是独创一格,具有了独特鲜明的民族风格和简练至极的音乐语言。他创作中的个性、思想和情绪,简洁有力,没有虚伪做作,只有直率明朗,生机勃勃,显示出巨大的生命力。他的音乐,有一种独特冷峻的韵味和色彩,是属于北欧的风味,是属于西贝柳斯的。此后的第三到第七交响曲,把他一步步推到了世界乐坛的巅峰。

他的音乐存在于冰天雪地中尖锐刺耳的呼啸,存在于叠雪覆冰的森林,存在于残酷无情的现实,存在于欲摧毁一切的无情暴风。它们既呈现了北欧的凄绝景色,也刻画出人类心灵的荒漠。同时，他温和迷人的素质也给凛冽的音乐带来春风，他在音乐中营造出的冷峭基调，也被他音乐精神中蕴含的宽大暖意所消融。

客观地说，西贝柳斯整个身心地融入了北欧的自然之中，他是大自然之子。

在将离开这座纪念公园时，我再一次回头眺望，为这里的自然、简约、宽阔、静谧所心动。虽然说这是一座伟大作曲家的纪念公园，但却既没有传统意义的高耸纪念碑，也没有传统习俗应有的纪念碑文，只有两个默默无语的雕塑，无声地表达着对作曲家深情的追忆和崇高的致敬，将冰凉的纪念碑演绎成澎湃的旋律，将枯燥的碑文转化为不朽的颂歌。

一阵阵海风吹来，不锈钢管的纪念雕塑传来悠悠的旋律，忽高忽低，忽长忽短，有时像波涛汹涌，有时像秋月平湖，有时像天鹅扇动着虚弱的翅膀，有时像麋鹿在雪野轻盈的脚步声……在这神奇的感觉中，我似乎觉得西贝柳斯就在这海边，不休不止地演奏着他痴迷的北欧风。

紫铜、阳光与花岗岩的交响

都说"亚洲看寺庙，欧洲看教堂"，这似乎成了行游的经典总结。只要有机会去这些地方，教堂和寺庙都是无法回避的遇见。作为伴随着人类成长而产生的宗教，对人类的建筑、艺术、心灵以及民众凝聚，都产生了巨大而深远的影响。宗教文化是人类文化最为重要的构成部分，是试图解释生命终极问题的信仰体系。而寺庙和教堂是宗教文化传播的重要场所，这些场所不仅因为寄托着信徒的情感和魂灵而被尊重，还因为创造了举世闻名的精美建筑而被世人景仰。

我在行游欧洲时观赏过梵蒂冈圣彼得大教堂、米兰大教堂、佛罗伦萨圣母百花大教堂、巴黎圣母院、科隆大教堂、伦敦威斯敏斯特大教堂、巴塞罗那圣家族大教堂……这些闪耀在人类宗教史和建筑史上的圣殿，都因它们的宏阔巍峨、精美绮丽、积厚流光而深深印在人们脑海中。我虽说没有明确的宗教信仰，但对宗教充满敬畏，每每走到教堂或寺庙，总是怀着肃穆之心，对那种来自天国的神性充满崇敬。

一个秋天的早晨，当我来到赫尔辛基的坦佩利奥基奥教堂时，我却惊愕了，这座教堂完全颠覆了我对教堂的理解和认知。

我走过的欧洲著名的大教堂，都是以巍峨雄伟而让人瞩目，它们的共同特点就是都拥有象征天国的巨大的拱顶、高耸的钟楼以及玫瑰玻璃花窗，让来到这里的人们感受到它的威严肃穆和精美厚重，让人们远远望见教堂就会产生一种虔诚的敬畏，让信徒们的每一步迈进都仿佛走向天国……

但在这里却不是。

尽管离开酒店时就知道去参观教堂，可是当我从弗雷德利克卡图街走进坦佩利岩石广场时，都还没有搞清楚教堂在哪里。整个广场被一块起伏不平的巨大岩石覆盖，岩石比街道高出了六七米，顺其自然地躺卧在那里，四周环绕的是不同年代修建的建筑，完全看不到一般教堂所具有的尖顶和钟楼，只有一个直径20多米的淡蓝色圆形拱顶露在岩石上面，那形态就像是外星人悄然而落的飞碟，又似是西方广目天王魔礼红的混元珍珠伞，轻轻地罩在了这一方让人瞩目的热土。

我是直到被人领到一个不起眼的入口，才知道已经站在了教堂的大门。没有精美的雕塑神像，没有巨大的门楣石柱，只有粗糙的未经打磨的石块堆落在巨大的岩石上，像是不经意间散落在此的巨大的玛尼堆，散发着空冥的神性。

这座教堂很奇妙，在这个地堡一样用混凝土浇筑的大门里，入口被设计成隧道。穿过幽暗的隧道般的走廊，走进双层大门，便是教堂的大厅。大厅的观感同外表一样，依然保持着自然原始的质朴风格。大厅墙壁是未经任何装饰的岩石本来面目，坑坑洼洼，凹凸不平，石质粗糙，如同山体采石场的现场。岩壁上每隔半米左右的距离，就有垂直于地面的钢钎凿过的痕迹，保持着开凿时的原始状态。支撑教堂上部的墙体，是用炸碎的岩石堆砌而成，这些看似杂乱无章的松散石块间有着一些缝隙，好像随时都有可能掉下来，但实际上，这里的每一块石头都是经过精心选择才堆砌上去的，绝对不会脱落。浑厚的岩壁和有棱有角的石块浑然一体，构成教堂椭圆的大厅。堆在教堂上部的这些石块，根据颜色的深浅可分辨出方位，左侧是褐红色，右侧是灰黑色，中间为赭石色，不同的石头的原始色调，给教堂增添了回归自然的感觉。清亮的水滴从岩缝中渗出，顺着岩壁流入地下排水槽，这种顺其自然的设计，让人感觉好像置身高山峻岭。

这里创造着自然和人文的完美。

这座教堂挖向岩石深处形成大厅的奇思妙想，以及裸露岩壁的与众不同，为它赢得了另一个名字："岩石教堂"。

教堂共有两层，类似于音乐厅的形式，拱卫着圣坛摆放的木椅，可容纳八九百人同时做礼拜。穹顶中心是直径24米的紫铜扁平穹顶，散发着浑厚而高贵的气息。紫铜穹顶由径向混凝土梁支撑，穹顶由一根22千米长的紫铜线环绕而成，当年是工匠们手持木榔头，一锤锤精心敲打成星海的模样，可谓是"千锤百炼"之作。紫铜穹顶外沿由放射状的斜梁连接在岩石上，两根斜梁之间镶嵌着透明的玻璃，数百面玻璃平面环绕成一个大天窗，阳光从13米高的圆顶飞瀑般泻下，使教堂大厅空间的光照极其充分。玻璃窗格从远处看去，像是一排环形的钢琴白色键盘，似乎在等待着艺术家灵巧的手弹奏出美妙的音乐。窗格的形状因岩壁墙体的高低错落而有所不同，形成从圆顶到岩壁间的自由过渡。透过玻璃，蓝天白云清晰可见，和煦的阳光洒进教堂，带着温和的暖意，经紫铜穹顶交织反射后洒向大厅，使厅中的物件影影绰绰，与圣坛、管风琴、一排排的座椅勾勒出十分美妙的几何空间，为教堂增添了一抹奇妙的神秘色彩，给人一种如梦如幻的感觉。

　　这里是紫铜、阳光与花岗岩协奏出的交响。

　　虽说这里裸露的岩壁和犹如琴键般的天窗浑然天成，圆润的弧度和矩形的座椅有着惊人的和谐，教堂的庄严稳重和清净崇高依然有迹可循，即便如此，如果不是教堂中心区圣坛上那个不大的十字架，这个大厅也很难让人看出是教堂。这里没有华丽的装饰，没有传统的宗教壁画，没有鬼斧神工的精美雕塑，没有色彩斑斓的玻璃彩绘，没有拒人于千里的层层台阶，没有传统教堂的昏暗和沉重，没有视觉上的凝重，没有肃穆后的压抑，一切都是那么通透豁亮，那么朴素和谐，让人感受着明快下的宁静，自然下的温暖。这样的简约而现代，这样的明快而舒朗，是我去过的数十座教堂中的特例。祭坛的上方，天窗的尺寸被加高，这为举行神圣仪式的圣坛输入更多的光照，使神圣而肃穆之地生发出灵动而不失静谧的氛围。

教堂大厅左侧岩壁上，安装着一架巨型管风琴，由4个键盘和3001个音管组成。那些紫铜音管，错落有致地悬挂在嶙峋的岩壁上，与岩壁的色调融为一体，它造型独特但并不怪异，它形体突出却不突兀，音管构成的箱体给这个素朴的大厅增添了一丝富丽。管风琴的下方摆着一架钢琴，不时会有一位身着长裙的金发女郎出来弹奏，当她那纤纤玉指飞舞在琴键上时，整座教堂便随着她的指尖充盈着优美的琴声。这琴声无论是舒缓轻柔，还是奔涌澎湃，都使这座大厅更具美感，愈加生动，就像是日常生活那样自然惬意。这样的演奏，更颠覆了我对教堂的认知，总觉得这样的形态更像是高级酒

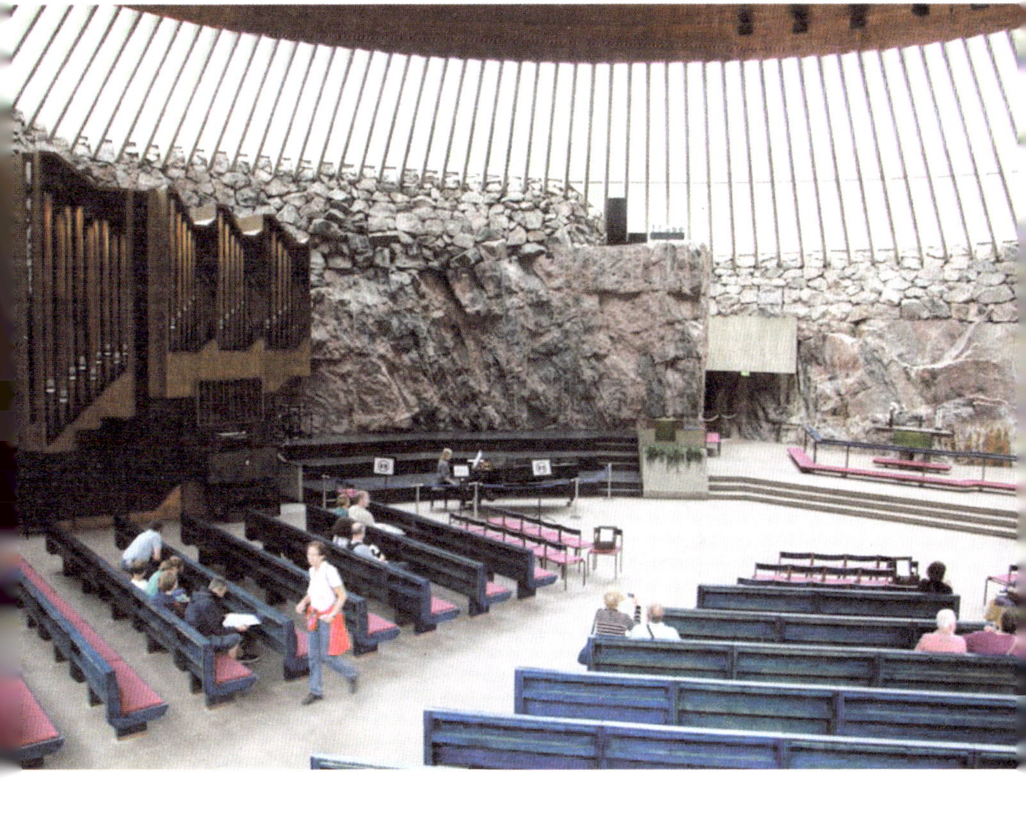

店，更像是音乐场所，而不像是教堂。

当我坐在椅子上，倾听着优美的旋律，仰望着紫铜盘绕的穹顶，脑海里出奇地干净，似乎被一种神秘所笼罩，听不到周遭的嘈杂，无视于眼前的过客，仿佛感觉到自己的躯体顺着瀑布般的光线在攀升，升向遥不可知的神秘之地……

赫尔辛基的这个街区，自20世纪20年代开始修建以来，就被指定为教区的教堂场所。这是作为一个城市街区的最初规划。这里的人们是严谨的，当街区初具规模的时候，他们没有立即着手修建教堂，而是希望再沉淀一点时间，让教堂既能够寄放人们的灵魂，也能够悦目娱心。1933年，教会和政府组织了第一次教堂建筑设计竞赛，比赛结果让组委会感到失望。三年后的1936年，举行了第二次竞赛，收到的设计方案达数百之多，大多数方案都是传统的基督教教堂构造，在街道轴线上修造一座宏伟的塔楼，巍巍然朝向街道。经过多方比较听证，项目选定了赛恩教授的方案，尽管也是背负着传统的塔楼而来，但总算还有一点新意。施工刚刚开始不久，第二次世界大战的爆发使施工被迫中断。战后的1961年，芬兰的经济得以恢复，教堂的施工被提上了议程。然而，在新兴的北欧设计让世人耳目一新的时候，在新的设计思潮蓬勃而起的时代，循照旧的方案继续施工让赫尔辛基人心有不甘。

他们举行了第三次教堂设计比赛。经过筛选、比较、辩论、听证，最终选出了提莫·索马莱宁和托奥莫·索马莱宁兄弟二人的设计方案。这个方案，充分利用广场上的岩石高地建造，依照广场的地质地貌，不破坏广场自然景观，顺岩石向下挖掘，教堂巧妙地设计其中。教堂屋顶采用圆顶设计，与周边建筑既有区别又遥相呼应，看上去精美绝伦。同时，这个设计完全颠覆了传统的教堂概念，这对于简约之风大行其道的芬兰尽在情理之中，但确实也承担着被世人诅咒的风险。教堂的建设速度出奇快，1968年2月开始建造，一年半后的1969年9月就正式开放祝圣。

在这个教堂的建设上，我很钦佩芬兰人对于城市规划的原则坚守，一块土地，不管是处于什么位置，不管世界发生了什么，最初的城市规划功能是不会改变的。这是对城市的尊重，对土地的尊重，对历史文化的坚守。同时我也为芬兰人这种不因循守旧、敢于突破自身、敢于接受更新的思想而赞叹。这且不说对旧的设计的否定会带来多少损失、麻烦和冲突，仅就这种全新的颠覆性的教堂设计又该承担多大的风险啊。现在我们坐在教堂中，以一种赞美的心情欣赏着它的匠心独运的时候，岂不知由于战后的经济限制，这座教堂的建设规模被缩减了许多，教堂内部的空间减少到原来设计面积的四分之一左右。我不敢设想，如果这个教堂按照最初的构想建设，它的建筑结构将面临多大的挑战，它将有一种怎么样的宏阔和震撼，又将是一种怎样的奇迹与壮观。

如今的这座教堂发挥着它的双重作用：一是它原本的功能，居民的礼拜场所；另一个是附加功能，民众的音乐厅。由于教堂不同凡俗的音质特征，它成为这座城市一个珍贵的音乐会场地。而这一特点的形成，是由粗糙错落的岩壁来实现的。在最初的设计中，索马莱宁兄弟曾设想在石头上抹上混凝土，担心赤裸的岩壁对教会来说过于激进，难以表达基督的善良、仁爱、救赎和自我约束。然而设计师的朋友们——尤其是那些指挥家和声学工程师，在参观了在建的教堂后，极力阻挠设计师抹光石头的想法，向设计师保证，不平坦的表面更具有多维奇妙的声学质量，凹凸的岩壁更具有粗犷原始的自然美。这些朋友的规劝，使索马莱宁兄弟决定不做任何装饰，让石墙保持原样。当然，作为芬兰的基督教会也是包容的，他们坦然接受了这在世界上最为别出心裁的教堂。

岩石铸就了教堂别具一格的形态，也成就了它的另一个奇迹，这是设计者最初没有想到的。在岩壁回音的作用下，教堂的音响效果被大大增强，声音在岩壁间被吸收被过滤，瞬间又交织产生奇妙的回响，每一种在这里奏响的乐器，都格外圣洁高雅，每一场演奏都有林籁泉韵、余音绕梁的音效。

这里每年都会举办多场音乐会，尤以古典音乐居多，这也正符合了教堂该有的气质。真希望能够有机会坐在这里听一场音乐会，静静地体会这座教堂特有的岩壁音响之美。那种美轮美奂的拱顶映衬着室内摇曳的烛光，富有艺术感染力的音乐云起雪飞，该是怎样的一种美呢？我猜想，那一定如天籁一般，有一种爱丽丝梦游仙境之感。

后来的时间证明，正是这样的别出心裁，才使这座不大的教堂饮誉世界。岩石教堂建成后，连续 3 年荣获全欧最佳教堂建筑设计大奖，建筑艺术得到了至高无上的荣誉。

芬兰人崇尚自然古朴的审美情感在此得到了充分体现。

走出教堂的时候临近中午，北欧透明清洌的阳光照得人眯起了眼睛。我再一次回望这座沉入岩石中的教堂，看着它那阳光下淡蓝色的屋顶，宛如太空中的水滴，宁静澄澈，奇异神秘。也许，这淡蓝色的教堂圆顶是模拟着天外飞碟，表达着人类与宇宙文明交流的强烈愿望，也殷殷地诉说着芬兰民族世代渴望翱翔太空的梦想。

布拉格遇见卡夫卡

一

不管你知不知道这个人，喜不喜欢他的作品，在布拉格，你都会遇到他。在这座城市里，卡夫卡无处不在。在布拉格，能够回忆卡夫卡的场所有38处之多，没有任何其他人物留下过如此多的痕迹。"布拉格是卡夫卡"，这句话不是夸张。

我到布拉格的第二天上午，行程是参观圣维特大教堂。这座建在城堡里的建筑，处于布拉格旧皇宫区域，是布拉格最有名的教堂。这座大教堂，是布拉格的代表性建筑和城市地标，也是世界上三大哥特式建筑之一，它那高97米的双尖塔和高约100米的钟楼，使布拉格的市民在每个角度几乎都能看到它的雄姿。这座恢宏的灰黑色哥特式大教堂，经过近600年的精雕细琢，其风采绝伦、气势磅礴和庄严华贵的高贵品质，都在那塔尖、尖拱和浮雕上尽情呈现，似乎在诉说着波希米亚王国曾经的辉煌。

教堂的旁边是黄金巷。几百年来，这条狭窄的巷子都以它的奇特与诡秘，一直保持着与众不同的独立空间，都以它的绚丽多彩和人文历史，吸引着摩肩接踵的游客。如果从城堡外隔着的堑壕看过来，巷子的外墙就是典型的城堡防御工事。这确实也是它最原始的功能。这条巷子扬名于16世纪中期鲁道夫二世统治时期，这位保守而神秘的帝王，治国庸庸碌碌，却痴迷于占星术和炼金术，一干服务于鲁道夫二世的炼金术士便聚集在这里，黄金巷因而得名。

巷子只有几十米长，街面宽度很不规则，最宽处超过14米，最窄处却不到2米，伸开双臂几乎可以触到两边墙壁。巷子虽不规则，却精美生动，拐进巷子，粉色、黄色、蓝色、淡绿、橘红的艳丽房舍就会挤进眼帘，门窗和烟囱设计也别具匠心，恍然走进了童话世界。走在小巷，感到一种甜蜜的童真气，一种温馨的亲切风，一种虚无的魔幻感。浪漫点说，这是一个带有诗情画意的童话世界，只可惜历史上这里的住客既没有白雪公主和青蛙王子，也没有丑小鸭与白天鹅，都是贫困的普通手艺人、仆役、军人和流离失所的农民，甚至是走出牢狱的人。

曾经住过小巷的人们早已离开，矮小房舍也不是美丽的童话世界，这里的房舍早已被开辟为生活场景的展览室，或贩卖纪念品的商店。游客络绎不绝地来到这里，带着几分朝圣的虔诚，摩肩接踵地买些纪念品回转家园。毫不夸张地说，游客的虔诚和蜂拥而至，有着小巷历史遗存的吸引，而最大的魔力一定是来自卡夫卡故居。这座蓝色外墙的低矮小屋仅有一层，居于黄金巷大多二层的房舍之间，确实有点被排挤的委屈。门楣上用绿色描出 NO.22 的房号，窗边外墙上的狭长铜牌标着 ZoleZilFranrKafka，告诉人们这里曾是卡夫卡居住和写作的地方。房子低矮，似乎一伸手就可以够到天花板，门也低矮，个子高一点的人进门必须低下头。房间很小，连转身都让人觉得局促，不知道当年身高 1.83 米的卡夫卡在这里是怎样辗转踱步的。窗户很大，有明亮的采光，窗外的视野很开阔，叫人有种错觉，似乎透过窗户就能看到卡夫卡笔下的神秘世界。正是这个逼仄的地方，使卡夫卡逃离了父亲的严厉，有了一块属于自己的安静。

如今这里已经成为卡夫卡纪念书店，当年卡夫卡在这里居住写作的场景不复存在，这多少有点遗憾。

卡夫卡家里人口多，居住的老城区环境嘈杂，几乎没有一块安静的地方，从小深爱写作的卡夫卡极度苦恼。这间小妹奥特拉租下用作周末约会的小房子，就被哥哥当成了工作室。卡夫卡白天上班，傍晚下班直奔这里，写作至深夜，有时熬夜到天亮。1916年至1917年这一年间，他在这个小房子里写了许多当时不为人知、如今却很著名的如《乡村医生》等作品。在这个小屋，他还为《城堡》做了创作前的准备。

虽然卡夫卡在这里仅居住了一年，但这里却成了布拉格纪念卡夫卡最著名的地标，闪耀着黄金般璀璨的光芒。

故居的书屋里有中文版的《乡村医生》，我也很虔诚地购买了一本，作为纪念。

二

卡夫卡博物馆前，两扇木门旁的门柱上，挂着卡夫卡的半身照片。这幅照片曾被印在国内许多版本的《卡夫卡文集》封面上，那双清亮的大眼睛，那对瞳孔里深不见底的神秘和忧郁，那种冷峻、孤独、清高、敏感的神情，都让人想对这个伟大而自卑的作家一探究竟。博物馆很简单，是座两层建筑，淡黄色的墙体上盖着红瓦，保持着布拉格传统的色调。沿伏尔塔瓦河西岸向南，是布拉格的城市名片查理大桥，距查理大桥不远是卡夫卡博物馆。

博物馆建在这里，卡夫卡的在天之灵一定会很欣慰。卡夫卡从三岁开始就在这座桥上游玩，不但能说出大桥上所有雕像的典故，甚至可以说清桥上每块石条上的划痕。即便是在他生命的弥留之际，依然念念不忘这座梦境般的大桥。1924年6月3日，躺在维也纳郊外疗养院里的卡夫卡，让身旁守候的好友布罗德记下他生命的最后一句话："我的生命和灵感全都来自伟大的查理大桥。"足见查理大桥在卡夫卡生命与写作中的分量。

立在院落中庭的，是两个赤身裸体精壮男子青铜塑像，浑身上下是云母般的纹理，脸上带着戏谑和满不在乎的神情，将男人的隐秘一览无余暴露于光天化日之下。每隔几分钟，两个雕塑的臀部就会扭动，然后面对面地从胯间喷出幻化成特定图形的水线，浇在脚下圈起来的盆池中。让人难以置信的是，脚下的盆池竟是捷克国家地图，"尿液"就这样肆无忌惮地洒在卡夫卡祖国的境内，还真有点卡夫卡小说的大胆荒诞和冷峻讽刺风格。这组雕塑能够出现在这里，除了艺术家无边界的胆量外，不得不让人敬重一个国家的政治开明和国民的宽容。

这个名为"撒尿"的雕塑，是捷克前卫艺术家大卫·切尔尼的作品。切尔尼在布拉格，也如同卡夫卡在布拉格，作品随处可见，成为这个城市的文化特征，那种冷峻戏谑的幽默，为这座城市增添了极具活力的跳动音符，使古老的街巷焕发出青春的光彩。作为艺术家，切尔尼远比卡夫卡活得率性，无论是恶搞还是荒诞，无论是严肃还是俏皮，他总是随心所欲地以自己开心为准则。他曾经为了一件作品和时任美术馆馆长发生矛盾，发誓再不进美术馆。不久，他的作品获得国家大奖，颁奖仪式在美术馆举行。为了诺言，他在美术馆外的人行道上搭建了奖台，总统邀请他进入美术馆，他说他发过誓不进美术馆。总统问：那怎么颁奖呢？切尔尼说：我在外面人行道上搭好了奖台。幸运的是，他遇到的是民选总统哈维尔。哈维尔说：那就客随主便吧！今天你是主人，你说了算。这应该是世界上唯一一个在人行道上颁发的国家大奖。这让人看到了一个国家总统的胸襟与艺术家的个性。

在博物馆的入口处，立着两个硕大的黑色"K"字造型，像一本打开的书，以它超过一层楼的高度，俯瞰着来来往往的崇拜者。这两个"K"字造型，不知道是代表着卡夫卡，还是象征着卡夫卡作品里许多叫作"K"的主角，或许是二者都被代表着。

博物馆内部设计非常独特，光线微弱，视觉昏暗，一进入屋内，就像走入一个幽暗的世界，一种身陷城堡内部的感觉。通向二楼的楼梯，红色的地毯上打着红色的光，走在上面就像走入人的胸腔，多少有点惊心动魄的紧张。博物馆内部的风格应该是设计者的初衷，是想表达卡夫卡生前所在的幽暗环境，他所创造的荒诞怪异的人世情境，以及以他特有的视角看到的人性的丑恶。这似乎更契合卡夫卡描述的不是地狱却无处可逃的悲戚世界。馆内陈列了大量的卡夫卡文献，包括生平照片、日记、信件、手稿、各种版本的作品集等，详细介绍了卡夫卡短暂而崎岖的一生，同时运用多媒体展示了他作品中描绘的虚拟世界。在这里可以看到：那个永远无法进入《城堡》的土地测量员的迷茫，和在无形的魔爪下呈现的世界的荒诞；《变形记》中，灵魂被虚伪、冷漠和功利主义包围的世界，像甲虫壳一般坚硬的人与人之间的隔膜和由隔膜造成的孤独、悲哀和绝望；那个在30岁生日那天被无缘无故逮捕，没有罪，也没有任何人能证明他无罪，却被荒唐地《审判》，最终被处死的银行高级职员所蕴含的内心深处的恐惧和人类的荒谬与非理性……

在这个馆里，行走在卡夫卡所营造的荒诞的社会场景，就像行走在浓雾弥漫的秋冬，搞不懂周边环境，看不清行进的目标，抓不到同行的帮手，在这浑噩的浓雾中迷失，压抑而恐惧，愤怒而无奈。

这里还陈列着卡夫卡的许多素描，是其短暂人生的另一种艺术表达。卡夫卡在工作、写作之余，喜欢在日记本和信纸上随意涂鸦，这些充满迷幻色彩的素描，是一种纯粹个性的画面语言，有力的线条，抽象的构图，犹似作家自己瘦长敏捷的身影和卓尔不凡的思想，刻画出作家心灵的孤寂和心底的呐喊。这些寂寞的线条画出人性的孤独和无助，体现出一种心灵深处的空泛和寂静，显露出他小说构思的一些轮廓和雏形。

那个时代，沟通的方式除了见面就是写信。通过信件来沟通，是卡夫卡的长项。在卡夫卡的文字留存中，书信占全部文字的一半，而写给两个热恋对象的情书又占了其中的一半以上，翻译成中文有 80 万字。如今这些情书摆在玻璃匣下，已没有了当初的激情。泛黄的纸张、褪色的墨迹、纠结的恋情、斑驳的心事，都已随风而去，只是这些记录着当年感情的信纸，带着一丝丝的温度，留下一些甜美的念想，让人感慨。

三

卡夫卡是个不善交际的人，生活圈子很小，但他又是一个思维极度活跃的人，想象中的世界很大，这在他的心里产生一种执拗顽强的律动。

命运总是在不经意间创造奇迹，奇迹却在不经意间改变人生。1912 年 8 月 13 日晚上，卡夫卡来到布罗德家，为他第一本书的出版做准备。尽管当年这本印了 800 册的散文集卖了 12 年之久，后来成了不识金镶玉的调侃话题，可遇到布罗德妹夫的表妹菲莉丝·鲍尔的这个晚上，却奇迹般地改变了卡夫卡。初次见面彻底扰乱了卡夫卡内心的平静，这个比他小四岁的姑娘有着一种特殊的沉稳和随和，有着一种磊落的决断和柔情，这是卡夫卡没有遇到过的情感，使他紧张得不知所措。他绝不会想到，这个看起来和他毫无关系的24岁的犹太姑娘，会对他今后的写作产生决定性的影响。内心孤独的卡夫卡，不仅需要一个可以倾诉的对象，更需要一个可以放置情感的灵魂，而菲莉丝正是他遇到的合适对象。这个后来两次做了他未婚妻、分与合历经五年跨度的恋人，让他像火焰一样燃烧。菲莉丝动身回柏林的第二天，卡夫卡就急不可耐地给她写信，此后几乎每天都会有一封信寄出。与这个一见钟情的女子通信，成为卡夫卡写作的前奏，在这流淌爱韵的时光里，卡夫卡写了527封文辞瑰丽的情书。在菲莉丝离开后的那天夜间的八小时内，卡夫卡一口气写出了《判决》的全部文字。小说《判决》，是卡夫卡文学创作中一个质的飞跃。可以说，1912年是卡夫卡写作生涯中具有决定性的时间段，这段时间他享受着快乐，感受着痛苦，收获着成果。菲莉丝的出现，让他更加确定自己的社会定位，工作是维持生存的职业，写作是他真正的事业。他的写作热情空前高涨，在这一年的最后几个星期，他的创作再次达到高峰，代表作《变形记》圆满完成。

尽管这对情深意切的情侣订了两次婚都没能走进婚姻的殿堂，但他们那段不平凡的恋情，却孕育出世界文学史上的美玉仙葩。如果当初卡夫卡没有遇见菲莉丝，布拉格的那个卡夫卡会不会成为今天这个卡夫卡，也未可知。

　　站在玻璃柜前，看着《致菲莉丝的情书》《致米莱娜的情书》等大量的信件，这占据卡夫卡文字生涯80万字的情感记录，让我似乎看见了这位伟大作家纷繁复杂的情感生活，窥视到这些爱情经历对他文学作品的各种影响。从他1912年开始与菲莉丝恋爱到1924年卡夫卡病逝这12年间，是卡夫卡创作的高峰时期，而这一时期的作品出炉，和他的感情历程形成了绝妙的呼应。1914年卡夫卡第一次跟菲莉丝解除婚约前后，卡夫卡写出著名小说《诉讼》《在流放地》；1917年第二次跟菲莉丝毁婚前后，卡夫卡身心疲惫，住进黄金巷，写出《乡村医生》和《中国长城建造时》等作品；1919年卡夫卡与女友尤丽叶第三次订婚，遭到父亲强烈反对，备受重创的卡夫卡在疗养院写下了著名家书《致父亲的信》；1922年，卡夫卡与情人米莱娜不得已分手，写下了最著名的长篇小说《城堡》……这些在世界文学史上卓有影响的作品，都发生在卡夫卡爱情迸发或爱情逝去的时刻，这似乎不能说是巧合，爱情给予作家的伟大力量，应该是内在的创作源泉。

　　卡夫卡从来不会伤害任何一个他爱或者已经不爱的人，他往往会用自己的隐忍，使爱着的人轻松而不尴尬。在与尤丽叶的婚约破碎后，他收到了一个叫作米莱娜的女子的来信。米莱娜居住在维也纳，是个优秀的翻译家、作家，她在信中

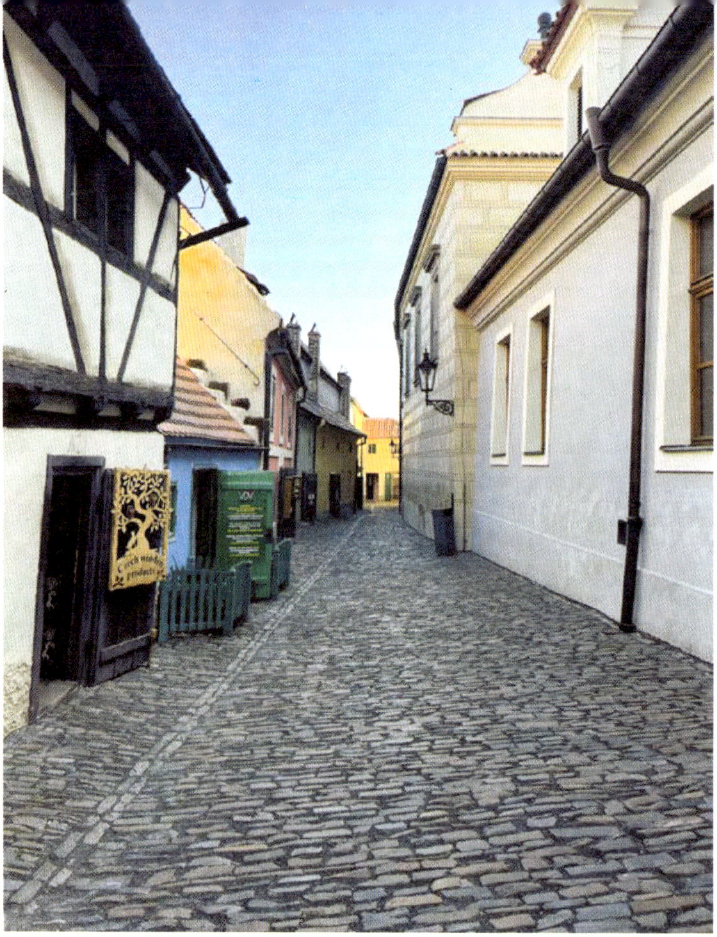

谈到对他作品的理解，希望能够把他的德文作品翻译成捷克文。这个比卡夫卡小 13 岁的有夫之妇，信中的每字每句都切中卡夫卡的心思，而对他作品的深度理解，让卡夫卡更是分外欣喜和意外，他被这个女人真切的感知所震撼。短暂的四天约会，成为他们感情最激越的乐章。他们忘乎所以地相爱了，米莱娜成了卡夫卡的第三个女人。米莱娜的丈夫是个才智平庸的捷克语作家，米莱娜在两个男人之间游走，欢愉而烦恼，渴望而无奈，眼前拥有的相知相惜的苦恋，舍弃家庭背叛曾经的爱情，她不知道该如何选择。最终，卡夫卡的理智战胜了情感，一年的浓情蜜意，使卡夫卡明白了这种感情的诸多不可能，他在分手的信里这样告诉米莱娜："别写信，我们别再会面。"随后不久，他把自己记了 10 年的日记和部分手稿，全部寄给米莱娜保存。米莱娜成为卡夫卡生命中不可替代的知己，一段燃烧的激情演化为深邃平静的理性之湖。

卡夫卡去世后，米莱娜这样评论她恋着的这个男人：在穿衣服的人群当中，他是唯一的裸体者。我们每个人都有病，而唯独他是健康的，是唯一一个可以正确看待和感知事物的人，唯一一个纯洁的人。

米莱娜对于卡夫卡，是灵魂的懂得。

四

来自世界各地的游人，川流不息地在布拉格寻找和城市融为一体的卡夫卡的似水流年，寻找这座城市渐行渐远的旧世纪的流云散风。这份虔诚，既是对城市风情的尊重，也是对城市韵味的文化尊重。

人们走下查理大桥来到了这里，在老城广场市政厅背后的尼古拉教堂旁边，一个在布拉格城市地图上找不到标记的小广场。这个小广场尽管不大，可自从被命名为"卡夫卡广场"后，世界各地的崇拜者便潮水般涌向这里。在高约二层楼的淡黄色外墙的转角上，有一尊卡夫卡的青铜雕塑。这是尊真人大小的头像，雕塑上的卡夫卡颧骨突出，面容消瘦，一副孤独而忧郁的面孔，一双冷峻而思索着的眼睛，似乎在观察着街巷的市井百态。这尊塑像雕得过于瘦削，头发也凌乱，有点像骷髅。塑像下面写着"弗兰茨·卡夫卡1883年7月3日在这里出生"。

在建筑丰富的老城区，卡夫卡故居看上去很不起眼，显得灰头土脸。现在，这里除了入口门面的两根廊柱和大理石门楣是旧居遗存之外，原建筑都已不复存在。卡夫卡第一眼看世界时的景象，早已在1897年的一场火灾中灰飞烟灭，人们看见的这栋楼房是在1902年的犹太城改造时再建的。

对于100年以后的世界，1883年7月3日，注定是一个特殊的日子，对于住在这里的卡夫卡一家也是一个欢喜的日子。这一天，杂货商海尔曼·卡夫卡和妻子朱丽的第一个孩子诞生了，这就是后来饮誉世界文坛、影响了几代作家的弗兰茨·卡夫卡。作为父亲的海尔曼绝对不会想到，正是这个长子给这个家族带来了名垂千古的荣耀。他也不会想到，这个在世时活得普通而艰难、羸弱而个性的儿子，百年后的光芒胜过了和他同名的约瑟夫皇帝。不然，他绝不会在儿子成长过程中表现出不该有的冷漠和疏离，甚至对儿子痴迷文学的不屑与鄙薄。

卡夫卡的出生，给这个事业还算成功的父亲带来了希望，他几十年的经营成果有了继承人。然而，这位父亲心中的传承人，却无心于养家糊口的生意之道，从少年时代开始，卡夫卡就对文学产生了浓厚的兴趣。他大量阅读课外书籍。但是在卡夫卡的家里，读书是一件不被理解的事情，晚上睡觉之前，照明的油灯会被父母拿走，在这位心中充满渴望的少年心中，黑夜中燃烧着渴望阅读的熊熊火焰，头脑里充满着深邃的思考和倔强的反抗，但是却无法抗拒现实的无奈，这使他的心灵在冷与热的煎熬中走向孤独。

卡夫卡的父亲含辛茹苦，为这个家庭创造了宽裕的生活，从这个意义上讲，他对父亲充满了敬意，这种敬意似乎带有一种英雄崇拜的色彩。然而对于父亲，卡夫卡更多的是恐惧，他一生都笼罩在父亲强大的威慑力和强壮体魄的阴影下。对于卡夫卡的父亲来说，没有什么比培养男孩的坚强和勇敢更重要，这也许是他人生打拼中最深刻的总结。这位父亲对于卡夫卡的培养，到了残酷的境地。卡夫卡九岁的一天夜晚，他很渴，躺在床上嚷嚷着要喝水。为了引起父母对他的关爱，他不停地叫嚷着自己并不奢侈的要求。当他听见脚步声的时候，他看见父亲沉着脸向他走来，他不相信父亲会主动来看他，他的心中一直期待着慈爱的母亲的到来。还没等他想明白，父亲一双有力的大手就把他从被子里拎出来，不由分说地把他放在阳台上，随后关上了阳台门。寒夜中的卡夫卡身上冷，心里怕，站在露天阳台向外望，没有星星月亮，四周漆黑一团，死一般寂静，一种遗世孤儿的绝望弥漫全身。即使后来重新回到了温暖的房间，这种感觉也一直陪伴其许多年。当然，这样类似的惩罚绝不止这一次。

　　文字是他唯一可以和父亲沟通的渠道，但也是一条单行道。在黄金巷小屋里完成的短篇小说集《乡村医生》，是他专为父亲而作的，他曾经提醒出版社，不要忘了首页给父亲的题词。可当他将这本书送给父亲的时候，父亲却没有接过去，只是不经意地说了一声"放在床头柜上吧"。或许这就是父亲的表达方式，是他不轻易流露感情的一贯骄傲。卡夫卡却为自己的努力得不到父亲的肯定而感到挫折，很久以后，他还会记起父亲那天的表情和语气。

1919年11月，36岁的卡夫卡想变得独立，结婚成了他最有希望摆脱父亲的尝试。他极其强烈地想结束自己的单身生活。卡夫卡与尤丽叶结婚的打算被父亲无情扼杀，父亲不允许一个身份低贱的鞋匠女儿进入他的家庭。几近绝望的卡夫卡又一次住进了疗养院，他满怀悲愤地写了《致父亲的信》，这是他一生唯一一次对父亲的大胆直白。信的开篇就写道："最亲爱的父亲，你最近曾问我，为什么我说畏惧你。跟往常一样，对你的问题我无从答起，一来我确实畏惧你，二来是要阐明这种畏惧涉及的具体细节太多，凭嘴很难说得清楚。"在信中，卡夫卡将自己成长过程中所受到的父亲的精神压抑和盘托出，对个性成长、身份认同、家庭游戏、角色转换、教育方式等问题，明确地表达了自己的看法，对父亲的教育方式和倔强脾气大胆提出质疑。这是他精神临近崩溃时的大胆反抗，是他积郁的36年恐惧心理的英勇释放。他行云流水，写得酣畅淋漓，短短几天挥洒出洋洋100多页。他没有勇气把信亲手交给父亲，他委托自己的母亲转交。后来的岁月证明，母亲并没有按照他的期望去做，这一定是出于她对儿子和丈夫感情的深深体贴。

五

卡夫卡一家几乎从没有离开过老城区，1889年几经搬迁后，他们又绕回了老城广场的边缘。这次搬到的采特纳巷，是卡夫卡5岁时曾经住过一年的那条巷子。

这次搬家，居住条件有了根本改善，13岁的卡夫卡第一次有了属于自己的房间。父亲的事业也一天天兴旺，原来的小本生意也由零售发展到了批发。对卡夫卡而言，父亲生机勃勃的事业，并不比那张书桌让他更有兴趣。拥有了属于自己的空间，就拥有了一片让心灵翱翔的天地。在这张属于自己的书桌上，他迈开了文学创作的第一步。《临街的窗》是卡夫卡遗留下来的最早的中学时期的作品，描述了从房间窗口，观察充满着生活气息的采特纳巷。最初，他并不知道自己为什么要写，也无所谓写什么，他在眼花缭乱的世界里无所适从，他试图寻找到自己喜爱的生活方式。此后，当他在这里写出《一场战斗的描述》时，他隐隐约约意识到，这笔下的天地是他灵魂的港湾，是他与这个世界博弈的无声战场。

采特纳巷的街角，是布拉格十分值得游览的街巷之一，这里的每栋房屋都有自己的精彩故事。卡夫卡的全身铜像，坐落在西班牙犹太会堂和基督教的圣灵教堂之间。雕像是布拉格献给卡夫卡去世80周年纪念日的厚礼。雕像中瘦小的卡夫卡戴着礼帽，骑在一个高大的行走的无头男人肩上。这个男人身着一件空壳西装，没有头，也没有手，没有心肝肺，两只迈动的脚陷在土地中，支撑着一个伟大而智慧的躯体。这个近4米高的青铜雕塑，出自捷克艺术家雅罗斯拉夫·罗纳之手，据说是从卡夫卡的作品《一场战斗的描述》中获得灵感创作的，书里写道："我异常熟练地跳到我朋友的肩上，用两只拳头击他的背部，使他小跑起来。可是他还是有点儿不情愿地用脚踩地，有时甚至停了下来，于是我多次用靴子戳他的肚子，以使他更加振作起来。我成功了……"也有人把它看成是卡夫卡父与子的合影，空壳人是卡夫卡的父亲，艺术家试图表现卡夫卡的父亲对他一生的巨大影响，以及卡夫卡对父亲的复杂情感：既像对英雄一样崇拜，又像对暴君一样恐惧。人们努力想说清楚雕像的创作蕴含。当我站在塑像前的时候，觉得雕塑家的这尊抽象与具象结合的塑像，不应该被理解得那么简单，这其中一定有着对卡夫卡灵魂密码的某种诠释，有着对卡夫卡迷惘、孤独、不安的内心与扭曲变形的破碎世界的某种解读，只是我们还没有看得那么透彻明白。

1893年9月，10岁的卡夫卡进了布拉格老城广场上的"德语文科国立中学"，卡夫卡在这里度过了8年的中学时光。1901年，卡夫卡踩着采特纳小巷的石子路，走进了布拉格卡尔大学。这所学校是卡尔大帝四世在14世纪中叶建起的中欧第一所大学,经几百年的风雨坎坷,迄今仍然是欧洲大陆较为古老而治学严谨的大学之一。遵照父亲的意愿,他选择了法律专业,这个专业有着各种不确定的前景,卡夫卡也从不喜欢这个专业,他在唉声叹气中开始了这个专业的学习,并一直读到法律博士的头衔。

在这所大学,卡夫卡结识了一生的挚友马克斯·布罗德。两个人性格不同,但情趣相近,他们真诚地感到只有艺术创作才能真正吸引他们。布罗德是个热情、开朗、坚忍的人,也是一个富有天分的早熟作家,24岁的时候就已经出版了4本书。卡夫卡在生命的最后阶段还在读他的作品,为他那富有韵律的语言和独到的视角陶醉。当布洛德第一次接触到卡夫卡的作品草稿时,那种不可言说的震动使他惊奇,他激动地对人说:"这绝不是一种普通的才能,这里面关系到一个天才。"他认为无论和他所认识的哪位名家相比,卡夫卡都是唯一的,幽默而荒诞,痛苦而犀利,用解剖刀肢解开人性的本质,这是那个时代的所有作家都无法比肩的。

他们二人因相同的志趣而相知相惜,他们真挚的友谊从青涩到成熟,终生不渝,生命彼此交融。卡夫卡临死前嘱咐这位朋友烧毁自己的全部作品,而这位对卡夫卡无限懂得、无比珍惜的朋友,不仅没有焚毁这些作品,还亲手编纂和发

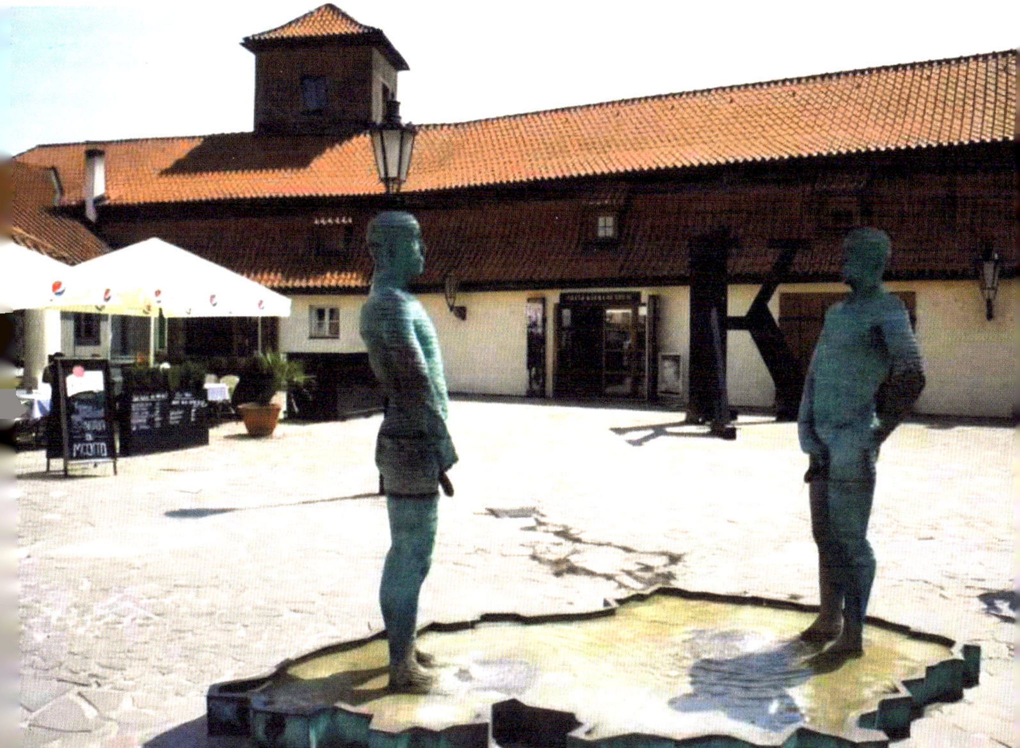

行了他全部的未竟之作，将他推向前所未有的文学巅峰。

布罗德也是布拉格当之无愧的骄傲。他的眼光与胸襟为布拉格增添了无尽的光彩，他所发现并举荐的两个无名作家，一个是放荡不羁的捷克作家哈谢克，一个是严谨冷峻的犹太作家卡夫卡。他们的作品，都在身后成为世界文坛永远的经典，引领着布拉格走向世界文学前沿。

六

卡夫卡最后的归宿地是新犹太公墓，位于布拉格郊区。

我站在卡夫卡墓地前，满怀着对卡夫卡的尊敬和崇拜。墓碑前放着一束鲜花，显然是有人刚刚来过。墓碑由白色的石材打造，扁平的六棱形锥柱形制，上宽下窄，像是一把拔地而起的宝剑，尽管锋芒不露却是落落寡合的孤高。这是一块属于卡夫卡一家三口的墓碑，墓碑从上到下刻着卡夫卡和他父亲、母亲的名字，卡夫卡的名字刻在最上面，下面依次是父亲和母亲的名字，这是按照去世的先后次序排列的，卡夫卡以这种形式与父母永远地拥抱在了一起。墓碑上的文字简洁至极，除了卡夫卡的生卒年之外，什么都没有。在寂静无声的墓地，原本不需多说什么，正如卡夫卡在世时的文学追求，只对创作精益求精，至于作品的出版、评论、获奖、收益都不甚关心，他是这个世界少有的纯粹的作家，只为写作而写作，因而活得比许多作家都更有尊严、更为高贵，正如眼前这块墓碑纯净的颜色。

墓碑的下方，有一块薄薄的黑色大理石，上面刻着卡夫卡三个妹妹的名字，她们分别出生于1889、1890、1897年，去世的时间模糊地写为"1942、1944"。身为犹太人的她们，显然没有逃脱法西斯的种族灭绝之灾，死于纳粹集中营的她们，遗骨难寻，更不知死于何时。如今，她们被镌在石碑上的名字，是对纳粹法西斯的血泪控诉。

在墓碑前，我想到了卡夫卡生命最后的真爱。

1923年7月，在波罗的海莫利茨疗养院疗养的卡夫卡，遇到了他人生最后的真爱。没有人会想到，此时，他一路蹒跚的生命离终点只有11个月的时间。多拉·迪曼特是这家疗养院的护理工，是一个美丽可爱、善良真诚、吃苦耐劳的姑娘。卡夫卡喜欢多拉的单纯透明、温柔贤惠，多拉喜欢卡夫卡的可触可感、真诚坦白、脆弱顽强。多拉爱卡夫卡不为了他的名与利，是那种超越世俗意义的真爱。说到名，那时的卡夫卡只是小有名气，还不是几十年后的文学大师；说到利，卡夫卡最后的岁月过得很拮据，全部收入就是不多的养老金，甚至买不起煤，冬天也不能生火。这个姑娘不了解他的写作，这一切都与她无关，她只是对这个人充满了慈悲的爱怜，是心中滋生的最单纯最本原的爱使她走向了他。

　　1924年6月3日，卡夫卡在维也纳因肺结核、喉结核病逝，6月11日安葬于这个犹太人墓地。卡夫卡去世后，多拉一直陪伴着他，拒绝离开卡夫卡的遗体。当卡夫卡的棺木往墓穴里徐徐下放时，多拉曾拼命往坟墓里跳。事后，卡夫卡的朋友曾感叹道："只有认识多拉的人才明白什么是爱情！"1930年，多拉在一封致布罗德的信中写道：只要我与卡夫卡生活在一起，我所看到的就是他和我。除了他自己外任何事情都是不相干的，并且有时是可笑的。他的作品是最无关紧要的。任何试图将他的作品当作他的一部分的做法在我看来都是可笑的。这个世界并不一定要了解卡夫卡。他不关别人的事，因为，的确，没有人能够理解他。我认为——我现在仍然这么想——毫无疑问，除非你自己认识他，否则你就不可能理解卡夫卡，甚至都不可能对他获得一个模糊的理解。

　　多拉对于卡夫卡，是一种生命的懂得。

七

　　离开墓园，已近黄昏，夕阳照进树林，地上铺上惆怅的嫣红。布拉格，这个让卡夫卡骄傲又自卑的欧洲古城，笼罩在一片神秘而温柔的光照中，无论是积淀着中世纪浑厚历史的老城广场，还是雕艺精湛的市政厅广场，无论是伏尔塔瓦河上的查理大桥，还是风采绝伦的圣维特大教堂，都在夕阳下沉寂，都在沉寂下沧桑。如今，这座城市用沧桑沉淀着繁华中的虚无，用喧嚣骚动着缄默中的厚重。

这座城市给卡夫卡留下了太多的爱和恨，尽管卡夫卡宽厚包容的心中更多涌动的是炽热的爱，人生的不如意都变成自我疗伤的隐忍和无奈。卡夫卡对布拉格至爱如海，这座写满了他人生爱恨的城市，他总是以温情呵护，从不把文字激扬地写在纸上。对于生于斯长于斯的卡夫卡，他只记得成长和无奈，美丽和荒诞，孤独和神秘，恐惧和悖谬，躁动和梦幻……这里是他人生旅途的起点和终点，从来不是他短暂休憩的驿站，他的一生都没有真正走出布拉格，只是在这座城市的周边画了一个怪诞而斑斓的圆圈。

在卡夫卡身上有一种很奇怪的现象，奥地利人认为卡夫卡是自己的同胞，德国人也说卡夫卡是德国人，而卡夫卡的真正故乡布拉格却不认他，甚至对他一无所知。那些年，布拉格大多数人不知道卡夫卡，而哈谢克和他的《好兵帅克》的名气却远远超过卡夫卡的《城堡》《变形记》和《审判》。这是卡夫卡的悲剧，也是布拉格的悲剧。世界上似乎还没有哪一个作家，像卡夫卡这样，生前默默无闻，死后却饮誉文坛。人们将他与普鲁斯特和乔伊斯并列为20世纪最伟大的作家。

美国著名批评家奥登认为：卡夫卡与我们时代的关系，最近似于但丁、莎士比亚、歌德与他们时代的关系。

卡夫卡离开这个他挚爱的世界已百年之久了，当我们打开历史的封存，读着他深刻、锋利、荒诞、透彻的作品，品读着他塑造的一个个奇异的人物，那些人、那些事离我们并不遥远，似乎就在我们身边。

在我离开布拉格的时候，想起了一位朋友的话：只有走进布拉格，才能走进卡夫卡。我们读卡夫卡的同时，也在读我们自己。

斯美塔那的伏尔塔瓦河

水给城市带来灵韵，有水的城市就灵动。每一座古老的城市，都会有一条不息的河流，这似乎是定律。被称为欧洲最美城市的布拉格，就有一条美丽的伏尔塔瓦河贯穿城市，使这座城愈加秀丽迷人。没有伏尔塔瓦河的布拉格，很难说会是今天这样的梦幻靓丽。

伏尔塔瓦，来自古德语，意思是"旷野之水"。公元1世纪，在西斯拉夫人与日耳曼人最初争夺的小村落里，斯拉夫人为村落命了名，日耳曼人为河流命了名，这成为历史传奇。时至今日，这座城市和这条河流，都以一种不流于俗的美丽和优雅，被世人敬仰着、欣赏着、歌颂着。伏尔塔瓦河是捷克的母亲河，全长430千米，发源于波希米亚森林，向北流经南波希米亚州、中波希米亚州和首都布拉格，最后注入易北河。这条捷克的母亲河，哺育了无数优秀的儿女，这些优秀的儿女给河流带来荣耀，也使河流因为这荣耀而被世界牢记。从杨·胡斯到杜布切克，从卡夫卡到昆德拉，从里尔克到杨·聂鲁达，从赫拉巴尔到塞弗尔特，从斯美塔那到德沃夏克……这些曾经照亮时代漫漫长夜的贤达名流，在伏尔塔瓦河那粼粼波光间百世流芳。

那天清晨，我站在查理大桥上，薄纱般的晨雾如梦如幻，远处的山峦、密林、石桥若隐若现，伏尔塔瓦河悠悠流淌，水鸟啁啾在清凉的晨色里，天鹅、野鸭蹒跚着离开沉思般的岸堤，河面骚动起具有生命力的晨曲。此情此景，就像来到了斯美塔那《伏尔塔瓦河》中那薄雾散去、溪流入河的情境。远处传来优美的旋律，是斯美塔那的《伏尔塔瓦河》。行走在布拉格，很多地方都播放着这首交响曲，比尔森啤酒厂、水晶制品厂、瓦茨拉夫广场……都会让人聆听到这优美的乐章。斯美塔那的《伏尔塔瓦河》，融入了布拉格人的血脉之中。

伏尔塔瓦河是捷克民族的伏尔塔瓦河，也是斯美塔那的伏尔塔瓦河。捷克民族的伏尔塔瓦河是地理的、物质的，是变化着的；斯美塔那的伏尔塔瓦河是精神的、情感的，是不朽的。

捷克民族音乐的创始人贝德里希·斯美塔那，1824年3月2日诞生在布拉格旁的利什托米尔镇，父亲弗兰茨·斯美塔那是个啤酒厂承租商,在妻子连续生了7个女儿后,终于盼来了一个儿子。47岁的弗兰茨高兴得手舞足蹈,抬出节庆啤酒放在广场,让邻居与路人与他共享狂喜之乐。父亲弗兰茨对贝德里希·斯美塔那极尽舐犊之情,使他的童年受到了良好的教育,很早就展露出超常的音乐天分,5岁便拉得一手好提琴,6岁登台演奏钢琴,8岁尝试作曲,他非凡的音乐天赋绽放出夺目的光彩。中学毕业以后,斯美塔那决意成为一名音乐家。他在1843年初的日记中信心十足地写道:"凭借上帝的帮助和恩宠,我总有一天会在演奏方面赶上李斯特,在作曲方面赶上莫扎特。"纵观他的一生,他没有辜负少年时的梦想。

1843年,斯美塔那文科中学毕业后,以音乐工作者的身份前往布拉格,一边在图恩·霍恩斯坦伯爵家担任家庭老师,一边跟随普洛克什学习钢琴和作曲。1845年,他以钢琴演奏家的身份在布拉格的音乐厅演出。3年后他将自己创作的1号作品《六首风格小品》寄给"钢琴之王"弗朗茨·李斯特,得到大师的高度称赞。1856年8月,李斯特来布拉格演出他的《大弥撒曲》时,斯美塔那与李斯特共度了很多时光。这位年长的大师豁达真切的情谊,使斯美塔那深感家乡的音乐环境安常守故、狭隘局促。已经33岁的他,既没有稳定的收入来源,也没有像样的贡献,在布拉格这个令人窒息的地方,看不到更多的机会和希望，这让他感到沮丧。这次与大师的亲密相处，使他决定接受瑞典哥德堡的邀请，去国外发展自己的音乐事业。1856年10月，斯美塔那抵达哥德堡，一周后，他作为钢琴演奏家在音乐会上亮相，好评如潮。不久，他便成了哥德堡这个商埠的音乐中心。演出季结束后，他回到布拉格探望亲人。

1857年，斯美塔那第二次前往瑞典哥德堡的途中，拜望居住在魏玛的李斯特，李斯特盛情地接待了他，把他尊为贵宾。但一次聚会上发生的事，却让斯美塔那刻骨铭心。那晚在李斯特家的聚会上，后来担任维也纳宫廷歌剧院院长的音乐家约翰·海尔贝克挖苦说，波希米亚虽然出了不少杰出的乐师和蹩脚的小提琴手，却没有一个大作曲家。听了这话的李斯特坐到了钢琴前，弹奏了斯美塔那的《六首风格小品》，然后指着斯美塔那说："这里就有真正波希米亚灵魂的作曲家，上帝所宠爱的艺术家。"李斯特的举动让海尔贝克尴尬，但海尔贝克的指责却让斯美塔那大为震惊，在那一刻，他在心里庄严宣誓，要把自己的一生献给祖国和人民，为家乡的、民族的音乐献身。

这件事促使了斯美塔那日后的作曲向捷克民族音乐风格的转变。很快，斯美塔那具有捷克民族音乐风格的作品井喷般喷涌而出：1863年，歌剧《波西米亚的勃兰登堡人》脱稿，1866年首演；1865年，捷克历史上最著名的歌剧《被出卖的新嫁娘》脱稿，1866年首演；1867年，歌剧《达利波》脱稿，1868年首演；1872年，歌剧《利布舍》脱稿，1881年首演；1874年，歌剧《两个寡妇》脱稿，1878年首演；1876年歌剧《吻》脱稿，同年首演……同时，他创作了大量的具有捷克民族风格的合唱曲、交响乐、室内乐，在布拉格、维也纳、柏林、伦敦的舞台上璀璨绽放。

伏尔塔瓦河在布拉格穿城而过，河上建有18座桥梁，其中最知名的就是查理大桥。查理大桥是欧洲最古老最长的石头桥，有"露天巴洛克博物馆"之称，桥上的30尊石雕，每一尊都珍藏着厚重的历史或传奇故事，查理大桥本身也因其悠久的历史而成为奇谈美传。

公元7世纪时，布拉格已初具城市雏形，沿着伏尔塔瓦河两岸建立了村落、城镇。为了居民往来便利，公元1170年，伏尔塔瓦河上建成了第一座桥——尤蒂斯桥，是现今查理大桥的始祖。这座用红石和木材建成的桥梁，耐不住伏尔塔瓦河时有的暴躁脾气，数十次的洪水暴涨使它遍体鳞伤。而进入13世纪的布拉格，已经发展成一座兴盛繁荣的大都会，身负联络河两岸重责的老桥已摇摇欲坠，不堪重负。时任的帝王查理四世在1357年亲手奠基重建大桥，才有了今天这座坚固的艺术桥梁。桥梁上的30尊石雕作品，是17、18世纪的欧洲艺术家，在这里的精心创作，如今成为世人瞩目的艺术精品。这座新建成的石桥，也成为布拉格的象征和骄傲，成为每个新任国王加冕旅行的必经之路，在这座桥上印满了历任捷克国王傲慢而尊贵的脚印。

那天清晨我站在大桥上的时候，倏忽感到生命短暂、世事沧桑，江河日夜流淌，大自然永恒。时光如流水缓缓流逝，曾经的辉煌与萧瑟都随流水悄然而去，带走了历史的风谲云诡，消弭了世间的功名利禄。我怔怔地凝望着河水，脑海一片空白，那种缘于幻象的惬意，那种无欲无求的闲逸，浸润整个身心。忘却了时间，忘却了自己，忘却了来时的路，忘却了归去的程，仿佛就与这桥、与这河水融成了一体，伫立成岸边的一颗砂砾、一块石头。

1874年秋天，令人痛苦不堪的耳疾折磨着斯美塔那，那无时无刻的耳鸣使他心烦意乱，聆听和创作都出现了巨大障碍，这使他一度想结束生命。他在日记里这样记载："那天清晨，我缓缓地走上大桥，没有人知道我想干什么。就在这时我突然听见了伏尔塔瓦河的激流在撞击查理大桥的声音……"是伏尔塔瓦的河水唤醒了他灵魂深处的灵感，是民族宏伟而曲折的历史撞击着他的心胸，是美丽的山川河流、深谷飞瀑融化了他的绝望。望着悠悠流淌的河水，他想起了曾对这条河源头的造访，想起了这条河衍生的美丽神话传说，想起了千百年间祖国大地的名士风流，他的心里涌起了强烈的生命欲望，沸腾起不可抑制的创作冲动。他对自己的懦弱感到羞愧，转身离开伏尔塔瓦河，回到他的工作室，开始了激情澎湃的创作。著名的交响诗《我的祖国》第一部《维舍赫拉德》、第二部《伏尔塔瓦河》就此诞生。

《我的祖国》交响组曲由五部组成，最为著名的是第二部《伏尔塔瓦河》。斯美塔那在这一部的总谱上写下了这样的注脚：伏尔塔瓦河有两个源头，一条清凉，一条温暖。流过寒风呼啸的森林的两条溪水汇合成一道洪流，冲着鹅卵石哗哗作响，映着阳光闪烁光芒。它在森林中逡巡，聆听猎号的回音；它穿过庄稼地，饱览丰盛的收获。在它的两岸，传出乡村婚礼的欢乐声，月光下，水仙女唱着迷人的歌在浪尖上嬉戏。在近旁荒野的悬崖上，保留着昔日光荣和功勋记忆的那些城堡废墟，谛听着它的波浪喧哗。顺着圣约翰怪石嶙峋的峡谷，溪流加快，九曲一折，伏尔塔瓦河奔泻而下，冲击着突岩峭壁，发出轰然巨响。而后，河水更广阔地奔向布拉格，流经古老的维谢格拉德，现出它全部的瑰丽和庄严。伏尔塔瓦河继续滚滚向前，最后同易北河的巨流汇合，并逐渐消失在极目的天际。

乐曲正是按照作曲家的描述展开的：在竖琴伴奏下，两支长笛奏出欢快清冷的旋律,犹如两条小溪在林间岩石上嬉闹奔走向前;单簧管和双簧管次第加入,小提琴和双簧管奏出宽广深情的伏尔塔瓦河主题,酣畅陶醉,旖旎优美;随后,水波氤氲,旋律如浪,平缓而开阔的大河在耳畔眼前逐渐展开,旋律中大河的平缓宁静,流淌中的激情不息,就如同伏尔塔瓦河在眼前静默而从容、浩瀚而凝重地流过;河流经过一片森林,圆号演奏的号角声传来,村庄出现了,波尔卡舞曲描绘出举行婚礼的农民们的欢乐;夜幕四合,皓月当空,长笛和单簧管再现乐曲开初的旋律,朦胧迷幻犹如林泽间的仙女在翩翩起舞;柔美动人的旋律过后,音乐变得雄壮起来,浪涛澎湃,大河汹涌,伏尔塔瓦河主题变成辉煌的大调,浩瀚的大河奔流而去,一幅壮阔恢宏的动人情景,旋律在管弦的和谐奏鸣中步入尾声……

这样柔情细腻而又浩荡澎湃地描写一条河流的乐曲,以前从来没有过,这让捷克人引以为傲的伏尔塔瓦河,因斯美塔那的深情演绎而更为幽邃美丽,更加神秘灵性。

1875年4月4日,《伏尔塔瓦河》在布拉格临时剧院首演,曲终时,观众席上爆发出雷鸣般的掌声,经久不息。音乐大厅里只有一个人听不到任何声音,只看见狂欢的观众涌向他的热情和泪流满面的激动,他用心灵和眼睛感受这火热的场面,体会着人们对他无以复加的崇敬。这个人就是已经完全失聪的作曲家斯美塔那。

与贝多芬的悲剧一样，他们都完全失聪于 50 岁。

同一条河，米兰·昆德拉在他的《生命不能承受之轻》中是这样写的："从古到今，河水从未停止向前流淌，纷纭世事就在它的两岸一幕幕演出，演完了，转瞬即被遗忘，而只有滔滔江河还在流淌。"在这本书里，米兰·昆德拉对布拉格、对伏尔塔瓦河极尽怀念之情，对这片土地深沉的爱流露在字里行间。尽管他自 1978 年离开布拉格旅居巴黎后，再未回过布拉格，但对故土的感情却从未淡化过。布拉格也从未曾忘记过这位海外游子，1995 年秋天，捷克政府决定将国家最高奖项——功勋奖——授予米兰·昆德拉。他欣然接受，他在以书面形式回答捷克《人民报》的提问时说："我很感动，也许可以说，尤为让我感动的是瓦茨拉夫·哈维尔给我的信。特别是信中的这样一句话：他把这次授奖看作是给我与祖国和祖国与我的关系，画了一个句号。"

米兰·昆德拉对于祖国的挚爱与斯美塔那对祖国的挚爱一脉相承，从他们心里喷薄而出的这种炽热的感情，一个用优美的文字倾情表达，一个用五线谱激情倾泻，这种祖国之爱、故土之情，在捷克的知识分子阶层是一种从未间断过的伟大传承。

在流经布拉格的河流东岸，一小片荒凉的空地上，有两座火焰状的四方屋子，远看是废墟，近看是雕塑。一座由不锈钢包裹，名为"自戕者之屋"；一座由血迹斑斑的白铁包裹，名为"自戕者的母亲之屋"。这是一个真实的故事，立在这里的是一座历史的纪念碑。自戕者是一位名叫扬·帕拉赫的青年，当年正在查理大学读书。1969年1月16日，《布拉格之春》被苏联坦克碾碎后的那个冬天，21岁的他，在布拉格市中心的瓦茨拉夫广场，点燃了自己年轻的身体，用年轻的生命抗议强权的无耻，用生命的毁灭，唤醒民族的觉醒。每个为理想、为民主、为自由而点燃自己身体的殉道者，都点燃了照亮暗夜的灯塔。

两座雕塑间的地面纪念石碑上，镌刻了一首短诗，标题是《扬·帕拉赫的葬礼》：

那时我沉入幽冥之处，
挣脱了物的束缚，
我已死去很久了，
在虚空中飘浮。
我曾拥有一个声音，
这声音由你呼喊出来。

母亲抱起我哭泣:

孩子,我挚爱的孩子,

这一切怎么可能。

我将追随你,

凭借自己的双足。

我将拾起那只话筒——

你遗落在冰冷泥淖中的那一只。

此时有雨落在城市中,

有雪落在警车上。

一位宇航员哭泣着,

他既不能出去,也无法继续向上。

我的母亲看上去足够勇敢了,

所以我接纳了死亡。

  这首诗的作者是美国诗人大卫·夏皮罗,他和帕拉赫同年出生,写下这首诗的时候,也是 21 岁。

  伏尔塔瓦河的浩瀚涛水,一浪连着一浪,每一道波浪里都有自己的脊梁,沉重地冲刷着岸边的石堤,发出沉闷的声响,似乎想把沉睡得太久的大地唤醒,仿佛是对年轻的自戕者的悲叹,抑或是对生命崇高的致敬。

  正如斯美塔那一样,燃烧了自己的扬·帕拉赫也是一位

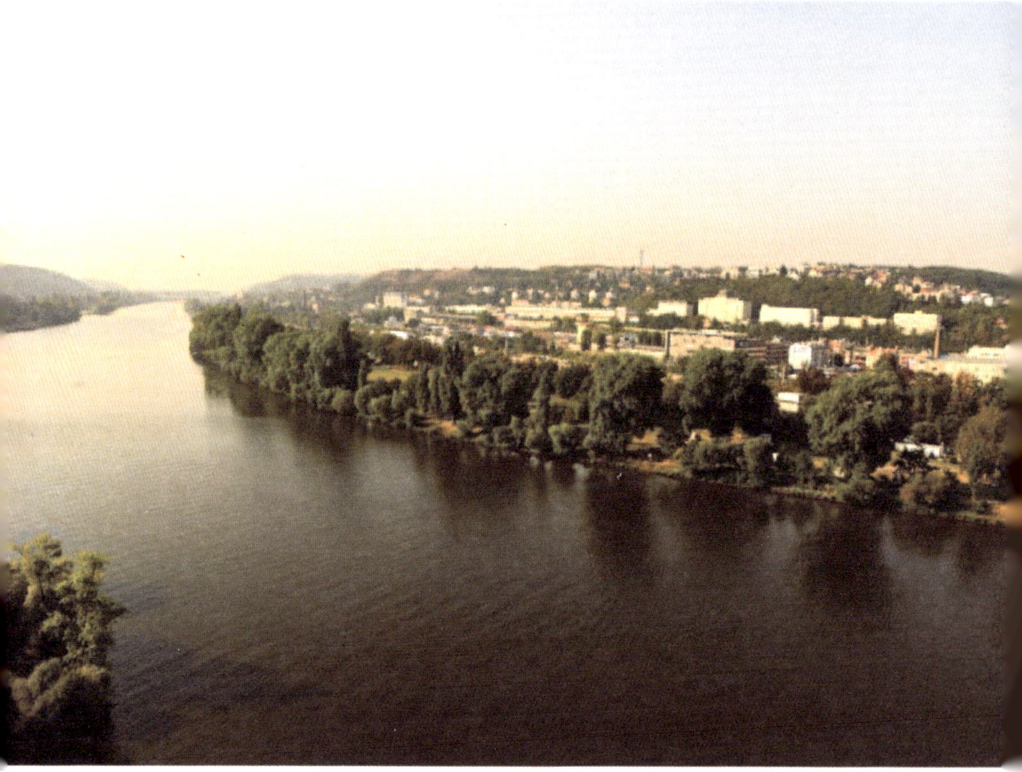

狂热的爱国者，斯美塔那用音乐，扬·帕拉赫用躯体，像中世纪的伟大爱国者扬·胡斯。

在查理大桥的近旁，伏尔塔瓦河的河堤边，有一座音乐家斯美塔那博物馆，这是在老城自来水厂基础上改建的，这里陈列着斯美塔那的人生简介、创作手稿、书信、照片，以及他生前用过的物品。博物馆外面的伏尔塔瓦河岸边，有一尊斯美塔那的全身铜像，铜像背对着悠悠流淌的伏尔塔瓦河，斯美塔那凝思专注的神情，犹似在聆听自己创作的《伏尔塔瓦河》的优美韵律。

每当我站在伏尔塔瓦河的岸边，看着平静和缓流动的河水，总觉得这河有一种静止而置身事外的气质，尤其是在黄昏的时候。夕阳下的伏尔塔瓦河那么美，波光粼粼中的河水那么静谧，那么从容，即便是河畔上人群嘈杂，它依旧不紧不慢缓缓流淌，全然不管尘世的喜怒哀乐、人间的利禄功名。流动的水波一旦停下不动，就缺少了韵味，就不再是美妙朦胧的波希米亚蓝调。

伏尔塔瓦河的河上，集聚着一只只美丽的白天鹅，它们静静地浮游在浩渺的水面，夕阳下的天鹅洁白又美丽，偶尔嬉戏舞动的美翼，给静谧的河面增添了一丝曼妙的灵动。伏尔塔瓦河的沿岸风光，还像斯美塔那时代那样幽静和抒情。

1879年3月9日，斯美塔那在他的写字台上，为他的交响诗套曲《我的祖国》画上了终止号，这距离斯美塔那最初萌动创作这组套曲，已经过去了整整12年。最初的草稿可追溯到1867年，那一年，斯美塔那到波西米亚森林深处拜访指挥家莫里茨·安格尔时，亲眼看到了伏尔塔瓦河的两条源头溪流，这直接诱发了他写作交响曲《伏尔塔瓦河》的冲动，以致后来衍生为《我的祖国》这部恢宏的组曲。事实上直到今日，《我的祖国》仍然是捷克音乐的民族圣物。音乐评论家赞誉它是一首音乐诗，认为还不曾见到别的民族的音乐史上，有过如此热情颂扬一个民族的神话、风物、历史和大自然的音乐作品。

　　这部组曲最初的题目是"祖国"，这是一个中性词，总谱完成以后，斯美塔那在这个题目上加了"我的"物主代词，使题目更具个人的感情色彩，也是他对祖国一往情深的殷切表达。这部被誉为捷克交响乐起点的交响组曲，是斯美塔那献给祖国的颂歌。

　　斯美塔那《我的祖国》组曲，歌颂了捷克的人民、历史和大自然，鼓舞着长期饱受大国压迫之苦的捷克民众，点燃了人民心中的希望。1946年设立的"布拉格之春"国际音乐节，迄今已举办70多届，每届音乐节的开幕式上，一定要演奏《我的祖国》组曲，这其中的缘由可想而知。

伏尔塔瓦河流经布拉格这座城的时候，水面非常宽阔，流速非常缓慢，像是有意地放慢脚步，尽情欣赏着两岸罗马式、哥特式、文艺复兴、巴洛克、洛可可、新古典主义等建筑构成的"千塔之城"；也似乎就是要以这样娇柔静宁、雍容洒脱的形态，让布拉格的人们品味河水的波澜壮阔、厚重从容。远远看去，河水似乎凝滞着，在流与不流之间，而细细观看，才会觉出那种百万雄兵般沉稳凝重的涌动。而流淌形成的一道道波动的浪纹，仿佛在演奏着《伏尔塔瓦河》的优美乐章。憩息在木栏上的水鸟，仿佛五线谱上列队的乐符。波光粼粼的河面上，天鹅姿态曼妙，时而引颈翘盼，时而卿卿我我，时而展翅飞翔，时而静默漂浮。偶尔有水鸟掠过水面，给这份宁静带来一丝优美的悸动。

1848年4月23日，一个阴雨天。常年的失聪、生活的压力和深居简出的创作，斯美塔那的精神错乱爆发了。他不能自制地喃喃自语，打破窗玻璃，毁坏家具，甚至手握手枪威胁家里的人。在一次危险的癫狂症发作以后，家属心情沉重地决定把他送到医院去监护。这是一次有去无回的旅行，目的地是布拉格郊区的州立精神病医院，一个带铁栅栏的小房间，里面只有一张床，一把椅子，一张桌子，这是斯美塔那生命旅途的最后一站。在以后的三周里，只允许与最近的亲属见面。在精神病医院的斯美塔那，意识已经完全模糊，同时又极其躁动不安。劝说他已经再无意义，因为他什么也听不见。幸好他软弱无力，很容易被制伏，他的双眼已经无光，一味昏厥，只有幻觉，全身瘦得皮包骨头，处处表明他已衰弱到了极点，一个伟大的生命就将这样慢慢地消亡。

1884年5月12日是斯美塔那最后的一天，他终于摆脱了不可抑制的痛苦，走向了慈悲大爱的上帝。斯美塔那的尸体被运转到布拉格老城的泰恩教堂。在那里，人们为他穿上他在节庆时常穿的低领紧身捷克民族服装。送葬的队伍，从泰恩教堂出发，经过新的民族剧院，一直走到维谢格拉德公墓。这支队伍成了布拉格从未有过的一次民众聚集，成千上万的人夹道列队，含泪目送这位伟大的民族英雄。

这个公墓的所在地是一个古堡，斯美塔那曾经用音乐颂扬过这座创造布拉格历史的古堡，现在人们把他安葬在这里，愿他的灵魂深深地融入这片他热爱的古老土地。当天晚上，民族剧院演出了斯美塔那最杰出、最欢快的作品《被出卖的新嫁娘》，以悼念这位伟大的民族音乐家。

站在伏尔塔瓦河的岸边，我的思绪随着河水荡漾。我在想：谁的心中没有一条这样的河呢？哪个民族没有自己的精神寄托呢？中国的黄河，俄罗斯的伏尔加河，美国的密西西比河，德国的莱茵河，英国的泰晤士河，法国的卢瓦尔河，埃及的尼罗河，印度的恒河，乌克兰的第聂伯河，以色列和约旦的约旦河……每个民族的母亲河都是一首伟大而壮丽的歌，都滋养着那一方土地的每一个生命，都见证着一个民族的苦难沧桑、屈辱抗争、幸福快乐、毁灭振兴。伏尔塔瓦河见证了捷克人民波澜壮阔的历史，是波希米亚人的民族象征，是波希米亚人民情感与精神的寄托。斯美塔那对这片土地爱得深沉，他爱这哺育他生命的山川河流，他爱这饱受屈辱依旧巍然屹立的祖国，他饱含热泪，用他最炽热的感情，抒写着对故土、对祖国、对伏尔塔瓦河最深沉的热爱。

我呆呆地望着伏尔塔瓦河，心跳骤然加速。我的眼前，伏尔塔瓦河平缓地流淌；我的耳畔，响起斯美塔那优美的旋律；而我的胸口，却奔涌着黄河摧枯拉朽的巨浪；我的心飞向了黄土高原……

沉船之谜

一

也是斯德哥尔摩。也是风和日丽。

我走进了曾经沉没的灾难历史——

1628年8月10日的斯德哥尔摩,风和日丽,皇宫下面的码头上旌旗猎猎,人头攒动,人们在喜悦中焦急地等待,翘首企盼世界顶级的战舰首航。

这艘历时三年,集聚了近千名能工巧匠,耗尽1000多棵橡树,拥有64门火炮的"御船"之首,整装待发。首航所需的压舱石、军火弹药以及火炮都已装载上船。船上100多名船员,还有他们的家小,热烈的喜庆氛围和炽热的心情交织在雕梁画栋的甲板上,胜似圣诞的狂欢。这次首航是世界舰船史的奇迹,是将载入史册的盛大庆典,因此船员们获得许可,携带家小穿行群岛，共同享受创造历史的荣耀首航。他们骄傲而激动，绝不会想到这荣耀背后潜伏着灾难。斯德哥尔摩的市民们聚集在港湾，为国家的强盛而振奋，挥舞着手中的鲜花彩条，深情地目送着巨舰瓦萨号缓缓离去。

"启航了，瓦萨号启航了！"人群中的欢呼声像汹涌的浪涛。

风来自西南，风很小，最初航行的二三百米瓦萨号靠起锚牵动，舰船行走得很缓慢，像是在与岸上欢呼的人群依依惜别。到达特兰布达（即今天的斯鲁森）后，船长瑟夫灵·汉松下令："升前帆、前顶帆、主顶帆和后帆！"迫不及待的船员们飞一般爬上索绳，升上了船上10张帆中的4张。此时，舰船上火炮齐鸣，瓦萨号以它不可一世的雄伟和高傲，向岸上欢呼的人群致敬，开始了它气壮山河的首航。

离岸大约1300米，瓦萨号还没来得及张开它所有的风帆，还没来得及风驰电掣地驰骋在波罗的海辽阔的海疆，一阵大风吹来，一堆白浪涌起，瓦萨号开始摇摆，恢复平衡后，随即朝右大幅倾斜，海水涌进下层炮台甲板，舰体像喝醉了酒般晃动，接着开始缓慢地下沉。岸上的人们还没有从欢快的情绪中缓过劲来，眼前突如其来的情景惊得他们目瞪口呆。只有短短的十几分钟时间，瓦萨号就在众目睽睽之下沉没了，那伸出海面52米的桅杆上，几个船员声嘶力竭地呼叫救命……

二

在今天这样风和日丽的日子，借着梅拉伦湖闪烁的湖光，走过绿茵茵的草坪，我来到这里凭吊——在海底沉睡333年后重见天日的瓦萨号。

瓦萨沉船博物馆坐落在动物园岛，梅拉伦湖畔，紧邻北欧博物馆。斯德哥尔摩由14个岛屿组成，动物园岛是较大的一个，原是皇家狩猎的地方，现在成为市民休闲的绝佳去处。瓦萨博物馆的外形并不宏伟，但建造很独特，远看就像一艘扬帆起航的古老舰船。

大约是为了遮光和保持室内湿度，进入博物馆展厅要经过五道门才行。当穿过重门，走进瓦萨博物馆那一刻，眼前突然出现的巨大战船的躯体，让人倍感震撼。这里没有丝毫的过渡空间，当从丽日下走进这幽暗宽敞的空间，在柔和的射灯环绕下，庄严而威凛的巨大帆船雄踞其中，就像在眼前突兀地矗立起一座山峦。这艘390多年前的舰船，即便是在偌大的空间里，也无法一览它的全貌，人行其下，唯见其高，很有点压顶之感。舰船的船体宽阔浑厚，造型雄伟健硕，船体长达69米，桅杆高52.5米，船体最宽处11.7米，船尾19.3米。船头修长上翘，高昂着鹰隼般的尖嘴，那种劈风斩浪的气势自在其中。尖嘴部分的侧翼，雕刻着腾跃向前的雄狮，更添一分威武。船尾似一座六层楼高的楼阁，雕梁画栋，精美绚丽。虽说是木制的舰船，但船身累累筋骨的坚固厚实，周身纹理的清晰有序，以及船身周体浑厚的紫铜色，都透露着钢筋铁骨般的坚不可摧。

仅从这第一观感，就知道这在当时该是一艘多么让人震惊的舰船，该寄托着瑞典国王多么狂妄的野心。

三

瓦萨号以瑞典瓦萨王朝的创始人古斯塔夫一世·瓦萨的名字命名。这位瓦萨王朝的首任国王，领导推翻了丹麦统治的暴政，使瑞典成了一个统一、独立、富强的国家。

瓦萨号1625年奉旨建造，时任瑞典国王是古斯塔夫二世·阿道夫。古斯塔夫二世是瑞典历史上杰出的国王，17岁继位，英姿勃发，雄才大略。或许是天妒英才，1632年11月16日，年仅38岁的古斯塔夫二世战死沙场。在他的统治下，瑞典瓦萨王朝的内忧外患得以摆脱，国力得到大幅提升，百姓生活得到改善，他创造了瑞典历史上最为辉煌的时期。他被称为欧洲杰出的军事家、军事改革家，是瑞典唯一拥有"大帝"称号的国王，拿破仑将他与亚历山大大帝、汉尼拔、恺撒并称四大名将。为谋求瑞典在波罗的海的霸权，1611至1632年间，他在战场上征伐丹麦、俄罗斯和波兰，获得胜利。介入德国的三十年战争，使神圣罗马帝国皇帝和天主教联盟军队不断溃退。无论是在欧洲军事史上，还是在世界军事史上，他都是一位极具影响力的伟大统帅，被誉为"欧洲近代战争之父"。他曾乔装下层军官，在欧洲各地游学，亲自创办现属爱沙尼亚的塔尔图大学。他在位期间，瑞典的三大城市是里加、塔林和斯德哥尔摩，前两者现在分别是拉脱维亚和爱沙尼亚的首都。就历史贡献而言，他可谓是一位伟大的君主。

为了称霸波罗的海，与劲敌丹麦、波兰对抗，建造航速更快、火力更猛、装饰更华丽的新战舰成为古斯塔夫二世的心头所念。这个念头，从国力上可满足，从对邻国的威慑上很需要，从国王的雄才大略上又具备，因而打造举世第一的舰船就成了势在必行。治理国家的成功与征战邻国的胜利，一定使这位年轻气盛的君王滋生骄奢与狂妄，他要求战舰足以显示瓦萨王朝的财富、权力和所向无敌的战斗力。

一个拥有威权的君王，对他所倾注心血和承载理想的事情力求完美无缺，似乎无可厚非。但是毫无尺度的一意孤行，欲壑难填的朝令夕改，让建造者只能随声附和，唯命是从。在瓦萨号建造期间，古斯塔夫二世不断下令依照他的旨意改变设计和建造要求。在瓦萨号的骨架已经安装好后，他下令增加战舰的长度，造船师亨里克·哈伯特倍感无奈，但只能奉命行事。经验丰富的亨里克·哈伯特于1627年病逝，接替他主持建造的海因·亚克布松没有太多经验，而就在此时，古斯塔夫二世得知丹麦建成双层炮舰的消息，于是下令将原计划修建成单层炮舰的瓦萨号增加一层火炮甲板，改建成双层炮舰。这样一来，瓦萨号最终长度69米，拥有双层64门舰炮，成为当时装备最为齐全、武装程度最高的战船。但是，这样的改变，对于已经定型的横梁和压舱物来说，船体就显得过高过长了。但国王的命令没人敢违抗，这个一生悬命、争做老大的国王，正在把自己的梦想拖入恐怖的噩梦。那时候，头脑发热的古斯塔夫二世是绝对想不到这些的。

四

依照国王对战舰装饰华丽的要求，造船师不惜重金请来了画家、雕刻家等诸多艺术人才，从船头到船尾，从船舱至船体，创作了大小千余座雕像和刻制装饰物，像是装点艺术画廊般来打扮瓦萨号。船头，一只向前腾跃而起的雄狮前爪烘托着瓦萨王朝的纹章，雄狮身后有天使、魔鬼、皇帝、神灵、勇士以及乐手为伴。所有舱门的框柱以及檐板都有群雕装饰，船舱内部更是雕梁画栋。当两层甲板的炮窗开启时，对方看到的除了黑森森的炮口，那血红窗板上怒吼的雄狮雕像一定也是一种震慑。

最为富丽的当数船尾楼阁。在这个六层楼高的船的尾楼立面上，一组组雕像壮观绮丽，让人叹为观止。位于尾楼顶端的是两头希腊神话中的鹫头狮身怪兽，面目凶猛，身披长毛，前爪托着一顶皇冠，皇冠下是古斯塔夫二世的雕像和瓦萨王朝历代国王的雕像，其下刻着古斯塔夫家族名称的缩写字母。这组镂空群雕长达 3.2 米，高约 2 米。雕像之下刻有两头站立怒吼的巨大雄狮，护卫着瓦萨王朝的纹章。尾楼窗户之间和两舷瞭望台上，雕刻着形态各异的雕像 700 余尊，有身着盔甲的威武骑士和手持盾牌刀剑的士兵，也有婀娜多姿的美人鱼和安详美丽的天使。雕像都涂染成金色，与嫣红的底色形成反差。远远望去，瑰丽多彩，寓威严于富丽之中，俨然是一座金碧辉煌的海上宫殿。

17 世纪的瑞典，奢华铺张是风尚潮流。宫廷、领主宅地和富人的住处，满是美食、美酒、豪雕、华服，色彩斑斓的装饰与灯红酒绿的奢靡，仿佛在用这些光鲜的东西诠释富裕浮华与权势虚荣。瓦萨号便是那个年代风尚潮流的突出代表。瓦萨号震慑人们的，不只是雄伟的船体、威武的大炮，还有整艘船只闪耀着的光彩夺目的炫丽，以及满布船身的千余尊雕塑。这些雕饰的瑰丽都纵情展示着曾经的奢华。那些拥有

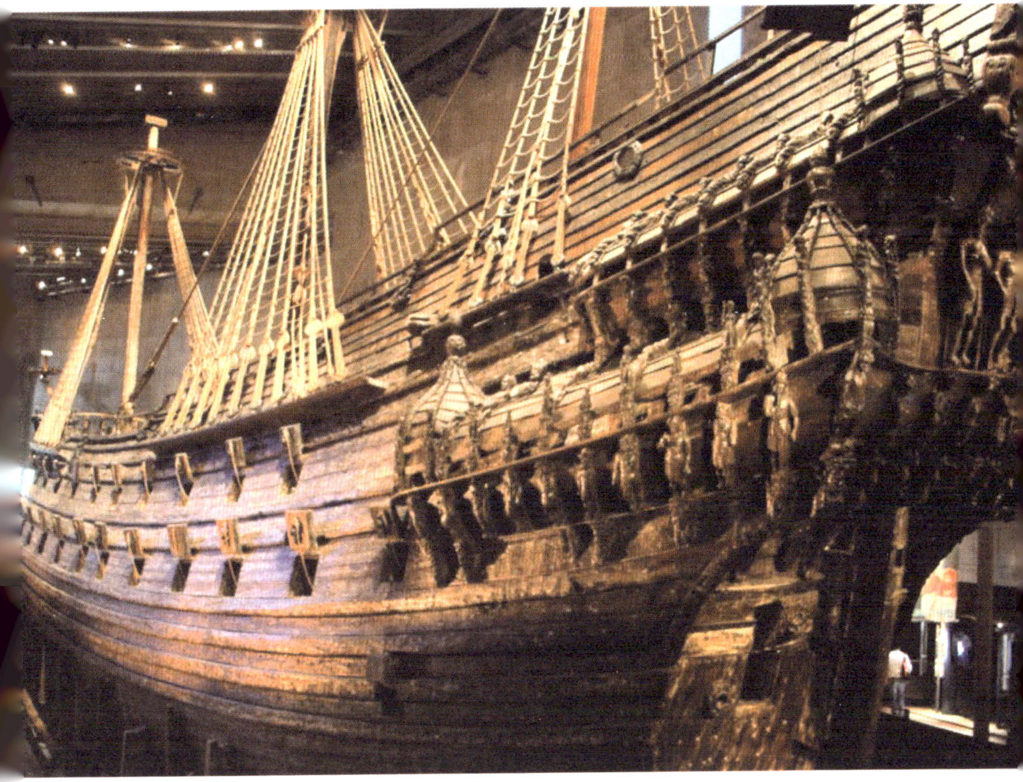

玫瑰色的胸脯与深粉红色尾巴的美人鱼，那些罗马战士穿戴的红色与黄色火焰的斗篷，那些裸露在外的粉红色肌肤、铁蓝色武器，那些血一般的红、毒药一般的绿以及海一般的蓝，那些悬挂在蓝葡萄、柳橙和柠檬旁的皇家盾牌纹章……无一例外地炫耀着那个时代的富贵阔绰。

受人尊敬的企业家任正非先生在谈到瓦萨号时说过："我们要接受瓦萨号战舰沉没的教训。战舰的目的是作战，任何装饰都是多余的。"这话说得蛮有道理。当形式大于内容、野心大于现实、外在大于功能的时候，发生悲剧是早晚的事。

五

两星期后，瓦萨号沉没的灾难消息，才传到当时正在普鲁士的古斯塔夫二世耳边，这让满怀征服欲的国王震惊而愤怒，这消息撕碎了他的美好理想和狂妄野心，像一把利剑刺在胸口。国王下诏军机处，断言轻率与疏忽是导致这场灾难的原因，并且下令制裁所有有罪之人。

然而，到底谁是有罪之人呢？军机处上奏国王的奏章里，这样描述了随后的审讯过程：

瓦萨号失事半天之后，丹麦裔船长瑟夫灵·汉松已在军机处受审，他在出事后当即被捕，部分审讯报告保留了下来。

"你们有没有喝醉？是不是火炮没有固定好？"严厉的审问回响在王宫大厅。

"要是火炮没固定好，你们可以把我千刀万剐，"瑟夫灵·汉松这样起誓，为自己辩白，"我向万能的上帝起誓，船上没人喝醉。就那么一股风，船就翻了。压舱的东西都装上来了，船还是不稳。"

后来船员受审时，说法相同：船上没有出现任何差错，压舱石如数添加，火炮确实固定好了。那天是星期天，很多人刚参加了圣餐，没人喝酒。

"桅杆、桁架、帆和炮使得船的上部太重了。"他们解释说。

就这样，责任推给了造船师。

建造瓦萨号的造船师海因·亚克布松和船厂的雇主巴伦特·德·古鲁特被传讯。尴尬的是瓦萨号的真正建造者，荷兰人亨里克·哈伯特在前一年就过世了。亚克布松和德·古鲁特在被审讯时说：瓦萨号的尺寸大小是经过国王本人批准的，甲板加层是国王亲自安排的，船上的火炮数量是合同明文规定的。

"那为什么会沉船？这到底是谁的过错？"审问官追问道。

"只有上帝知道。"德·古鲁特回答。

此案一审再审，了无结果，永远正确的上帝和国王也被牵进此案。数年之后，无人获罪，也无人受罚，灾难调查不了了之。

　　大副约然·马松此后披露：瓦萨号出海前尝试着做过稳定性试验。那时舰船还在码头，船上组织了30个船员横穿甲板来回跑动，但跑到第三次就被迫终止。船体剧烈地摇晃，如不停止，船就可能倾覆。而这种情形发生时，军机大臣克劳斯·弗莱明就在现场，他是海军重臣，有权力决定瓦萨号能不能首航。但是他依然不改初衷地按既定计划进行，把一个美丽的梦想推向灾难。也许是这艘舰船对于国家、对于海军、对于大众太过重要，它的首航在时间上是无可抗拒的选择，也许是远在普鲁士的古斯塔夫二世的虚荣迫不及待，容不得任何人对这艘旷世舰船的丝毫猜疑，也许是国王专制的威权形成的畏惧，没有人敢为此承担任何责任……大副马松说，军机大臣此后的唯一评论是："若国王陛下在场，当不至此。"

　　由此可见，只唯上不唯实、只听命不担当的官僚专权体制，早晚要出事，瓦萨号的沉没就是独裁体制下必然要发生的灾难。

六

　　船长瑟夫灵·汉松尚在监禁中，第一批救援者已赶到瓦萨号失事的地点。英国人获得了独家打捞瓦萨号的许可，但因经费不足，难以为继，半途而废。军机大臣克劳斯·弗莱明接管了打捞瓦萨号船体和船上贵重火炮的任务，徒劳了一年之后，草草收场。海难后的十年内，大批的探险家、寻宝者拥到斯德哥尔摩，试图打捞这艘巨无霸沉船，但无人成功。17世纪60年代，两个富有经验的瑞典人和德国人，利用一种叫作"潜水钟"的工具，耗时两年，从船舱里将50多门火炮打捞上来，成为那个时代最为辉煌的荣耀。此后的300年，对于瓦萨号的打捞陷于沉寂。直到1956年，瑞典最出色的海战史学家、38岁的工程师安德士·弗朗显，在经过几年的寻找之后，再一次发现了瓦萨号的具体位置。至此，一场大规模全国动员的"拯救瓦萨"的运动展开了。基金会、个人以及公司纷纷捐赠钱物，海军提供人力和船只。

经过五年的细致准备，1961年4月24日，起吊的一切准备就绪，全世界的报社、电台和电视台都拥到这里，沉睡海底333年的瓦萨号即将破水而出，一段未经触摸的17世纪的历史将重见天日。第一件被带出水面的是一只咆哮狰狞的狮子。尽管几百年的深水浸泡使它发黑，但它的鬃毛上依然附着几丝金棕色的漆画，下巴上有着红色的漆。随后，这只狮子与天使、魔鬼、皇帝、神灵、勇士以及乐手，总共500多件雕像和200多件装饰物，同瓦萨号船体一起慢慢地从海底升起，等在岸上的人们因欢呼而嗓音嘶哑。

这是一个足以令人铭记的时刻，是经历了三个多世纪的海底沉船的再生。

瓦萨号的大部分雕刻都有象征意义。船首雕着十个列队而立的罗马皇帝，以 17 世纪的眼光看待他们，那是瑞典君主引以为豪的先驱，古斯塔夫二世自视与他们齐名。第一只从水面出现的雄狮只是设计在炮口的许多雄狮之一。船上雕刻着几只威武的狮子，最威武雄健的一只位于船首之上，它的身子有三米多长，跃跃欲扑，始终保持着追逐争斗的姿态。狮子作为装饰物，象征国王和与德国皇帝战争的瑞典军队，古斯塔夫二世当时就以"北欧雄狮"著称。

七

自 1961 年开始，博物馆专家、造船工程师们夜以继日地开始了对瓦萨号的复原工作。这是一项十分艰难的工作，17 世纪造船是没有设计图纸的，只有简单的尺寸和造船师的经验推导，面对除了船体以外的 14000 块碎片，合理地将它们安置在舰船最初的位置，确实是一件艰难的事情。经过专家们 11000 多个日日夜夜的努力，瓦萨号被逐步修复成今日的完整模样。从水中捞出的 1 万余件船体部件和 700 余件雕塑饰物，经过专业处理过后，都被放回到船上原来的位置，最大可能地保留了瓦萨号战舰最原始的风貌。

舰船旁的展览室里，陈列着从海底打捞上来的原瓦萨号舰上的实物，其中有帆、炮、人体骨骼、水手服、工具、金币，以及牛油、罗姆酒等。这些物品成为今天研究17世纪海上生活的标本。博物馆"船上生活"展览室内，还陈列着神态各异、栩栩如生的人偶模型，生动地展示了当时瓦萨号上船员们的生活情景。尽管瓦萨号的航海生命极其短暂，短得让人难以置信，但瑞典人仍然视其为国宝，因为它代表了那个时代的造船技术和艺术，是这个国家发展历史中重要的组成部分。

在拥有航空母舰和万吨游轮的今天，我们可能会对眼前的瓦萨号不以为然。但在17世纪，人们却被它的硕大无朋久久震撼，为它的精美绝伦深深感动，在那个时代，它天下无双，出类拔萃，确实也是让世界感叹的无可比拟的存在。

从瓦萨博物馆三层的窗口向外看，可以看到瓦萨号当年建造的地点，这里离瓦萨号沉没的地方只有几百米的距离，而博物馆就建在原海军造船厂。我想，瓦萨博物馆这样的选址绝不是巧合，一定有着瑞典人对于历史的深度思考，有着对于过往历史的某种敬畏吧！

峡湾神驹

被称为"万岛之国"的挪威，国土狭长，西南海岸线蜿蜒曲折，绵延的海岸风光中最著名的就是峡湾。这些山与海交错的地貌，来自第四纪冰川期冰川运动的馈赠。它们绵延不绝的广阔和庄丽，给人强烈的视觉冲击。当你乘坐峡湾的游船，目睹着水面平静、海鸟飞鸣、山峰高耸、积雪盖顶的情景，真有点遗世独立之感。那种巍峨山峰与深邃大海的美丽缱绻，是山川与海洋恋恋不舍的情书，是山与海的一场旷世恋情。

挪威人以拥有峡湾为荣。在民族独立的进程中，曾让它做了一次艺术浪潮的主角。挪威历史上被丹麦统治了近400年，1814年拿破仑战争中，丹麦又把挪威输给了瑞典。为争取独立，挪威于1840年开始了"浪漫民族主义"的浪潮，主张各民族有自主建国的权利。当时的文学、艺术及流行文化，都聚焦在挪威特有的自然之美，以此来加强挪威人的家国认同感。峡湾就是这次浪潮的主角。早在 1814 年拿破仑战争后，挪威人抓紧机会制定了自己的宪法，但是直到 1905 年才正式独立。由此看来，具有维京人血统的挪威人的性格还是温和的，他们选择用文学艺术和山海之美来提升民族的独立意识，而不是暴力革命。

我和朋友一行四人，在乘坐游船游览了松恩峡湾后来到这里，这个被称为弗洛姆的小镇。

小镇不大，属于艾于兰湾的中心区，居民只有 400 人。小镇很美，一面临峡湾，三面环山，极具魅力。巍峨陡峭的山峰，叹为观止的瀑布，深邃悠远的峡谷，云雾缭绕的山峦，星罗棋布的木屋，密密层层的森林……让人仿佛置身于天堂，有一种目醉神醉的感觉。

弗洛姆在挪威语中意味着"险峻中的平原"，在这样层峦叠嶂的大山深处，有这样一块平地实属不易。

小镇的教堂称作"弗洛姆教堂"，它的历史可以追溯到中世纪。教堂用柏油刷过的木板建造，能容纳四五十个人做礼拜，教堂内的墙上有大量的壁画，画着鹿、狐狸和狮子，表达了人与动物的和谐相处。教堂很安静，置身教堂之中，仿佛还能听到悠远的钟声。

教堂旁边的墓地竖立着一块高高的石头纪念碑，是纪念诞生于此的诗人皮尔·斯维勒的。皮尔·斯维勒是19世纪后期著名的挪威作家之一，他用他的笔把读者带入中世纪挪威的黄金时期——北海帝国。他热爱这个地方，热爱他母亲生活过的弗洛姆。他说这里就是他"在摇篮中听到妈妈的歌的地方"，他"所有的优良品质来自弗洛姆"。这样真挚的感情不免让人动容，泪意欲生。

位于弗洛姆老火车站内的弗洛姆铁路博物馆，是该小镇最大的建筑了。馆里收藏着当年的协议、图片、文件资料和相关的物品。室外陈列着曾经用过的机车、道岔机、巡查车和一些小的三轮轨道车。这些特殊的收藏，记载着弗洛姆铁路的发展历程。

在这个阳光灿烂的初秋，我站在弗洛姆车站，站台上挤满了世界各地的游客，五彩缤纷的服饰映衬在挪威森林的背景下，不同的语言声调荡漾在纯净的空气中。每个人都在兴奋的情绪中期待这趟不平凡的旅程，就像探险家走向未知的陌生那样亢奋。

到了弗洛姆，体验高山火车是每位游客的必然选择。

这条被称为弗洛姆的铁路，终点是米达尔，全长20多千米，穿越20多个人工隧道，回形针一样盘旋于青石嶙峋的弗洛姆山谷。866米的落差形成跌宕起伏的气势，也带来绝美的风光，一路都浓缩着峡湾地貌的壮丽美景。险峻陡峭的山峦为铁路修建带来前所未有的挑战，80%的线路的坡度达到了55‰，最小的转弯半径只有130米。施工过程中，不仅要考虑悬崖峭壁巨大落差的衔接，还要考虑雪崩和滚石的危险。为了不破坏山体，挪威人没有选择爆破技术进行隧道挖掘，而是用手、用传统工具一点点将隧道打通。200多名工人以一个月一米的进度，埋头于高山峡谷20年，硬是用耐心和毅力征服了大自然，完成了这条世界上最具影响力的山区铁路。1940年8月，弗洛姆铁路宣布正式通车。

锲而不舍，百折不挠，经过与时间和自然抗衡的7300个日日夜夜，弗洛姆铁路成为当之无愧的"挪威之最"，成为挪威人意志和毅力的最好证明。铁路建成以来，获得了无数赞誉："世界上极陡峭的铁路路线之一""全球25条最佳铁路旅行路线""欧洲十大铁路旅行路线""全球最美的火车观光路线"……这些赞誉，是数百名工人20年血汗与泪水的结晶。

弗洛姆列车是绿皮车，在高速铁路发展起来的这许多年，绿皮火车是一次久违的遇见，像遇见故人般亲切。车厢内是红棕色内饰，顶棚是木板，古典而尊贵，一股复古怀旧的气息扑面而来，有一种时空穿越的错觉，似乎回到了三四十年前的岁月。

火车离开弗洛姆车站，向峡谷深处缓缓驶去。绿皮火车的慢，是从前那个时代的特征，那个时代的泰然自若，那个时代的从容不迫。那时候乘坐火车旅行的每分每秒，都把乘坐当成一种享受，把旅程当成一道风景。如今，随着生活节奏追风逐电般地加速，绿皮火车已逐渐退出历史舞台，淡出人们的视野，从前那种慢生活也早已不再，从容不迫地对过程中慢的体验已是一种奢侈。人们被绑上了加速度的陀螺，在越来越快的旋转中晕头转向，不知道最终要到哪里去，生活的目标是什么。能够再一次坐坐这具有怀旧意味的绿皮火车，还真是一件愉悦的事。

这是一趟注定充满了诗意和惊喜的旅程，只需要放空自己，了无杂念地去拥抱迎面而来的峡湾河流、高山峻岭。

火车深入峡湾，与壮美的艾于兰湾相望，山顶覆盖着皑皑白雪，一层层云岚环绕山间，静如镜面的湖海映衬着山峦峻岭，苍翠欲滴的树林映入眼帘。山峰把散落的红色木屋揽入怀中，山谷下风景秀丽的村落，如毯的绿茵，蜿蜒的河水，形成一幅水墨图，就像是走进阆苑，让人沉醉迷幻。火车攀行，渐入佳境，一路山高谷深。在蜿蜒盘旋之中，在忽明忽暗之间，绵延的山脉变得轮廓分明，古老冰川纪的印记时而凸显，茂密的森林簇拥着雪顶，银白与翠绿深情相拥，细流在高山的身躯上怯怯着活泼，银色的飘带忽曲忽直，山川变得明艳深邃而生动。在这弗洛姆峡谷深处，世外桃源被缓行而上的列车唤醒。

穿过碧水缠绕、森林密布的幽谷不久，便迎来飞流直泻、落差达140米的尤安达瀑布。火车经过时，车厢内一阵骚动，像听到了集合的号令，旅人们都趴在火车一侧的窗边，为这从天呼啸而下的瀑布感叹震惊。

确实让人感到震撼，这是140米之高的飞瀑啊！那黛色绝壁上的一道长长的银白，那天梯一样仰之弥高的耸立，尤安达瀑布就这样直挂峭壁，像一条玉带从天而降，带着至高无上的骄傲，舒展而自在，飘忽而迷离。那种奋不顾身的豪气，那种千年不悔的痴迷，成为世人难得目睹的神奇。这瀑布流得飘逸，从高不可攀的山顶轻轻腾起，畅快地倾泻而下，隽永生动，清朗明快，那轻松顽皮的跌落带有几分好奇，那前赴后继的跳跃怀有几分神秘；这瀑布流得潇洒，从高高的绝壁义无反顾倾泻而下，不畏身下岩石的阻挠，不怕自身被撞得破碎，为了成就绝世的风采，不顾路途艰难险阻，坚强不屈地流成既定的奇迹。

一阵山风吹过，瀑布的下半截像锦缎高高飘起，飞瀑顷刻碎成千千万万颗玉珠，滚落在岩壁上，喷绘出一幅神秘莫测的印象派画面。

瑞拉维根公路在尤安达瀑布附近,这条辗转二十一道"发卡弯"的盘山公路,蜿蜒曲折在陡峭的山间,险象环生,忽隐忽现,蛇行一般呈"之"字向大山深处崎岖盘旋。人们在车窗前遥看尤安达瀑布壮美的同时,瑞拉维根公路与自然景观的完美组合,那种险峻中的飘洒自若,那种逶迤间的气象万千,也着实蔚为壮观!

除了瑞拉维根公路,这里依旧可以看到人类与自然的斗争,垂直下去几百米,山谷对面的铁路逶迤在陡峭山壁上,一条条羊肠小道上,满是铁路工人在陡峭岩壁上与自然斗争的痕迹。

坐在绿皮车上穿越高山峻岭时,我在想:这条铁路的建设,不仅是为了运送忙碌的人群走马观花的猎奇,不仅是为了运送普通的货物在深山老林的屯集。它是挑战,是挑战不可思议与扑朔迷离的梦幻奇景,是挑战此岸彼岸与无穷远极的濠梁之上。它是穿越,穿越理想与现实难以逾越的藩篱屏障,是穿越繁碌风尘与心灵净旅的石火电光。它像一个活生生的有机体,抵抗过政客的横加阻挠,从被关闭的厄运中挣脱出来,以自己的方式生存着。它与险峻复杂的地势及恶劣的环境斗争,把顽强的生存能力和集聚的无限力量凝结成人类意志的最佳象征。它从弗洛姆曼延而出,以最初的轻松和安静,负载着人们的期盼，穿越碎石山坡和陡峭石崖，一路攀升到山顶的平原。它就像一匹顽强峡湾马驹，它的营养来自峡谷，尤安达瀑布所发的电力送给它不竭的动能，使它蓄满了攀山越岭的能量。

车至肖斯瀑布站，停车五分钟，旅客可以下车到一个平台，欣赏壮观的瀑布奇景的。

在车门打开那一刻，耳边骤然响起雄浑的轰鸣声，像是一阵阵巨雷在空中行走。人出车门，细细的水珠立马滋润脸上，用手抹去，便是一汪水。看向眼前的天际线，一道宽阔的白色水流咆哮着冲下山来，那气势就好像要把阻挡它的沟壑一股脑冲了去。瀑布近旁的数条小溪，从附近的悬崖上插入进来，使整个山边都变得生动起来。气势磅礴的水流从陡峭的山壁飞泻而下，带着雷鸣般的怒吼，在峡壁和峭石间汹涌翻滚，撞击着山边陡峭的石壁。潭底的碎石上，飞起无数的水花和泡沫，水珠崩玉，飞沫挂帘，阳光下幻化出五彩斑斓的壮观景色。肖斯瀑布的形态不是垂直而下，而是摆成了巨大宽阔的 S 形，在这扭动的 93 米落差的威武流动中，冲荡不羁，浪花飞溅，像千军万马纵横疆场，呼啸而来，巨大的轰鸣声在寂静的山谷显得尤为震撼。山给了水以壮阔，水给了山以生气，它们就这样相互成就，相互依托，描绘着大自然的宏阔画卷。

如此近距离感受瀑布的力量，是对心灵的一次洗礼。

这片山海应该是北欧神话中诸神诞生的地方，也该是维京人探险世界时走过的路径。随着一阵音乐响起，一位红衣女子从草丛翩然而至，出现在废旧的电站废墟上，随着音乐节奏的快慢，在岩石间的残垣断壁中，伴随瀑布水雾飘然起舞，忽而在岩石上跳跃，忽而隐入山林，扑朔迷离，行踪不定。那跳跃着的修长的腿，扭动着的纤细腰身，飘动着的如云秀发，婀娜多姿的轻盈柔美，让人目不转睛。这大约就是传说中的山妖或者树精灵吧？

站在观景平台远远望去，白色的瀑布、青色的废墟、红色的精灵、墨绿的峭壁，就像是俄国画家希施金笔下的绮丽画卷，如诗如画，如梦如幻……

火车行至米达尔用时 50 分钟。

米达尔是山间的一块平地，曾是个小镇，孤单，小巧，安静。一座简易的教堂，一座小小的学校，现今没有永久居民，只有沉寂的高山雪岭，茂密的森林松涛，凛冽的阵阵山风。这里是真正的清净之地，是散心、修行、冥想、放空的绝佳处所。

我站到了米达尔车站的站台，望着漫山的森林——挪威的森林，心中为其所动。我来到挪威的这个时间，伍佰的《挪威的森林》已不那么炙热，村上春树的《挪威的森林》却依

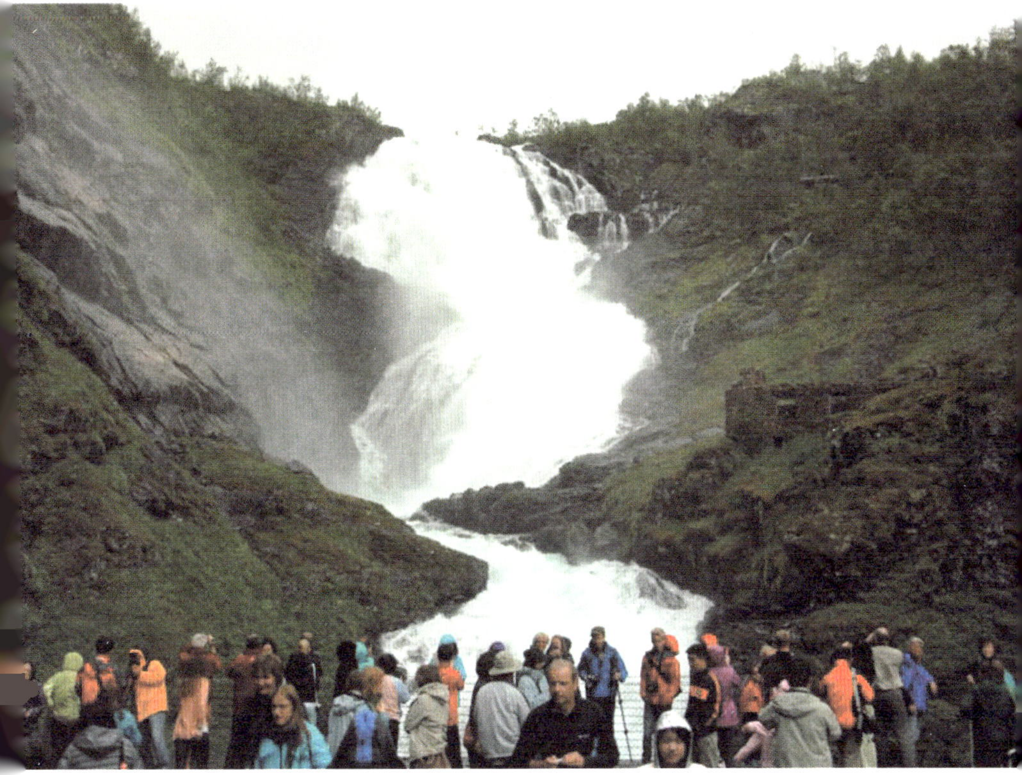

然热度不减。说心里话，挪威的森林是我对这片遥远而陌生的土地的最初幻想，松恩峡湾和弗洛姆铁路让我实现了这份幻想。在世界最长最深的峡湾，在峡湾上最美最奇险的铁路，群山叠翠，森林茂密，水光潋滟，瀑布壮美，看不完的曲折峡湾，数不清的冰河遗迹，望不尽的大片森林……

正是因为挪威森林的巨大吸引力，艺术家们演绎出了不同的艺术画卷——

挪威的著名画家爱德华·蒙克，其后期绘画更多地表现出对大自然的兴趣，森林是蒙克绘画中反复出现的元素。他在1897年创作了《面朝森林》，1915年又创作了《面朝森林2》，这两幅画都是男女主角深情面对着忧郁而巨大无边的森林。受到蒙克绘画的启发，甲壳虫乐队创作了歌曲《挪威的森林》，像蒙克的画作一样，这首歌因静谧、忧伤又令人沉醉的旋律传遍了世界。这首歌表现了那些青涩而消逝了的青春爱情，伴随着失落、虚无和对生活的无力感。甲壳虫乐队的《挪威的森林》给了村上春树创作灵感，他写出了长篇青春小说《挪威的森林》，讲述了发生在日本大学生间的爱情故事，描述了城市中一群失去了精神家园陷入绝望虚无的人。伍佰读了村上春树的小说《挪威的森林》，深有所感，写出了同名歌曲《挪威的森林》，表达了一种迷离的情感。人与人之间再亲密，心里也永远有一个别人无法走进的森林，那是每个人心灵最深处的一片净土，那里没有欺骗，没有虚伪，没有伤害，没有痛苦，真爱在那里无拘无束。

挪威的森林具有何等巨大的魅力啊！

可是挪威的森林究竟在哪里？是在挪威松恩峡湾的峭壁上？是在弗洛姆的幽深山谷里？还是在艺术家的作品里？或许它就在我们静谧的心境里。心境豁达磊落，森林只是背景，精神走不出藩篱，人会永远迷失在森林。

从米达尔车站直下到弗洛姆峡谷，人的感官依然会被本能控制，大山巍峨，森林壮阔，野草溢香，瀑布狂舞，一路艰难地行进，一曲壮丽的诗歌。浩瀚的山海无垠间，唯有列车在铁轨的逶迤中铺出一条路来，横扫天地，气贯长虹。时空凝固了，山川峻岭间那种一以贯之的独特气质，汇聚成脑海中永恒的篇章。

绿皮车下落千尺后，驶入平原，满眼阔野，又见峡湾……

乘坐峡湾神驹往返于弗洛姆山谷，我觉得这似乎不是旅行，而是大山、峡湾、森林、飞瀑与感官的一次不期而遇，是完善自我的一次奇妙的心路历程，是摄制人类智慧和毅力超越自然创造奇迹的辉煌影像，是在不可能中寻找到可能的一次空前惊艳。

峡湾……神驹……

秘境的诱惑

一

我来到吴哥时是秋天。说是秋天,但依然很热。

对吴哥的拜谒之旅,始于凌晨。这是一个澄澈的清晨,早上5点多,满天的星星闪闪烁烁,一簇簇行人在黎明前的黑暗中相向而行,拥向魂牵梦萦的吴哥窟,去等待瑰丽的朝阳喷薄而出。据说,这是每个旅行者都心驰神往的早课,对于摄影爱好者来说更是机不可失。

过护城河,入寺庙门,便是寺庙的引道广场。引道广场很宽阔,众多的旅行者拥了进来,依然还有富余的空间。旅人们熙熙攘攘地围在引道两旁的水池边,等待着惊心动魄的日出时刻。

晨曦的朦胧中,吴哥窟的五座塔殿在天幕微光下,像是一幅硕大的剪影。当黎明的曙光渐渐舒展开来,一层层鱼肚白、玫瑰红、五彩霞的色彩,使神秘的吴哥窟轮廓变得清晰起来,黑色的剪影就有了丰美的形态,沧桑的身躯就披了艳丽的外衣。围在水池边等待日出的人们格外安静,似乎都屏住了呼吸,等待着庄严的时刻,就像在恭候君王天神的驾临。当嫣红的朝阳冒出地平线,大地从沉思中惊醒,一抹金红色的光芒给万物带来了生机。倒映在水池中央高矗的塔殿,在明亮如镜的水面上,展现着深邃的庄严,在殷红如血的光影中,凝结出昔日的璀璨。一束亮丽的光穿过中央塔殿的间隙,像是一把锋利的宝剑,从遥远的天际霹雳而出,射得人一时睁不开眼。耀眼的太阳,为黢黑的塔殿披上一层金灿灿的衣装,五子梅花塔群,以它的俊美庄严,坐落在霞光中,呈现出一种坚韧而雄浑的沧桑。

吴哥窟建于吴哥王朝鼎盛时期,是苏利耶跋摩二世(1113至1150年在位)登基后下令修建的,建造得恢宏而精美,可以说是那个时代登峰造极的杰作,是集聚了高棉人建筑智慧和神祇崇拜的无以复加的宏构。这座建筑群落,耗时三十多年才得以完成,如果没有雄厚的国力支撑,没有持之以恒的信念坚守,这么长时间的精雕细琢是很难想象的。

高棉人崇尚太阳,建筑一般都是面东背西,而这座建筑却背东朝西,这与印度以及高棉的建筑传统背道而驰。通常

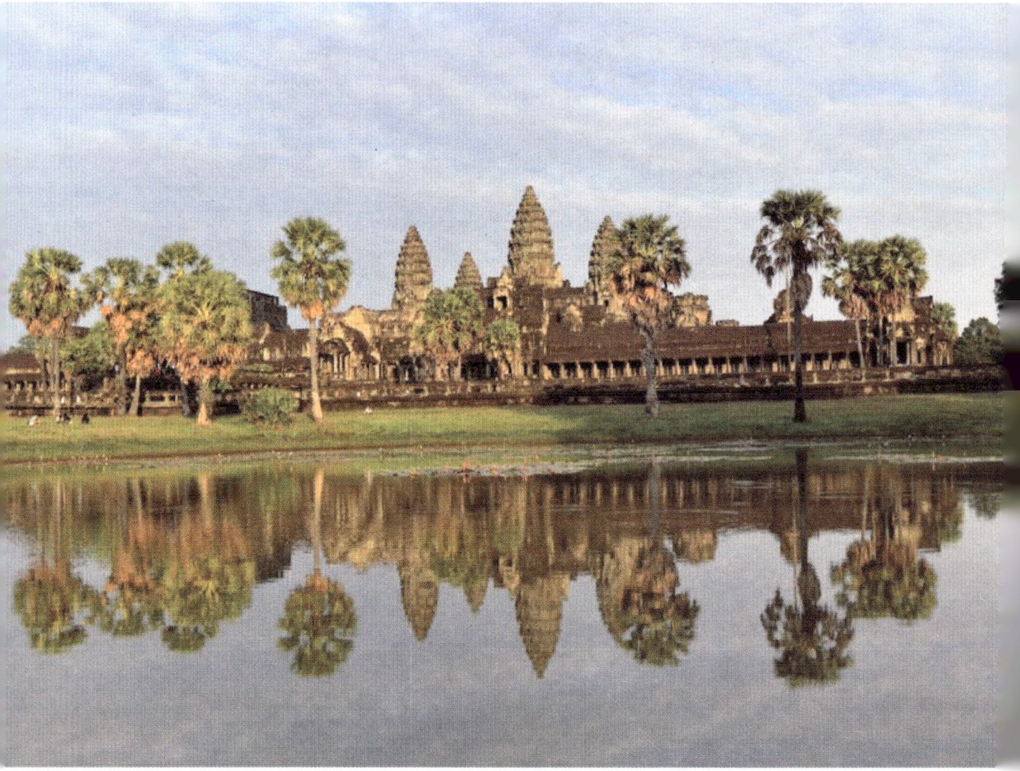

在印度和高棉的文化传承中，西方是落日和死亡的方向，庙宇应该朝东而建。对于这个不同寻常的现象，学者们的一种说法是庙宇本为毗湿奴修建，而毗湿奴正是宇宙西面的神明；另一种说法这是为苏利耶跋摩二世修建的陵寝，以存放他的骨灰，供后人景仰。也有人从天文学、占星术、宇宙论和宗教观等给出了不同的解释。不过，无论有多少种说法，苏利耶跋摩二世葬于此的事实，自然就让帝王陵寝的说法被更多的人所接受。

吴哥窟的"窟"是"佛寺"的意思，这与莫高窟、云冈石窟、龙门石窟的称谓似乎同出一门。只是吴哥窟建立的最初目的却不是始于佛教，而是表达对印度教毗湿奴的虔信。苏利耶跋摩二世宣称自己是毗湿奴在人世的化身，代表上天的神管理着这片土地和芸芸众生，这样皇权神授就成了统治者的护身符。这里成为佛教寺院，是在许多年以后，吴哥帝国的最后辉煌之时，阇耶跋摩七世改信佛教，它才真正成为一座佛寺。

进入城楼，穿过十字形回廊，上阶梯，就是第三层回廊最外层，这里是闻名遐迩的"浮雕回廊"。回廊的内侧墙壁，刻满令人惊叹的绝美壁雕，仿佛一卷卷古老的手稿，记录着与毗湿奴有关的神话，张扬着苏利耶跋摩二世的雄姿飒爽。这八幅巨型石面浮雕，高 2 米有余，绕寺一周，长达 800 米。浮雕的场面宏大，人物生动，手法娴熟，堪称杰作。

在行军场景的浮雕中，密如蒿草的将士簇拥着苏利耶跋摩二世，这位修建了吴哥窟的君王，优雅闲适地坐在宝座之上，手持拂尘，赤足盘腿，头戴王冠，左手微抬前指，似在指挥千军万马，右手轻抚宝座扶手，一副志在必得的安适。左右侍从俊逸轩昂，手执羽扇华盖，身后宫女，清素俏丽，手持巨型蜡烛。精美步辇上，俏如春花的嫔妃如仙女下凡，纤腰玉带，回眸嫣然，裙裾飘扬，华美至极。从这壁雕的画面，既可感知行军中车辚辚马萧萧的威武雄壮，又能够体会君临天下舍我其谁的王者风范，同时，那种安详和美的华丽与静宁，又让人感同身受。

　　翻搅乳海是印度教创世神话中最重要的事件，在吴哥，这个故事融汇在每一座建筑中：在天地混沌之时，众神受到恶魔威胁，他们找到毗湿奴帮忙，毗湿奴告诉他们要采集有长生不老功效的"不死甘露"。不死甘露藏在乳海深处，要想得到它，还需要恶魔的帮助，条件就是分享不死甘露。双方达成一致后，他们把蛇神婆苏吉缠绕在宇宙之山曼荼罗山上，以山为杵翻搅乳海。恶魔持蛇头，众神持蛇尾，曼荼罗山像一根搅拌器在乳海中搅拌。毗湿奴化身大海龟沉入海底，承受搅杵的重量，乳海翻腾，最终天医手持不死甘露出现，恶魔叫嚷着争夺不死甘露，毗湿奴假扮美女迷住恶魔，众神得到甘露而变得强大，成了宇宙主宰。眼前的这幅浮雕，被视为高棉出色的艺术杰作之一，它以精美绝伦的高超手法、波澜壮阔的磅礴气势，呈现出翻搅乳海的生动情景。

　　第二层台基，四周长廊回绕，回廊四角各矗立一座殿塔，因年久失修，塔顶大半缺损。第三层平台在二层平台内院拔地而起，高达13米。位于平台四角的塔殿与中央塔殿，共同形成了梅花形布局，象征着须弥山的五座山峰。正中矗立的中央塔殿高42米，塔顶距地面65米，高大雄伟，雄踞一方，傲视周围所有建筑，仿佛要将那些建筑都吞噬到它那五层塔身之中。塔身上是三重莲花花瓣叠加而成的门楣，顶端是莲花蓓蕾状的塔刹。塔殿由前厅起，前厅的门楣上是面向东方起舞的湿婆神，协助神猴将恶魔踩在脚下。位于四角的塔殿，造型虽然接近中央塔殿，但较中央塔殿要矮小许多。这里的每个元素都有神话寓意，整座寺院无疑是一个微型宇宙。

　　高棉庙宇中的建筑，都是一种呈宇宙山形态的塔殿，无论是印度神话中的须弥山，还是曼荼罗山和冈仁波齐峰这样的圣山，都是神明所在的宇宙中心，是打破原始的混沌状态、有序运行的起源。山体连接着天空和土地，山峰之巅是神明的居所，山体之下是阴间世界。每座寺院的主体都象征着须弥山，对称排列的五座殿塔就代表着须弥山的五个山峰。

二

出吴哥窟朝北，就是吴哥通王城南门，这座城也被称为大吴哥。大吴哥是吴哥王朝最后的首都，也是东南亚历史上的宏伟都城，鼎盛时期城内外的人口达百万。方方正正的褐色围墙，围出一座10平方千米的大吴哥城。城内住着王室成员、臣子高官，城外住着平民百姓。高达8米的围墙内，有一座10多米宽的堡垒，堡垒四周带有护墙。围墙之外是100米宽、6米深的护城河，守护着巍峨坚固的王城。

穿过宽宽的护城河，有五条通道通往王城。王城的四面围墙中间各有一道城门，东围墙加设了一道城门，为王城胜利门，直达王家广场和王家宫殿。这道门的设立，一是代表凯旋，是大军班师回朝给予的一种荣耀；二是便于王室成员进出王城。五座城门都高达23米，这个高度君臣骑着大象进出，倒也合适。城门顶端的四面均有观音菩萨雕像，这也正符合扩建王城的阁耶跋摩七世把自己视作观世音菩萨化身的说法。

南门的石桥上，两排精美的石雕列队在桥的两侧，最前端各矗立着一尊扇形的七头蛇神那伽雕像，高昂着威猛的蛇头，就像随时会闪电般袭击来犯者。蛇身形成的桥栏杆延伸向城门，两旁各有54尊半身石像分列桥面两侧，左侧是修罗武神，头顶尖锥佛螺髻发，神情祥和；右侧是阿修罗恶魔，

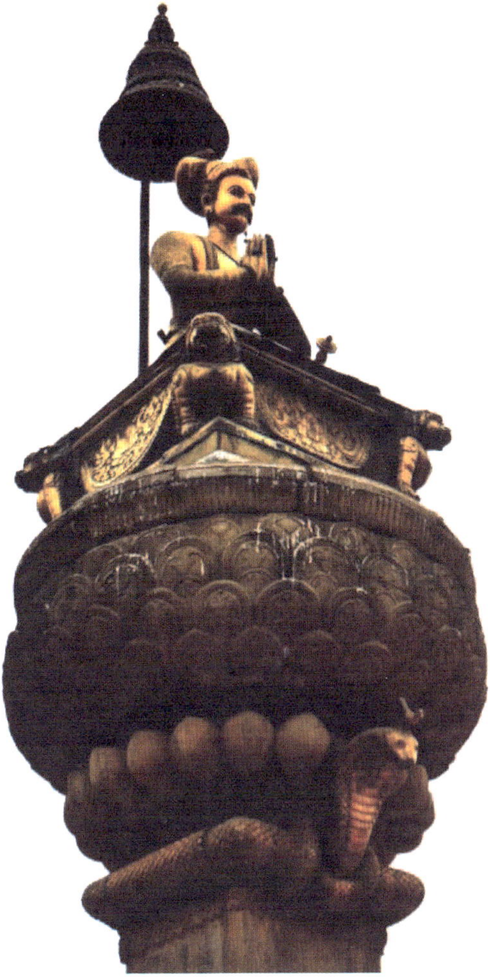

头戴盔帽，表情狰狞。两侧的神和魔都用力拉着作为桥栏的蛇身，在这里继续演绎翻搅乳海的故事。

饮誉世界的巴戎寺位于王城的中心。一进南门，巴戎寺便会映入眼帘，那矗立在蓝天下的黑色城阙，像一座座错落起伏的山峰，巍峨庄严，散发着远古的神秘气息。作为吴哥王朝最后一座国寺，巴戎寺别具一格，它全部以砂岩堆叠而成，以须弥山为中央塔殿形成崇山峻岭的巍然，以神秘的高棉微笑打动人心，以宏大丰富的浮雕壁画记载历史……这一切，都给这座庙殿增添了与众不同的魅力。

巴戎寺是阇耶跋摩七世的国寺，也是他为自己建造的陵寝。从阇耶跋摩七世开始，印度教被大乘佛教替代成为国教。这种改变，赫然昭示于巴戎寺中，在这里已看不到印度教中两种力量无休止的较量，所见的是佛家清净、圣洁、吉祥的莲花，智慧、完美、慈悲的菩萨，整座寺院洋溢着佛教中的淡泊、宁静、包容与祥和，表达着一种达观、自在、喜乐与恒远。曾经欲望官能的不安与躁动，升华为极其宁静的祥和与微笑。

巴戎寺由49座佛塔组成塔林，加上王城门上的5座，就是54座佛塔，象征着阇耶跋摩七世统治时期高棉帝国的54个省。每座佛塔的四面都塑有神态相近、面带微笑的佛像，王城里共有216尊这样微笑的佛像。这些石头雕刻的雕像，经过一千多年的风吹雨淋，已尽显斑驳沧桑，但那动人的神态，那祥和的微笑，却丝毫没有改变。穿行在巴戎寺的佛塔之间，无论身在何处，都被佛塔上微笑的眼睛所注视，它们无处不在，从各个角度俯视人间。这些佛像，前额宽大，眼睑下垂，鼻翼宽展，嘴大唇厚，嘴角略微上扬，一脸慈悲安详。这种不喜不悲、无欲无忧、包容宁静的微笑，与蒙娜丽莎的微笑有着异曲同工之妙，给人一种穿越时空的恍惚与震撼灵魂的力量。凝视着这些平和的笑容，仿佛灵魂不断升华，爱恨得到包容，生死得以超越，没有战争和杀戮，没有仇恨和怨愤，只有宁静与祥和，只有宽容与微笑，淡定恬然地笑对世事沧桑，任凭后人评说想象。

专家们考证说，这里的雕像依据阇耶跋摩七世的相貌雕制而成。这位君王在位时，高棉帝国的疆土达到历史上最广，虽然征战颇多，但国人生活也还安宁祥和，国王以佛家慈悲宽容治国，让民众获得心灵慰藉。作为国王的阇耶跋摩七世的慈悲雕像，在这里巍然而立千余年，成为举世景仰的"高棉微笑"，成为一个民族的代表，也是一种难得。

历史上对大吴哥城较为详细的记载，出自元朝人周达观所著《真腊风土记》。1296年，元成宗铁穆耳遣周达观出使真腊，行居吴哥一年回国后，周达观撰写了《真腊风土记》，记载了真腊城郭宫室与风土民情，成为现今研究吴哥历史最为权威的史料。在周达观眼里，大吴哥城是一座完美之城。

他在《真腊风土记》中这样记载巴戎寺曾经的金碧辉煌：

"当国之中，有金塔一座，旁有石塔二十余座，石屋百余间。东向有金桥一所。金狮子二枚，立于桥之左右；金佛八身，列于石屋之下。"

可以想象当时金色的巴戎寺，在蓝天丽日下，该是多么耀眼。然而那曾经的光耀也像那个时代一样，早已不复存在，贵重的金箔早已成为战胜者囊中的钱币，只有这黑灰色的骨骼依然坚挺着往日的骄傲。

巴戎寺的规模比吴哥窟要小许多，和吴哥窟一样，塔寺主体和台基四周也有浮雕回廊，但内容并不雷同。尽管也有国王出行以及战争场面，但最动人的还是普通百姓生活的场景。这些浮雕壁画，规模宏大，布局复杂，内容丰富，造型生动，在世界艺术史上应该占有一席之地。据记载，在这1200米长的廊壁上刻画了11000多个人物，人物和场景铺满整个画面。浮雕从神话和宗教故事到现实中的日常生活、集市贸易等，无所不包，整个就是一部高棉帝国的百科全书。

这里是艺术，更是历史。

三

战象平台紧邻巴芳寺的塔楼，俯瞰王家广场。

战象平台又称斗象平台，始建于 12 世纪末，是国王观看斗象的地方。吴哥王朝辉煌的时候，每年都举行盛大的斗象大会，只有在搏斗中获胜的大象，才能成为国王的坐骑。这大概就像我们今天的选秀。当然，那时候的斗象，不仅仅是观赏性的娱乐，更多的是出于军事征战的目的。吴哥王朝鼎盛时期，拥有战象 20 多万头，可见那时的吴哥军队该是一种什么样的阵仗。

　　战象平台的后方连接着皇宫，国王接见大臣和外国使臣也常在此处，同时这里也是阅兵及庆典的观礼台。当年的战象平台气势磅礴，平台四周气势非凡的雕塑足以证明这里曾经的璀璨与重要性。周达观是这样记述这里的：

　　"屋颇壮观，修廊复道，突兀参差，稍有规模。其莅事处有金窗棂，左右方柱上有镜数枚，列放于窗之旁；其下为象形。闻内中多有奇处，防禁甚严，不可得而见也。"

　　现今，连接皇宫的廊道已销声匿迹，平台上的殿堂已荡然无存，流光溢彩的镜子自然也就不知所终了，只有蔚为大观的高台，还在无声地述说着当年的气势恢宏。

　　站在战象平台，巡视广场山野，我被眼前宏大的气势所震撼。作为观礼台的战象平台，由巨石堆成，南北长 300 多米，东西宽 10 余米，坐西朝东，气势惊人。观礼台前的广场有四五个足球场大，是斗象和举行军事表演的场地。平台中间有三条阶梯，所有阶梯都由三头象和蹲坐的石狮守卫。阶梯直通平台顶端，顶端外延有一圈那伽的环形护栏。石梯旁大象的立体雕塑保存得很完整，真象一样大小，三头大象为一组，头戴皇冠，长鼻触地，鼻卷莲花，极具温敦亲切而强悍的魅力。平台墙壁还雕有狮子、犀牛、马和金翅大鹏鸟等图饰，以及逼真的打猎场面。

平台的北端，是让人望而却步的癞王台。高棉所处之地，气候炎热潮湿，丛林遍布，古时候麻风病肆虐，患者巨多。不要说百姓难逃其难，就是皇室成员也难免其灾。据传在吴哥王朝中就有两位国王罹患麻风病，阇耶跋摩七世就是其中之一。阇耶跋摩七世为麻风病所扰，深受其苦，就在王宫广场旁修建了麻风病台祈佛，同时还在国中修建多座医院，为百姓治疗麻风病。这样的善举，说明阇耶跋摩七世能以己之痛，想民之痛，把百姓的苦痛放在心上，算是一个好君王。

如今的癞王台已很破败，癞王的石雕像位于平台四座雕像中间，这是一尊没有性别特征的全裸雕像，平台因雕像而得名。

站在平台望向远方，丛林中矗立着十二幢红色的塔楼，这是十二生肖塔。残破不堪的塔庙，在夕阳光照下非常醒目。塔庙建于因陀罗跋摩二世在位期间，塔庙有砂岩门楣和楣饰，塔顶分为两层，由那家形状的瓦檐作为装饰。周达观的记载对庙塔的用途提供了一种说法，当百姓发生争端时，就把当事人关在塔庙中，几天后犯错的一方必然会生病，胜负自然可见。塔庙成了断案的工具。这似乎既履行着法院的宣判功能，又执行着监狱的监禁功能。曾经雄踞南亚的吴哥王朝，司法是这样的奇特又荒唐，也着实让人大跌眼镜。

四

吴哥王朝遗址中，寺庙、陵寝都是用石材建造的，而王宫内的宫殿却大都是木质建筑。仅有一座用石材建造的皇宫"空中宫殿"，至今还坚挺着不屈的脊梁。乍听"空中宫殿"这个名字，以为奇高无比，其实不然。这座石砌的塔殿现在高度才12米，只是还不清楚，当年那座已经坍塌的金塔是什么样的高度。空中宫殿虽名为宫殿，实际上并非真正的王宫，真正的王宫离空中宫殿尚有200多米。典籍记载，当时的王宫墙壁镶金，地铺银砖，王宫的立柱连廊都雕刻佛像，国王的宝座镶嵌着七色宝石，很是阔绰壮丽。

空中宫殿是罗贞陀罗跋摩二世（公元944至968年在位）兴建王宫时建造的湿婆庙，后被苏利耶跋摩一世改建成空中宫殿。宫殿由三层须弥台重叠成金字塔形寺庙，象征须弥山，各层须弥台的四角，装饰着狮子大象，最顶端是塔殿。台上有石砌回廊环绕于四周，整个建筑构筑于高台之上。由于三层须弥台很高，看起来给人以"空中"的感觉。塔殿四面的阶梯陡峭高崇，望去真如天梯，阶梯两侧的台壁上有守门石狮，平台四角留存着石雕的遗迹，最顶层的平台上有一座五檐金字塔形庙宇，已经严重损毁。根据周达观的记载，这庙宇中该有一座金塔才是。只是金塔由于自身的金贵，宠护它的国度一旦弃它而去，它就成为贪婪者眼中最好的追逐对象，因而它的销声匿迹也是意料之中。

关于这座空中宫殿，周达观是这样描述的：

"其内中金塔，国主夜则卧其下。土人皆谓塔之中有九头蛇精，乃一国之土地主也，系女身，每夜则见；国主则先与之同寝交媾，虽其妻不敢入。二鼓乃出，方可与妻妾同睡。若此精一夜不见，则番王死期至矣，若番王一夜不往，则必获灾祸。"

在当时，这座宫殿仅限国王一人所用，用途确实也是如此惊悚，让人匪夷所思。只是这段记载的真实性已无从考证，但国王为了国家福祉和自身安危，如此苦不堪言，噤若寒蝉，也不禁让人唏嘘。可见世上帝王之惧，并非惧人，而是惧鬼神。

五

出吴哥王城胜利门，东行十分钟，便是茶胶寺，这座未完工的庙殿也被称为塔高寺。在数以万计的精致雕像、精美浮雕把脑海挤得满满，人的思维因艺术的拥挤而堵塞的时候，来到这座寺庙，倒有一种舒朗的轻松。

这座方形金字塔的内部用红土堆砌，外层采用砂岩材料，高达45米，貌似一个巨石阵，看起来别具一格。茶胶寺有着完整的方正围墙，四面都有进入寺庙的门廊塔楼，都有攀登庙宇的陡峭楼梯。庙宇坐落在三层的寺庙山上，五座塔殿的布局呈梅花形，外观古拙淳朴，自然天成，毫无雕饰，大块的青灰色砂岩堆叠出整座庙殿，展现出一种硬朗粗犷之美。这座没有完工的寺庙，灰青砂岩凹凸有致，单纯的切割，严密的堆砌，棱角分明的密集石块犹如水晶矿石。这里没有繁复的雕刻，没有宏大的史诗叙事，只有不经雕饰的纯粹和自然，还原了建筑材料与结构本身的美，使人体验到层层叠砌的石块原始的庄严与坚韧的力度。

茶胶寺原为阇耶跋摩五世修建的国寺。少年天子阇耶跋摩五世968年继位，在宫廷王室和老臣辅佐下，七年后亲政。按照吴哥的传统，亲政后的君王要开建属于自己的国寺。这就是茶胶寺的由来。这座国寺设计复杂，施工难度大，直到

1001年国王去世，茶胶寺依然没有完工。此后，吴哥王朝陷入动乱，历经10年战争，直到苏利耶跋摩一世平定战乱登基，停工多年的茶胶寺才又重启修建。这座格局宏大、规模空前、延展东南西北四方的庙山，拥有连接四周水系的船舶码头，寄托了苏利耶跋摩一世无尽的愿望。然而，尽管新国王极度重视，重建不久的茶胶寺却无法逃脱坎坷多舛的命运。在一个暴风骤雨的夜晚，一道道雷电划破夜空，击中巍峨于高处的茶胶寺，木做的屋梁被焚烧，砂岩留下了深深的伤痕。按照印度教和世俗的判定，被雷电击中的国寺注定是不吉利的，于是，这座巨石堆砌而成、刚刚支起骨架的宏伟建筑，还没来得及雕刻精美的花纹，便被彻底废弃了。一千多年过去，茶胶寺就这样袒露在天地之间，毫不遮掩自身的赤裸，坦荡地面对凄风苦雨，冷眼于世事的地老天荒。

正是这次的雷击，这样的废弃，才使后人了解到茶胶寺的建筑内核，才使观览者在纷繁的审美疲劳后有了这一份疏朗。

其实人的审美，不能拘泥于一种形态，需要有适度的变化，有变化中的比较。审美大脑的张弛有度，才可能使真美在人的脑海里美到极致。没有弹性的审美，往往会因为疲劳而丧失对美的认知，错过对美的欣赏。

六

出王城北门行约两千米，是圣剑寺。

这座寺院始建于阇耶跋摩七世统治的 1184 年，是阇耶跋摩七世为纪念战胜占婆军队和纪念父亲建造的一座佛教寺院。圣剑寺建成后，阇耶跋摩七世重建大吴哥王城，这里就成为国王的临时宫殿，接见群臣，打理朝政，读书礼佛，很是热闹了几年。据碑文记载，圣剑寺最辉煌的时候，曾住王室成员、官员及家眷、用人及平民 10 万人众，可想当时的盛况。

阇耶跋摩七世笃信佛教，寺庙中供奉观世音菩萨。但实际上圣剑寺不仅是佛教圣殿，里面还供奉着印度神明、当地神灵、皇家先祖以及被神化的凡人。这说明吴哥的历代国君，无论尊崇什么宗教，都不拒绝其他神明的护佑，同时也恭敬先祖，礼敬凡人。这足见帝王的豁达与包容。这与那种唯我独尊、你死我活的霸道和残酷，是大相径庭的。

第二层围墙的塔楼面向一块方形砂岩平台，"舞者之厅"就位于平台东侧。这个大厅很大，有近千平方米。大厅是个多柱厅，偌大的舞厅像是森林，这倒增添了几分神秘。厅内岩壁上几组袅娜起舞的女神浮雕，装饰着舞者之厅。这些舞者，是高棉舞的具象写意，一种模仿性的哑语和流畅的线条，表达着恩爱、叩拜、欢愉等不同的内容。我观赏这些浮雕的时候，想着那些靓丽的舞女在这大厅中为王室献舞、为宗教祭祀表演精灵鬼仙的情景，脑海里浮现出如梦如幻的画面，仿佛身在其中。这让我想到了一位英国学者对宗教舞者的一个说法：在寺庙里，舞蹈者是神的奴隶，是献身于神的。当少女的发育完全成熟时，便用湿婆神的石质生殖器夺走她的童贞。进行过这种活动后，她就被作为神的代表的祭司们占有。通过这么一种具有象征意义的古怪交易，贞洁的处女在寺庙里变成了神的娼妓。

曾在这个大厅之中虔诚表演的那些年轻貌美的姑娘，最终都去了哪里，我们不得而知。

沿着双柱廊走出去，会看到一个平台，平台顶端的阶梯有扶壁，沿阶梯走下去，便是"火之屋"。火之屋由一个前厅和一个大厅组成，看上去干净而舒朗。前厅门楣旁，我遇到了一位高棉女信徒，她正在燃烧的火坑前跪拜祈祷。火光照亮了她的脸庞和身上陈旧的布衫，她眯缝着双眼，一动不动地望着时高时低的火苗，就像一尊雕像。这种身外无物、不为外界所动的虔诚，使她完全无视游人杂乱的脚步声和窥视她的好奇心。我离她而去的时候，心想：也许人的内心宁静了，六根自然也就清净了。只是，这个嘈杂的世界有那么多诱惑，人心又有那么多的不甘，怎么才能无欲无求地寻得一份安宁呢？

中央塔殿四面均是柱廊，是粗大的四方石柱，柱子顶端装饰倒置的莲花，一扇扇的石门框上有诸神威严的雕像，墙上刻画着仙界舞女，神情喜悦，姿态曼妙。这里的柱廊结构略显特殊，由外侧向内侧逐渐变窄，越往前走，门的宽度显得越宽，高度却越低。这似乎是阇耶跋摩七世在虔诚地表达对父亲的尊敬，对神的敬畏，使进入中央塔殿的人必须弯腰低头，越靠近中心，越需要庄重谦卑。中央塔殿不能说很雄伟，但比起其他殿堂，还是宽阔许多。圣剑寺建成后，这里一直供奉着观世音菩萨，后来，在塔殿中间加盖了一座舍利塔，传闻是阇耶跋摩七世父亲的舍利所在。塔殿的墙上有无数的凿洞，是曾经悬挂铜盘的痕迹。在曾经供奉观世音菩萨的佛堂上方，有一处破损的墙洞，形状像一束烛光，正巧在舍利塔的上方，从舍利塔塔尖望去，就好似舍利塔上冒出的火苗。

这座塔殿的外部也曾敷着铜皮，镀着金衣。如今，耀眼的金衣铜身早已被剥得精光，可见越是显赫金贵的东西，被掠夺和破坏的可能性越高。圣剑寺的碑文记载，在建造寺庙的过程中使用了1500吨铜。这样一个不大的王国，在庙宇建设上如此铺张，还真有点不遗余力的豪奢。

圣剑寺中央殿堂北侧有一座酷似古希腊神殿的建筑，这在整个吴哥的古建筑群中独树一帜。这座石造建筑，一层的粗壮圆柱和二层的方柱支撑起空落落的殿堂架构，殿堂的第

215

一层大厅空阔坚实，粗大的石柱与建筑体量极不相称，二层厅内的两面墙体各有五个开窗，没有通往二层的路径，当年应该是有木质阶梯的。这座建筑，据说是用来存放圣剑的。历史记载中，当王室内部出现篡权夺位之事，婆罗门祭司就会把纯金打造、镶满宝石的圣剑保护起来，直到血统纯正的国王出现，祭司们才会将象征王权合法性的圣剑拿出来。圣剑就是君王的权杖，代表着纯正血统的延续，象征着王位的合法性。存放如此宝物的地方，建筑用材再怎么豪奢也不足为奇。

圣剑寺是吴哥古迹群里规模巨大的寺庙之一。围墙、殿堂和回廊的相互交织，蛛网般繁多的行走路径，宫殿之间的重重叠叠，行走其间就像在迷宫中探险，很难搞清身在何处。我在这阴暗杂乱中走了近三个小时，也没有把这座殿宇的角落完全走遍。

七

可以说，塔普伦寺是吴哥最有气氛的古庙建筑。它位于大吴哥城东约一千米处，兴建于1186年，是阇耶跋摩七世为纪念母亲所修建的寺院。与吴哥王城的四面佛一样，在塔普伦寺的入口处，也有一尊四面佛在塔楼上，以独特的"高棉

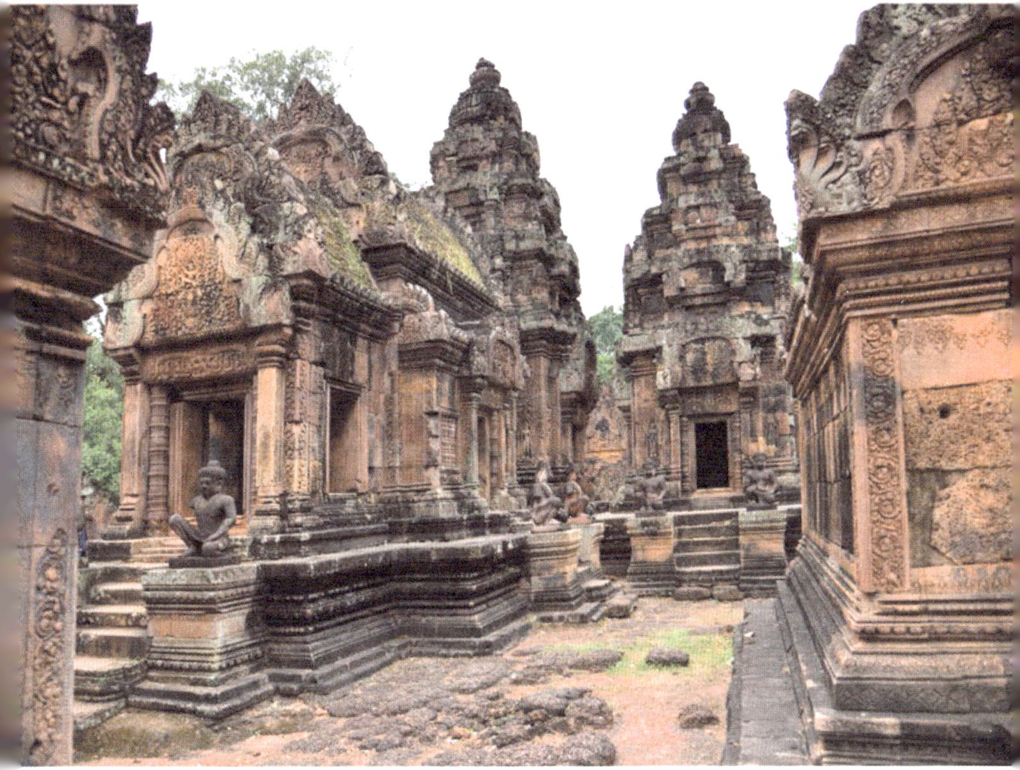

的微笑",瞭望着幽邃的远方,凝视着来来往往的芸芸众生。塔楼两旁的寺庙围墙已坍塌殆尽,但那逶迤成堆的石条石块,仍能让人想象出当年的雄阔壮观。

从四面佛的塔楼大门进入,踏上巨树交错、绿荫掩映的古道,长长的九头蛇神石雕护栏坚守在神道两边。进入塔普伦寺,扑面而来的是一首悲怆雄壮、斑驳迷离的巨石交响曲:石道、石阶、石兽、石廊、石拱、石殿、石塔、石坛……重重叠叠,无处不石,错落有致的石块在风雨的侵蚀下,弹奏着忧郁的曲调。经过热带雨林中酸雨数百年的摧残侵袭,许多石拱、石廊已经倒塌,许多石塔、石殿已经扭曲。这些巨大的树丛,在挤压撕裂庙殿的同时又支撑着庙殿,形成了一幅绝妙的场景,活脱脱的一幅湿婆神的写照,既是毁灭,又是创造。

已经变形或坍塌的庙殿尽管已是苍苔斑斑、残石遍地,但那铺散开的气势,依然能显示出当年建筑的雄浑精美、大气磅礴。它们无言地面对着当代人的来来往往,无言地诉说着岁月的沧桑,证明着当年的辉煌。

塔普伦寺最为精彩的场景该是"树包塔"了。几乎所有的庙殿都被大树覆盖和包围,一棵棵高大的木棉树与绞杀榕的树根,瀑布般地倾泻下来,把石头垒砌的宫殿包裹遮掩起来,树木的枝干都钻进了石缝中,在庙塔和长廊上布满密密麻麻的树枝。那些深入到巨石深处的树木与建筑生死与共，相互依存，无法分割，展现着大自然无与伦比的力量。大自然所展现的这种神奇力量，使这座古庙既饱含岁月的苍凉，又充满神秘奇幻的色彩。这种苍凉而又神秘奇幻的景象，既缘于人类的无奈遗弃，更缘于大自然雄浑的威力。只要人类不强制干预大自然的韵律，大自然就会按照自身的节奏演绎世界，谱写出让人类瞠目结舌的乐章。当1431年高棉人溃败于吴哥而重新建都于金边后，这里成为人迹稀少的荒芜之地，在那些岁月混沌的静宁日子，噙着种子的鸟儿飞临这里，把种子落到石缝，热带的季风吹过这里，把种子带到这里的荒野，在雨水丰沛的热带原野，种子生根萌芽。600年的四季更替，这些埋藏于石缝里的卑微种子拱出石缝，纤细而柔弱的枝干顶开石块，掀翻石条，拱倒石墙，肆无忌惮地野蛮生长。粗壮如蟒蛇般的根须，撑开如磐的巨石，掀翻固如金汤的拱顶，像地壳深处的岩浆慢慢流动，明火执仗地侵袭着神圣的殿堂，毫不顾忌这里曾是阇耶跋摩七世为祭祀母亲而修筑的庄严神庙。

几百年来这里唯一的统治者就是大自然，就是这些生生不息的茂密丛林。大自然可以一时被压抑，却不能永远被压抑，再坚固的人类建造，最终都抵不过大自然永恒的生命律动，都会在大自然面前扭曲变形直至坍塌毁灭。

塔普伦寺在19世纪中叶被法国人发现后，人们被这惊心动魄的树与石的战争场景所震撼，因整座寺庙被树根枝蔓纠缠盘结的神奇而放弃整修，保留了原始模样，因而才有了塔普伦寺这样独特的景致与标识，让人们面对它的时候，平添几分对大自然的敬畏。

八

比粒寺建于10世纪下半叶，由罗贞陀罗跋摩二世修建，只是在他去世的时候，这座寺庙还没有完工。

比粒寺有两圈围墙，外圈围墙有几处已坍塌，内圈围墙基本完整。第一、二圈围墙之间有五座砖筑塔殿，第六座塔殿没有完工，只有基座部分。穿过东侧的塔楼，就会看到那具著名的石棺。这里是用来为已逝国王举行火葬仪式的地方，是国王火化后变身为神的圣殿，因而比粒寺又称变身塔。国王们总希望在死后变身为神明，继续着在人间享有的尊荣，以另外一种方式，驾驭世上的生灵。这种在石棺前举行的仪式，是肉身与天神结合的一种炫耀，既是帝王生前统治合法性的绚丽光环，也是死后天神崇拜"神王一体"的最终演绎。那时的君王，无法理性地面对肉身的存在，相信死亡是肉体的转换形式。每一位帝王都在寻求永恒，对于生命，对于江山，对于灵魂，都在永不舍弃地眷恋之中。可是无论帝王百姓，还是圣贤无赖，不管财富几多，威权几何，不管如何眷恋生命，最终还是会化作一股黑烟，飘散在浩渺无垠的云天。只是印度教的信徒相信这黑烟在浩渺中是在寻找，总会有一个新的肉体或是圣体成为依托。因而，死亡是一种殊胜，是一种神性的超度。

东北角的长厅旁有一座碑亭，据说是皇族火化后倾倒骨灰的地方。一个个肉体化作灰尘后，正是在这里归于土地。

走过石棺，就是"天堂阶梯"，不知道那些寻求变身的皇族的灵魂，是不是顺着这条天堂阶梯而找到了新的依托。这是一段极其陡峭的石梯，尽管石梯只有20多米，但因其坡度陡，没有可扶之物，攀登上去心也战栗，腿也打战，以至大汗淋漓。寺庙山顶层是梅花形布局的五座塔殿，中央塔殿屹立在两层平台上，四面都有阶梯通向中央塔殿，阶梯两侧各有一尊守门狮，塔殿顶端是一座五层塔顶，塔高达17米。这座寺庙山，罗贞陀罗跋摩二世曾想把它建造成自己的陵寝，大约就是从那时起，这里就变成了神王的圣殿，因为在位的君王都自称是神王在世的化身，君王一旦离世，这里自然就成了神王的陵墓。

九

  对于柬埔寨人来说，吴哥不仅仅是一个地名，一处游览胜地，一段过往的辉煌历史，更是一个民族的精神高地，凝结着高棉民族无上的荣光，维系着一个族群的灵魂所在。

  高棉的历代国王都胸怀谋略，能征善战，自打802年阇耶跋摩二世建立吴哥王朝，他们从印度的王权观念以及神灵崇拜与祖先的神话那里汲取灵感，建立了一个威震南亚的强大帝国，创造了吴哥王朝灿烂的建筑文化。当帝国的财富和威慑足以鹤立鸡群的时候，大规模的修建就开始了。苏利耶跋摩一世建设了王家宫殿及中央庙宇的空中宫殿，以及吴哥城外的一些建筑。苏利耶跋摩二世修建了托玛侬神庙、周萨神庙、吴哥窟、班迭萨雷，以及吴哥城外的圣剑寺和帕侬隆寺中的部分建筑。阇耶跋摩七世则带来了更宏伟的石头建筑与优美的艺术作品，这位高棉伟大的统治者之一，发动了帝国历史上规模最为宏大的兴建计划，下令修建了塔普伦寺、普拉帕利雷寺、涅槃宫、塔萨寺、塔内寺、王家浴池、吴哥王城、巴戎寺、战象平台、癞王台、王宫水池，以及吴哥城外的班迭哥迪和圣剑寺。

  随着1215年阇耶跋摩七世的去世，高棉的盛世顶峰也随之告终。

吴哥往日之荣，来自吴哥王朝的兴盛。而吴哥今日之兴，不能不提到一位法国人亨利·穆奥。1861年1月，这位生物学家为寻找热带动物，无意间在原始森林中发现宏伟惊人的古庙遗迹，回国后著书《暹罗柬埔寨老挝诸王国旅行记》，书中极尽渲染之词："此地庙宇之宏伟，远胜古希腊、罗马遗留给我们的一切，走出森森吴哥庙宇，重返人间，刹那间犹如从灿烂的文明堕入蛮荒。"这极尽夸张的断语，随即让世界对吴哥建筑群落刮目相看。

正是亨利·穆奥的文化比较和优美华章，吸引了世界各地的考古学家和文物大盗，他们蜂拥而至，来到这片热带雨林。他们的到来，既有着欢愉的欣赏，也有着毁灭的盗窃；既有着虔诚的挖掘，也有着惋惜的哀叹。但无论如何，人类毕竟能够再次发现这样壮丽的人类创造，可以再次在这秘境面前表达人类的崇敬和赞叹。

是美，救赎了成为废墟的吴哥。

我即将结束五天的吴哥之旅，心里滋生出无尽的惆怅和忧伤。自从踏入吴哥的土地，每天面对的都是废墟，都是毁灭，都是逝去的王朝背影，都是辉煌的灰飞烟灭。恢宏的建筑大多已经坍塌，神圣的寺庙被丛林一点点吞噬，宽阔的护城河也在慢慢干涸，曾经烟火缭绕的盛况亦不复存在……曾经的盛况已经成为今天的废墟，但我依然为它曾经的存在而震撼，更为它的衰败而痛惜。

　　文明的进化本是一个否定之否定的过程，是一个毁灭与重生的过程。世界上的废墟遗址正是这一过程的余烬，是被毁灭了还撕开胸襟向后人讲述历史的魂灵。泰国大城府遗址、意大利古罗马遗址、希腊雅典卫城帕特农神庙废墟、庞贝古城遗址、中国的圆明园遗址……都在历经毁灭后留给当代人锥心泣血的记忆。

　　望着吴哥遍地的沧桑废墟，这让我想起我在洞里萨湖、巴肯山观看落日时的心境，壮丽是辉煌的也是忧伤的。吴哥的废墟，是一段古老文明顽强而悲戚的落幕……

巴德岗：中世纪的现代之美

一

从加德满都坐车到巴德岗，只需要半个小时。

和嘈杂的加德满都相比，巴德岗有一种久违的宁静，一种超然的淡定。这是在我刚刚走进巴德岗，当古老沧桑的建筑群震撼于眼前，街巷上稀稀拉拉的行人慵懒闲适地走过时，就有的感受。眼前的一切，似乎依旧停留在千年前的时光，岁月在这里停住了脚步，任外面的世界天翻地覆，这里依旧安详自在，我行我素，依着对神明千年不变的虔诚，把永不消退的依恋，镂刻在这一片神秘而深厚的土地上。

这座城市始建于889年。

从历史上看，一个地方的繁荣昌盛总是与商旅活动密不可分，巴德岗曾经的繁荣也不例外。许多年前，尼泊尔商人从西藏收购羊毛、药材、盐巴，从中东和欧洲收购手工制品，都会在巴德岗做短暂的停留休整，再把这些货物分送到加德满都谷地和南亚的其他地区。商旅频繁的贸易活动，为这个地区带来巨大的财富，从而造就了加德满都谷地历史上的黄金时代，也构筑了今天我们所能看到的精美绝伦的巴德岗建筑群。这座有着浓郁中世纪氛围的古城，从14世纪到16世纪，都是当时马拉王朝的政治文化中心，也是中世纪尼泊尔艺术和建筑的发祥地。在马拉王朝统治的全盛时期，巴德岗作为首都拥有300年的历史，因而这里拥有规模庞大的王宫和神庙建筑群，也就不足为怪了。可以这样说，巴德岗这座城市，见证了马拉王朝500多年的兴衰和荣辱。

13世纪初叶，马拉人在尼泊尔西部的甘达基河建立了马拉王国。后来，马拉王国逐步向加德满都谷地挺进。1328年，阿迪特亚·马拉占领了加德满都谷地，建立了马拉王国在谷地的统治，史称马拉王朝。经过200多年的发展，亚克西亚·马拉（1428至1482年在位）统治马拉王朝期间，举兵征服了许多土邦，并将国土扩展到孟加拉地区，国力强盛。他在临终之际，为了防止宫廷内讧，将加德满都谷地分封给了自己的三个儿子，形成了帕坦、加德满都和巴德岗三个王国。亚克西亚·马拉国王晚年的糊涂之举，非但没有解决兄弟之间的阋墙之隔，反倒使马拉王朝的国力由盛转衰。三足鼎立后，王国之间文争武斗，竞争激烈。武的方面，为争地盘相互间时有战乱；文的方面，将建筑的形式感作为彰显国力的重要方式。一系列装饰奢华、体积宏大的建筑，如雨后春笋般出现。这就是今天，我们还能够站在这座小城，得以欣赏和感叹七八百年前马拉王朝辉煌的建筑成果的原因。

这是一座需要用眼睛和心灵来发现和记录的城市。穿梭在狭窄的小巷间，如同行走在巨型的露天艺术博物馆中，那些风格鲜明、独有千秋的纽瓦尔建筑，在清晨明朗的阳光下，散发着厚重而古老的气息，浩浩荡荡，悠远绵长。那巍峨瑰丽的神庙高塔，那数不胜数的石刻木雕，那巧夺天工的繁复花纹，仿佛一部部沉重的历史巨著，无言地讲述着700多年前马拉王朝的辉煌。

二

从西面白色城门进入杜巴广场时，就会看到由两尊石狮把守的大门。两尊石狮活灵活现，威风而生动，它们是布彭德拉·马拉国王下令放在这里的。两侧是湿婆神的恐怖化身巴伊拉布神像以及他的配偶杜尔迦女神像。杜尔迦女神像形象逼真，柔媚中带有刚毅，她有18条手臂，手中握有五花八门的密宗法器，象征着她性格中的不同方面，她用三叉戟杀死恶魔，代表着智慧对无知的胜利。巴伊拉布神像有着果敢和威武的风采，他有 12 条手臂，其中一只手拿着钉有两个头颅的长矛，一只手握着头颅做的杯子，那种孔武有力、舍我其谁的气势，溢于言表。据说，那位不幸的雕塑家在完成这两尊雕像之后，就被砍断双手，以防止他再复制这样的精美杰作。这种对于美的创造者的残暴，在东西方世界似乎都存在。

广场的北半部被巴德岗王室所占据。这座巨大的王宫，在亚克西亚·马拉创建之后，继任者们前赴后继地对其进行了奢侈的扩建，直到它成为加德满都谷地无可比拟的翘楚，它以恢宏的规模和富丽的奢华，装饰了十二代国王的虚荣。只遗憾 1934 年的大地震，无情地摧毁了帝王往昔的辉煌和荣耀，99 座金碧辉煌的宫院只有区区 6 座幸免于难。经历过灾难的破败王宫，落落寡合地接纳着依然崇拜它往日辉煌的游客。

现今的王宫自然不能用宏伟来形容，但却也是富丽堂皇，超群绝伦。人们至今都认为，这座宫殿是尼泊尔极具伟大艺术价值的名胜古迹之一。王宫最引人注目的是金碧辉煌的大门，它被称为金门或太阳门。金门是巴德岗的标志，也是杰出的艺术品，它与王宫的建造，几乎耗费了一整个王朝的鼎盛岁月。金门和王宫，是在布彭德拉·马拉国王统治时期（1696 至 1722 年）开始兴建的，那时的巴德岗，国力强盛，财力充裕，打造象征财富和尊贵的王宫与宫门，成为布彭德拉国王的夙愿。他从国库调拨钱物，动员纽瓦尔人中的能工巧匠，不舍昼夜，以实现这个愿望。然而直到他去世，也没能住进他理想中的殿堂。直到1754年，他的继任者贾亚·兰吉特·马拉国王最终将王宫与金门修建完成。当贾亚·兰吉特·马拉国王去世后，曾经强盛的马拉王朝和尼泊尔纽瓦尔建筑的鼎盛时期，也随之宣告终结。

眼前的金门，立于此地近300年之久，却依然金光闪烁，贵气逼人。金门的入口精致华丽，绘有印度神灵的浮雕，纹饰精美，栩栩如生，嵌入朱红门楼墙面上方。两边是白色的王宫围墙，在洁白的拱卫中，金门格外醒目。金门最上端的浮雕，是毗湿奴的坐骑金翅鸟迦鲁达的雕像，它振展如翼的双臂，与几条异乎寻常的天敌大蛇展开搏斗。金门上方的门楣为半椭圆形，中央是四头十臂的塔莱珠女神精美雕像，雕像神情逼真，端严瑰丽，神态丰韵，仪态万方。塔莱珠是马拉王朝的王室女神，在加德满都谷地的三个王宫中，都有专门供奉她的殿堂。塔莱珠女神的转世灵童，就是现今大名鼎鼎的活女神库玛丽，她在整个尼泊尔广受尊崇。金门顶部是屋檐式的门脊，门脊中间的三个金钟被两条蛇形的花边笼罩。两面金制的国旗，沿着两条花边插在门脊上，门脊两端是对称的飞狮和大象。金门通体金光闪闪，雕铸艺术极其精湛华贵，很有一点鬼斧神工的动人魅力。

　　金门左侧的宫殿现在是国家艺术馆，里面收藏着尼泊尔最优秀的古代雕刻和大量印度教和佛教绘画作品，木雕、石雕和贝叶经，是这个艺术馆无与伦比的典藏。

　　通过金门，迎面而来的是一对巨大的战鼓，这是以前发现敌情时，用来警告宫廷加强戒备的。金门也是55扇窗宫殿的入口。55扇窗宫殿是宫内最为醒目的建筑，位于金门的右侧，王宫的西南角，始建于1696年，完工于1754年，是一座三层砖木结构的建筑。55扇深栗色的檀香木雕花窗，落在宫殿顶端，叠在绛红色的墙壁上。每一扇窗的上面，都镶嵌着红玉、孔雀石、琥珀等，使得宫殿既古色古香，又典雅豪华。55扇窗的木雕门楣，中心人物雕像是毗湿奴神，在一块块檀木板上，雕刻出如此多细腻精湛的人物、动物、花饰，这雕功着实让人赞叹。55扇窗被称为尼泊尔木雕花窗艺术的翘首，如此匠心独具的设计，纷繁复杂的结构，趋于完美的图案，玲珑剔透的雕琢，形成强烈的视觉冲击力，创造了艺术效果的巅峰。据说，55扇窗宫殿的建造，是因为当年国王的一位爱妃，身困宫门，不能自由外出而郁闷不乐，国王为博得爱妃欢心，下令将王宫顶层的墙拆掉，全都换成窗子，这样，王妃足不出户也能看到外面的世界了。只是在这个浩大的工程完工后没多久，廓尔喀国王的大军就于1769年攻克了巴德岗，摧毁了马拉王朝500多年的统治，三个独立的马拉王国，把它昔日辉煌的衣钵，恭敬地移交给了廓尔喀王朝。那些曾经期盼的眼睛和争宠的面容，那些国王颐指气使的神态和爱妃失望寂寞的哀愁，都在那一刻烟消云散。盛极一时的巴德岗被降为城镇，自此开始了衰落之旅。

继续前行是幕尔宫院，这是王宫中最古老的庭院，也是塔莱珠神庙所在地，建于1553年。它是巴德岗神圣的寺庙之一，只有印度教徒方可入内，普通游客无缘进入。走过幕尔宫院的转弯处，有一个宽阔的庭院，庭院中有一座较大的浴池，方方正正，分四阶向下收缩，底层有水。这个建于17世纪的水池，传说是塔莱珠女神沐浴的地方，实则是宫廷王室的沐浴之处。水池中有两个直立的镏金眼镜蛇铜雕，一个居于水池之首，一个居于水池正中，笔直挺立，活灵活现，那神态的灵动，雕琢的精细，一见难忘。这是塔莱珠女神的化身。水池的出水口，是一个口吞山羊的青铜神兽头，山羊头露在神兽口外，大张其口地挣扎着，水流从山羊口中倾泻而出。这里铜雕的惟妙惟肖和奇妙构思，让人不忍离去。

当我再次回望衰败却风韵不减的王宫，想着它当年鳞次栉比的宏大规模，想着它曾经珠光宝气的锦瑟年华，真切地体会到岁月无情、沧海桑田，一种繁华落尽的落寞感油然而生……

三

出了金门，直面对着国王石柱，石柱上是布彭德拉·马拉国王镏金铜像。端坐柱子顶端莲花宝座上的国王，双手合十，凝视金门，神情威严而和蔼，虔敬而安然，头顶海螺状华盖，四只神兽支撑莲花宝座的四角。和帕坦广场上的国王石柱一样，这根石柱也是仿造加德满都的石柱修造的。只是在三根石柱中，这根石柱最为华丽。这座镏金铜像建造于1754年，由布彭德拉的儿子拉纳吉特·马拉国王建造。布彭德拉国王是巴德岗最著名的国王，在历史上有着显赫的声望与地位，他对这座城市的建筑和发展影响深远。这位国王喜好修建庙宇和宫殿，修建于杜巴广场的神庙，雕刻在宫殿窗棂上、水池边以及金门上的各种设计，55扇窗的宫殿，都因其精致瑰丽而名垂千古。这位国王不仅是一个伟大的艺术家，也是他所信奉的宗教的赞助者，同时还是一个雄心勃勃的统治者。他对帕坦和加德满都领土都进行过大胆的攻占，却未能获得多大的成功。但这不妨碍他作为一个建筑艺术的引领者、一个印度教神殿的建造者的伟大。

国王石柱旁边，是瓦特萨拉杜尔迦女神庙。这座神庙，建于1672年，由白砂岩建成，因其悉诃罗风格而在红色建筑群中脱颖而出。悉诃罗是指山峰，就像佛教中的金刚宝座塔象征须弥山一样，印度教的悉诃罗风格建筑也是象征着宇宙之山，而塔的基座、塔体、塔顶都与人体部位一一对应，将宇宙的图式演绎为人格化的生命象征。瓦特萨拉杜尔迦女神庙由三层基座、三层塔体、塔顶和对称的石雕组成，整座塔身都是精美的石雕。神庙呈棱锥形，石雕石砌，塔峰挺拔，巍峨之中彰显秀美。石塔第一层，十二根廊柱环绕着主塔，撑起上层八座小塔，廊柱力擎千钧，柱头刻着精美的塔莱珠女神像。石塔第二层，八座雕刻精美的小塔四方四圆，相约成簇，拥出一尊如锥主塔。三层的四尊雄狮雕像，跃跃欲出，更是巧夺天工。庙顶是传统的玉米造型，塔顶高耸着印度风格的镏金球形尖顶，宛若群峰之上华星秋月。

瓦特萨拉杜尔迦神庙台阶旁，有一组粗壮的石门，门中悬挂一口巨大铜钟，这就是塔莱珠大钟。这口钟由贾亚·兰吉特·马拉国王于1737年立于此处，用来提醒人们早晚两次前往塔莱珠神庙祷告。战争时期，则用来通知民众，集合抵抗，御敌于外。在塔莱珠神庙的基座上，还有一口小铜钟悬于门柱中，它被人们称为"犬吠钟"。这口钟于1721年铸造，由布彭德拉·马拉国王悬于此地，为了回应他睡梦中见到的情景。据说直到今天，每当钟声响起，都有狗吠声和哀鸣声相伴。物理学上的频率共振原理，大概能够很好地解释这一现象。

大钟的东面是库里须那神庙，是一座杰出的木制建筑。在密密麻麻的建筑中，它显得有点标新立异，即便是离得很远，它的独树一帜也吸引着人们的眼球。这座神庙，一层是四方亭，二层是八角亭，三层又是四方亭。这种奇异的构造变化，既保持了纽瓦尔传统建筑的味道，又摆脱了自下而上一以贯之的四方亭风格，使这座神庙灵动而不呆板，玄妙而不突兀。一层挑空，中间是四根大立柱，周边十二根小立柱。二层是布满雕花窗户的厅堂，四面八方景物尽在眼前。总体看去，倒有点像我们少数民族的吊脚楼。这座八角形的寺庙，曾经是广场上最精美的寺庙之一，主要用于王公贵族观赏节庆表演和举行宗教仪式，1934年的大地震中被毁，20世纪90年代德国人帮助巴德岗人对其进行了重建。

瓦特萨拉杜尔迦女神庙的后面是帕斯帕提那神庙，寺庙供奉的是湿婆的化身——生殖之神帕斯帕提那。这座神庙建于1475年，是广场上古老的寺庙之一，也是杜巴广场上最为印度教徒膜拜的神庙。寺庙的出名并不在它的历史悠久、建筑的高大雄伟，而是寺庙二层斜柱上的春宫浮雕。正因为此，这座神庙又被称为"性庙"。庙宇是一座正方形的镂空式庭楼建筑，上下两层纽瓦尔风格的红瓦大屋顶，每层底下有圆柱支撑。神庙二层的檐柱上刻着奔放的性爱雕像，走到神庙前，只要稍一抬头，便可看到檐柱上的这些雕像。虽然尼泊尔的寺庙里性爱雕塑比较常见，但像帕斯帕提那神庙檐柱上这样密集、大胆的却不多见。这让人不由得有些疑惑，性的多元与开放，往往是现代文明发展中很前卫的象征，而尼泊尔人的观念却很保守落后，但眼前性的表达却这样赤裸而奔放。或许正是这种保守和落后，才保留了人类本初对生命的理解，才比我们现代人更加懂得生命本来的意义。

印度教是一个倡导生殖崇拜的宗教，但人类的性崇拜并不仅仅限于印度教。由于古代人类难以理解自身的性行为与生殖现象，便产生了神秘感和敬畏心理。考古研究发现，各古代文化留存下来的神像、图腾和图画中，均发现不同形式的性崇拜。性崇拜成为生命和创造的象征。而宗教中的性爱，被认为是一种接近于神的境界。

毗邻55扇窗宫殿东南侧的希迪·拉克提米神庙，也被称为吉祥天女寺，供奉的是毗湿奴之妻拉克提米女神。她是印度教中的兴盛和财富女神，因而备受尊崇。这座下方上圆的白色锥体庙宇，完全用石头建造，也被称为"石头庙"，建于17世纪。神庙高耸挺拔，石阶陡峭，看上去明洁简约，秀逸不俗。石阶两侧自下而上排列着男女随从、狗、马、犀牛、人狮以及骆驼的石雕，这些雕像雕得都很细致，线条圆润饱满，细节生动丰富，极其逼真，浑然天成。这些400年前的雕刻至今依然风韵不减、神采依旧，使人惊叹不已。

法希得噶神庙位于希迪·拉克提米寺庙东侧，是一座白色尖顶建筑，供奉的是印度教的湿婆神。红砖铺垫的塔基占地面积很大，塔基共有六层，十多米高，是整个杜巴广场最高的塔基。登上六层塔基，视野很开阔，近处庙宇、远处田园，尽收眼底。但就它所铺排的偌大基础而言，建在其上的锡卡拉式白塔似乎小了些，小得有点不够协调。白塔是下方上圆结构，庙门不大，黑檀木精雕制作，塔顶镀金的金刚宝顶在阳光下熠熠生辉。神庙前方有两尊巨大的石狮雕塑，正门前的石阶从下往上分别是大象、狮子、公牛的石雕，它们威武地守护着神庙。尽管这里的石雕和白塔都很精致，但与旁边的希迪·拉克提米神庙相比，就显得粗糙了一些。神庙前方的广场，是巴德岗节庆聚会的场所。

　　进入杜巴广场白色城门，直对着克里希纳神庙，它也被叫作黑天神庙，是毗湿奴的神祇所在。这座红砖红瓦、双重檐、四面坡、大屋顶的建筑，虽说饱经风霜、历尽沧桑，但依然挺拔雄伟。神庙前，一根三米高的石柱，距神庙数步之遥，呈八面棱体，柱顶的莲花石座上，毗湿奴身负大鹏翅膀，慈眉善眼，双手合十，目视前方。在印度教的传说中，毗湿奴的坐骑是鹰，所以在印度教的寺庙里，毗湿奴便常以大鹏鸟的形象出现。印度教认为黑天神是毗湿奴的第八个化身，居于诸神之首，崇奉者居多，因而这里的香火也旺一些。

在这个神比人多、庙比房多的地方，没有充裕的时间，没有淡定的心态，很难走完每一座神庙，更难把每座神庙一一描述，帕尔瓦蒂神庙、湿婆神庙、毗湿奴神庙、杜尔迦·难近母神庙、拉姆西瓦神庙、巴朵神庙、大象性爱庙、塔德汉森神庙、库玛丽神庙……以及行走中街巷边满目的碎瓦颓垣，都成为行游记忆里的一种沉淀。

当然，从前的巴德岗杜巴广场，远比现在要拥挤得多。从维多利亚时代的绘画上看，当时的广场上挤满了各种寺庙和建筑物，密密匝匝的神庙佛寺，连墙接栋，鳞次栉比，一派昌盛兴旺的景象。全盛时期的巴德岗，共建有172座神庙和佛寺，77座水池，172所朝圣者栖身住所和125口水井，以及99座金碧辉煌的王家宫阙。那时候杜巴广场的繁盛和拥挤，不难想象。1934年那场灾难性的大地震，使纽瓦尔人七八个世纪用心血创造的文化记号，顷刻间变为一堆瓦砾，只剩下几座刚强的宫殿、庙塔倔强地坚挺着脊梁，一个个雄狮拱卫着空荡荡的塔基。

四

陶马迪广场位于巴德岗城东南方，是巴德岗第二大广场，是巴德岗千年文化历史长河中闪光的明珠，无论是广场规模，还是建筑艺术，紧随杜巴广场之后。

　　从杜巴广场穿过小巷，走上四五分钟，就到了陶马迪广场。在距离广场很远的地方，就能看见拔地而起的尼亚塔波拉塔庙的屋顶。它鹤立鸡群的高峙，傲视蓝天的伟岸，都使它在这个古老的建筑群中卓尔不群，那种霸气与神力直逼苍穹。

　　位于陶马迪广场的尼亚塔波拉塔庙，是座5层塔庙，高30米，是尼泊尔纽瓦尔风格寺庙建筑的典型代表，也是加德满都谷地最高的印度教神庙。塔基由红砖砌成，塔基之上的五层大屋顶呈四方形向外伸展，像层层叠叠偌大的华盖，威严而神圣地宣示着神灵的不可亵渎。塔身由下到上，层层收紧，气势恢宏，风韵盖天，站在它的面前，也不由得为这蔚为大观而赞叹。这座庙塔的五层基座和五层屋檐，代表着宇宙的中枢须弥山，那是梵天、毗湿奴、湿婆等主神所居之地。通往塔庙的石阶两侧，分列着五对守卫石像，最底层塔基上的是传说中的金刚力士，造像单膝蹲坐，极具力量感。拾级而上依次是配象鞍的大象、挂铃铛的狮子、狮身鹫首怪兽以及天女。每层塔基守卫石像越往上离神越近，地位越高，神力越大，上一层的石像神力都是下一层的10倍。这座比例完美的神庙，建于布彭德拉·马拉国王统治时期的1702年，它的建筑工艺严谨而坚固，在经历了1934年毁灭性的大地震后，也只是个别地方略有损坏。塔庙的雕刻也异常讲究，五层基座上所见的一道道庙门，那精雕细琢、惟妙惟肖的木雕制作，既代表着丰富多彩的宗教故事，也是难得一见的雕刻艺术品。每层塔楼向外伸展的四方塔檐下，木柱头上都雕刻着形象各异、色彩斑斓的女神像，总计108个之多，展现着女神各种各样的传奇故事。神庙供奉的是帕尔瓦蒂女神的嗜血化身，由于这位女神太过恐怖，只有神庙的祭司才会被允许进入神殿内部。可是塔门上刻画的这位女神形象，却并不像传说的那么残忍，倒有一点慈眉善目。

我在尼泊尔每每看到典型的纽瓦尔风格的建筑，总觉得这多少受到了汉文化的影响，那种庙塔基座石砖结构，塔身木质结构，每层的大屋檐，与中国古代的抬梁与斗拱式建筑手法，又是何其相似。尼泊尔和中国一直是友好邻邦，东晋的法显和盛唐的玄奘先后赴佛祖诞生地朝圣，中国建造艺术经西藏或云南传入南亚，都会将中国古建筑文化带入尼泊尔这个国度。

尼亚塔波拉神庙的对面，有座门厅开阔的三层结构神庙，尽管是三层建筑，但它的形态体制却与尼亚塔波拉很相似，这就是巴伊拉布纳神庙。尽管庙宇的高度不及尼亚塔波拉神庙，但就巴伊拉布纳神在印度教中的地位和在信众中的影响而言，却也是至尊。这座神庙供奉的巴伊拉布纳神是湿婆神的恐怖化身，他的配偶女神被供奉在广场对面的尼亚塔波拉塔庙里。

庙宇建成于17世纪早期，结构非常简单，原本是一层建筑，一个硕大的屋檐低调地遮盖着湿婆的神灵。1717年，出于对巴伊拉布纳神的尊崇，布彭德拉·马拉国王将这座庙宇改造为两层建筑。1934年大地震后复建这座神庙时，又再次将它加高了一层。这也许是因为这座庙宇的早期规模与巴伊拉布纳神本人的地位太过悬殊吧。现今，矩形基座直接置于广场之上，它那宏大的三层屋顶，威严而结实的外表，展现着令人畏惧的力量。虽说现在的寺庙建得气势宏伟，巴伊拉布纳本尊也拥有可怕的力量，但这里供奉的神像却只是30厘米高的头像。信众们只能通过神庙宗门上的一个小洞，在一排雕刻的野猪嘴下面，将供品送入神殿内。祭司们则从神庙南侧的小庙进出神殿，打理信众供奉之物。由此可见，世上真正具有威力的神，并不在于大小，有时候小就是大，大就是小，小中有大，大中有小，完全在于修炼于内的神力如何，而不受外表所拘泥。神庙北面的墙边有巨大的战车，车身和车轮被随意放在墙边。每年4月的尼泊尔新年期间，这架战车都会被组装起来，在人们欢快的簇拥下，将巴伊拉布纳神像请出来，载上战车，巡游全城，用它的神威驱邪逐妖，纳祥接福，这是巴德岗一年一度中极为隆重的仪式。

　　纳拉扬神庙隐藏在广场南端建筑群后面，处于一片凌乱的庭院中，很容易被错过。但是，想找到也是很容易的事，从广场南面的一个拱形入口就可以进入神庙。这是一座双重屋顶的毗湿奴神庙，依旧是纽瓦丽的风格，红砖塔基，木质塔身。据记载，这座庙宇的历史可以追溯到1080年。庙前高高耸立的石柱上，是一尊迦卢荼神的蹲坐像，两侧的柱子上刻着象征毗湿奴的神螺和法门。寺庙前的护栏内，象征湿婆教派中男性和女性的林迦立于尤尼之上。庙门右面的嵌板上，绘有瓦兹拉夭吉尼女神像，图案中的女神左腿高高跷起，悬在空中，摆出最具代表性的姿势。虽说这座寺庙的位置不显眼，但对信众来说，这座巴德岗最古老的寺庙，依旧是非常重要的朝圣地。

五

沿着低矮的红砖老屋夹峙的狭窄街巷，向东南方向行走不足十分钟，就到了塔丘帕广场。这是巴德岗古城三个广场中最古老的一个，是巴德岗最早的中央广场，13世纪巴德岗王宫就坐落在这里。塔丘帕广场，也被称为达塔特拉亚广场，相对于杜巴广场和陶马迪广场，塔丘帕广场要冷清一些，但却因沧桑而独具古朴的魅力。这个不到两千平方米的矩形广场，规模较小，却最为古老，四周布满了中古世纪的寺庙和房屋。早在12世纪阿南达·马拉当政时期，这里就着手修建了王室

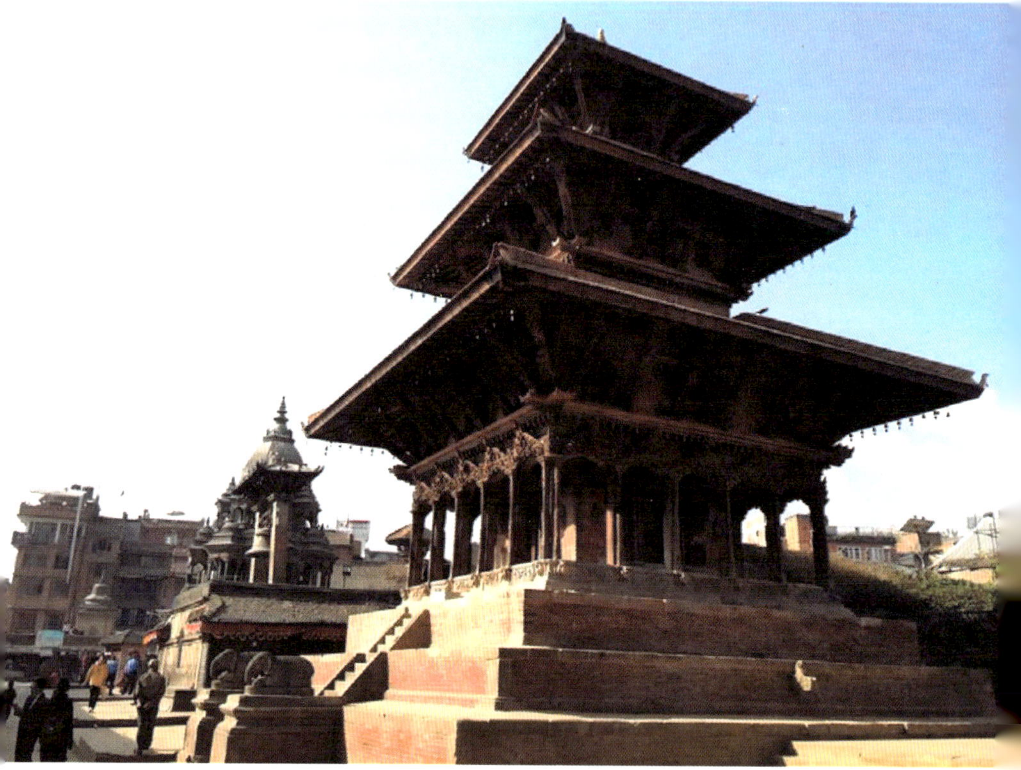

住所和公共建筑，广场的东侧是达塔特拉亚神庙，西侧是比姆森神庙，两座神庙与广场中间的石柱遥相呼应。南面是木雕博物馆，起初的印度教寺庙所在，如今还是印度教祭司居所。北面则是一排商铺和小手工作坊，以及残破的庙堂。这些有着近千年历史的房屋塔楼，沧桑而失落地矗立在那里。

达塔特拉亚神庙是广场最醒目的建筑，是它在广场的规模与神力所致。神庙共计三层，第一层是正方形，第二层向前凸起一个金顶阁楼，第三层依然是正方形。神庙的南侧，有一个石柱门，中间悬挂着一座铜钟。庙前广场立着一根高高的石柱，顶端是迦卢荼雕像。这座始建于1427年的神庙的神奇之处，是只用一棵树上的木材修建而成，很难想象这棵巨树该有多大。这座庙堂供奉着梵天、毗湿奴和湿婆的三合一神尊，据说这在尼泊尔的宗教场所是独一无二的。在印度教中，这三位身居最高位的天神，尽管神力无边，却不像佛教中的三大佛祖四大菩萨那样和谐，总有些独来独往的特立独行，因而请三位天神同居一堂，断不是一件容易的事。

广场周围许多精美的砖木建筑，曾经是印度教祭司宅邸，修建于15世纪，后来又于1763年重建。1979年德国专家对这座建筑进行了修复，以此作为送给比兰德拉国王的新婚礼物。这栋建筑里最著名的是孔雀窗。镶嵌在红色墙体上的黑色木雕孔雀窗，代表了这个国家木雕艺术的极致，被誉为"加德满都山谷最漂亮的窗户",是尼泊尔的国粹。这扇精妙绝伦的窗雕,位置有点高,要到街道对面的二楼才可以清晰地看到。尽管这扇窗闻名遐迩,对它早有所知,可是当它出现在眼前的时候,还是为它的精致所震惊。经历了600多年日晒雨淋的窗栏中,镂空的孔雀浮雕高傲地开屏挺立,美丽的形态栩栩如生,一根根翎毛清晰可辨,窗棂四周的鸽子浮雕、浅雕花纹也都绝美无比,把孔雀衬托得更为生动。是怎样的一双手,才能雕出这样惟妙惟肖的孔雀?是怎样的耐心和细致,才能刻出这样精细如丝的羽毛?

在15世纪的旧时王宫,如此复杂精致的雕刻,既满足了装饰的华丽和采光的通透要求,也方便了王室里的嫔妃观赏外界的风景。

在这个不大的广场,我没有像在杜巴广场那样步履匆匆,这里的厚重历史不由得人不浮想联翩,这里满目疮痍的衰败苍凉让人沉重。当我逡巡于塔丘帕广场四周的时候,那种衰败让我既吃惊又凄惘。除了广场、神庙和廊柱这些公共空间的明亮鲜活,巷陌地面沉积的黑绿淤泥,沿街门洞、窗户望不进去的漆黑,黑暗中佝偻着身子沉默低沉的当地人,无一例外让我感到心情沉郁。尽管衰败是历史古城难以逃脱的命运,但我还是有些难以按捺的悲凉。这个广场,毕竟曾是马拉王朝进入加德满都谷地的奠基之地啊!

六

巴德岗古城，头顶着"稻米之城""虔诚者之城""中世纪尼泊尔艺术的精华和宝库"名号的同时，还拥有一个"陶器之都"的美誉。不难想象，这座古城的陶器制作，一定是历史悠久的。巴德岗的陶器制作始于1000多年以前，那是巴德岗作为村镇初具规模的时期。那时，给这座城市带来繁荣的马拉王朝，尚在尼泊尔西部的甘达基河边劳筋苦骨，而聪明灵巧的纽瓦尔人，就已经开始了这门惠及万家的手工制作。

陶器广场在杜巴广场南面，不大但古老，陈旧但稀奇。这个广场曾经拥有很大规模，加德满都谷地的商贩们每天都在这里进行交易，场面颇为壮观。随着时代的变迁，陶器已逐渐被当地人的生活所淘汰，曾经繁极数百年的泥陶市场也就门前冷落车马稀了。现今，广场上、街铺里摆满的色彩形状各异的泥陶，虽说琳琅满目而又壮观，但早已不是当年的风采，更多的恐怕就只是技艺传承和维持生计罢了。

广场有两座神庙，西南角的是象神庙，供奉着掌管智慧和财富的象神甘尼许。象神外形为象头人身，大肚圆滚滚的像弥勒佛，长着四只手，一边的象牙断了一半，坐在一只胖老鼠上。象神甘尼许虽说丑陋但不可怕，那副憨态反倒还有几分可爱。别看象神丑陋，却也是豪门公子，甘尼许的父亲是毁灭之神湿婆，母亲是雪山女神帕尔瓦蒂，二者的结合创造出智慧和财富之神，也是情理之中。广场中央是由红砖建造的毗湿奴神庙，兴建于1646年，由一位富有的陶工捐资修建，为祈求神灵护佑制陶技艺千秋万代永续流传。也许正是神灵的护佑，今天的巴德岗陶器市场依旧存在，还成为尼泊尔的露天博物馆和中古生活活的遗址。

这里的陶器，保留着尼泊尔传统的手工制陶工艺，且种类繁多，瓶、罐、盆、盘、钵一应俱全。每个铺面前一串串在风中摇曳的陶艺制品，更是精巧生动，这该是现代人的造型创新。广场周边的每个小院落都是一个制陶作坊，随意走进去就看到满院晾晒的瓶罐盘碗。这些院落，简陋得家徒四壁，朴素得毫无光华，就如同世世代代的陶艺匠人，守着千年手工艺的粗糙落后，在现代文明的进程中耐着寂寞。制陶人家男人忙于揉陶泥、转陶坯，女人忙于修陶坯、晒陶坯，老年工匠则坐在屋檐下，身子佝偻，衣衫破旧，用手转出陶器的坯胎，为半成品的陶碗涂抹简单的花纹，那份专注，丝毫不为围观游客的指指点点而影响。

广场上铺满了残破的草席，刚刚制作的毛坯被一排排拿出来铺晒，形成广场的一道独特风景。看似简单的泥陶，制作过程却很复杂，陶泥要选用地底五六米深的陶土，经过和泥、拉坯、修坯、晾晒、烧制五步，制作出的泥坯还要晒四天烧三天，才能出成品。而晾晒的时候，需要时时翻动，才可以制出均匀合格的成品。

如果说这些手工制陶的传统工艺，保全了纽瓦尔人宝贵的传统技艺，但也因为这样的保全而局限了他们生命的丰富。这也使得巴德岗的时光停留在遥远的中世纪，但也因为这种停留让这座城市值得流连。这也许就是一个悖论。

巴德岗的时间似乎是停滞的，巴德岗的空间确实是宁静的。这里没有富贵与贫贱，没有国界与种族，没有嘈杂浮躁的汽笛声，没有亮丽闪烁的霓虹灯。这里甚至没有与这个时代同频共振的人。这是一个自我隔绝和自给自足的城镇，农民们从周边的田地里获得食物，手工艺人们制作泥陶或修复古老的房子与寺庙，他们用最简朴的方式保留着自己的习俗、宗教与文化。这红砖、卵石砌成的古老街巷，流淌着纽瓦尔人慵懒的血液，随处可见的年迈老人、健硕壮年，闲坐在寺庙的栏杆、石阶和回廊上，他们的头顶、身旁，是历经千百年风雨吹打的精美木雕石刻，是护佑着这片土地的神灵神殿。不知道在他们知足的闲适中，脑海会在哪一方圣境陶醉遐想。

我离开陶器广场，沿着密如蛛网的窄巷往外走，就像走入一条阴暗交错的甬道，迷乱的光影中，交错重叠着在巴德岗所见的各种图像：杜巴广场、皇宫金门、55扇窗宫、尼亚塔波拉神庙、孔雀窗……那一个个倾注人力心血的木雕花纹神像，那一道道密密麻麻堆积在墙垣上的细刻精雕，那一座座通真达灵的宗庙高塔，那些中古神韵最为凝聚的地方，都被一层繁荣精美的装饰包裹着，虽然看上去锦绣如初，却也沉甸甸的不堪重负。当我想到那一座座摇摇欲坠的民居小屋，那一条条蓝黑泥沼的街巷小道，那一条条漆黑恶臭的水渠，那一座座倾斜着的佛龛神庙，尤其是那坐在庙台发呆的笑容纯净的尼泊尔青年，在太阳下满足地吞云吐雾的年迈老者，都使我在迷茫中彷徨。时光这样一天天过去，生命也这样一年年苍老。古城中颓败的是新旧文明的裂缝，而在裂缝中生活的人们却距离现代社会太过遥远。宗教使得这里的人平和无争，无欲无求，但这绝不等于他们就该永远停留在新旧文明的夹缝中。

在巴德岗，对古老文明的守护，是以牺牲当代文明的享有为代价的。这是一种近乎残酷的殉道，是一种让人痛惜而崇敬的守候，一种悲怆而麻木的相望。我爱这里闪烁千年的古老文明，我爱这里恬淡庸碌而朴实的人们，我更希望这片凝重的土地，既保留着古文明悠久灿烂的遗迹，也同时拥有现代文明的崭新生活，就像意大利的罗马。而不是以贫穷麻木的生活，守候着已逝般的过去，因沉重不堪的历史负荷，迈不出现代文明的步履。

古城巴德岗，是尼泊尔灿烂且沉重的中世纪文明在现代的缩影，也是纽瓦尔人卷曲在历史缝隙中的绵长惆怅。

"就算整个尼泊尔都不在了，只要巴德岗还在，就值得你飞越半个地球来看它。"离开巴德岗的路上，我再次想起英国旅行家鲍威尔的话，尽管夸张，但我深以为然。在走过巴德岗的王宫、神庙、广场、柱廊、街巷后，在看过了贫困落后安时处顺的纽瓦尔人后，我依然感到，能够飞越千山万水来到这里，是值得的。

（在我行游巴德岗后的第二年，2015年4月25日14时11分，尼泊尔发生了8.1级大地震，那里的人们和中世纪的古老建筑，曾让我忧心忡忡，愁肠寸断。）

绝壁上的圣地

在返回加德满都之前，我们住在帕罗。帕罗是不丹的第二大城市，帕罗宗的首府所在地，位于美丽富饶的帕罗河谷，不丹唯一的国际机场就坐落在这里，这里是不丹王国连通世界的门户。

帕罗是不丹之行的最后一站，从不丹首都廷布赶到这里，不是为了赶航班，而是为了一次虔诚的朝圣。

次日清晨8点，走出酒店，初升的阳光已经把城市清晰地勾勒出来，鲜明厚重的建筑在眼前矗立，明暗对比的光影与建筑的色彩构成一种迷离的感觉。冬季的风并不凛冽，带有几分温和，街巷上行人寥寥，人们似乎正在从睡梦中缓慢地醒来。

驱车半小时，就到了帕罗山谷脚下。险峻的山峰被晨雾团团缭绕，茂密葳蕤的树丛如浪似翠，淙淙流淌的山溪如歌如韵，一条不宽的土石小路穿过翠绿的树丛，蜿蜒向山谷深处。山坡有一处平地，二三十匹喜马拉雅小矮马等待着望山却步的登山者。这里的海拔2300米，我们要去朝拜的虎穴寺海拔3200米，步行往返于山路需要五小时。对于我们一行旅人而言，骑马是必然的选择。同行一位身材魁梧的朋友，在他骑上小矮马的那一刻，大家确实为低矮瘦小的马捏了一把汗。

起初的山路也还舒缓，小路两旁高矗的雪松和灌木丛洋溢着绿色的喜悦，尽管有些坡路要紧张应对，但骑在马上的感觉还算舒坦。沿着山路向上，一会儿被喜马拉雅的雪松遮挡，在绿荫下享受山风的舒畅，一会儿翻过一个山头背后，浑身映照着冬日的暖阳。一段缓坡过后，就是一段狭窄陡峭的土石路，马蹄踏在水流淌出的沟沟坎坎上，时时打滑，人在马背上好像要被颠落。在爬这段很陡的路时，那位身材魁梧的朋友的坐骑终于不堪重负而卧地不起，让牵马的不丹人懊悔心疼不已，朋友也是带着几分愧疚，只好随着我们徒步而行。爬过这段陡峭的山路，马和人身上都有了汗津津的湿润。在接着的下坡路上，视野开阔许多，呼吸着纯净的空气，听着林间的水声，看着水里的转经轮和路边的玛尼堆与五彩经幡，让攀登崎岖的山路变得有几分温柔，几分佛缘，朦胧的气息洋溢着宁静与祥和。

透过缭绕的云雾，眼前的虎穴寺仿佛离你那么近，似乎就近在咫尺，触手可及，然而几次峰回路转，它依然庄严而美丽地耸立于眼前，攀了这么久的山，距离似乎并不曾缩短。刚刚坐在汽车上的时候，远远地就看到虎穴寺耸立于悬崖绝壁之上，被清晨的云雾缭绕着，石砌的寺院与山岩浑然一体，陡峭的山崖间镶嵌着红白相间的圣殿，好似巍峨的大山一颗跃动的心脏。那时觉得路途并不遥远，觉得攀登上山并不那么艰难。然而一个小时马背上的颠簸后，似乎离虎穴寺依然还是很远。

幸好有喜马拉雅的小矮马坐骑，才免除了登山的腿脚之劳，幸好在人马劳顿的时候，山腰的三分之二处有一个休憩的平台，可以稍事休息。尽管这样，坐到这里的时候，每个人也都是气喘吁吁，浑身汗津津的。

骑马的旅程到休憩的平台为止，喜马拉雅小矮马又随着主人下山去接其他游客。那时，妻子刚刚做完大手术，身体极其虚弱，同行的朋友中还有一位年已七旬的老者，能够骑行到这个休憩平台已是很不容易。望着眼前崎岖的山路，想着山路的陡峭、登攀的艰苦，便劝他们留在这里不再继续前行。可是虔诚和毅力鼓舞着他们，朝圣途中的半途而废似乎是不可接受的事情。

走过一段长长的下坡和缓坡，大约半个小时，一眼泉水旁有简单的低矮僧舍，小得只能弯腰进去一人，这是来虎穴寺静修的僧侣居住的地方。再往前是一个洞穴，据说是一位杰堪布（不丹最高宗教领袖）的出生地，洞穴前挂着经幡，摆满各种供品。从这里向前是观景台，从这个角度看虎穴寺，可见虎穴寺耸立于青山峭壁间的雄壮气势。从观景台到虎穴寺要先下一段阶梯，而接着要再爬七百级阶梯才能到达寺庙。这对已经疲劳的身体来说，确实是毅力的考验。这些石阶梯有的高，有的低，时而往上，时而往下，走起来比土石路还要累些。走过一段长长的阶梯，就是雪狮洞，这里的柏树都很高大粗壮，树上挂着一绺绺树苔树藓，很有岁月沧桑感，莲花生大士的明妃益西措嘉曾在这洞里精修冥想。雪狮洞旁是瀑布，冬季的水不是很大，纤细清亮，流水漫过岩石，有韵律地注入深潭，然后跌落下数百米深的山坳，也还灵动壮观。过了瀑布，再上台阶，虎穴寺就到了。

　　虎穴寺是不丹的国家标志，是不丹国内最为神圣的佛教寺庙，是不丹人生死依恋的精神圣地，也是世界十大超级寺庙之一。不丹人都以一生必须朝拜一次虎穴寺为生命目标，就像藏民对于布达拉宫的执着。虎穴寺在不丹的地位有多高，异域他乡的游人很难想象。虎穴寺建好后，不丹国王和王后曾在寺内居住百日，国王亲自描画唐卡，王后亲手抄写佛经，但他们绘制的唐卡和抄写的经文却只能放在外堂，进不了供人朝拜的内堂。

这座寺庙因莲花生大士而建，是莲花生大士的闭关修行之地。莲花生大士出生于印度西方乌丈那国（今巴基斯坦），国王因扎菩提抚育其为太子，且其化生于湖中莲花，故名为"莲花生"。他是藏传佛教始祖，应藏王赤松德赞邀请到吐蕃弘扬佛教，在完成传教任务之后，云游四方。公元8世纪时，帕罗山谷妖孽作祟，国家和百姓遭受苦难，莲花生大士身骑明妃益西措嘉化身的飞虎从天而降，降伏了占据现在虎穴寺所在山头的妖孽后，在洞穴中闭关修行三年三月三星期三天又三小时。那时此处还无庙宇，只有几个洞穴，后来陆续有其他有大成就者来此闭关修行，均按照莲花生大士的这一周期，虎穴寺和旁边的洞穴，自然就成为极其神圣庄严的殊胜之地。

不丹第四任国王第悉丹增·拉布杰有感于莲花生大士的恩德，在大师闭关之处兴建虎穴寺。由于不丹藏传佛教有"建寺不劳民手"的习俗，500名俗家弟子自愿出家，以僧侣身份参加虎穴寺建设。虎穴寺在1692年建成后，以它的神性和险峻惊艳着佛国众生，印度、尼泊尔、不丹的王室、贵族、商贾，纷纷将佛教珍品献藏于寺内，许多名僧大德也纷纷前往虎穴寺描画书经，一时间，虎穴寺珍藏了不计其数的瑰宝。这些稀世的佛家文物珍品，20世纪80年代联合国科教文组织曾估值超过百亿美元。然而在1998年的一个夜晚，山风把虎穴寺内堂的挂毯吹向酥油灯，一场大火熊熊而起，三百年的古建筑毁于一旦，唐卡、壁画、经书、雕像等珍贵的文物焚烧殆尽。这是不丹人的人生至暗时刻，无数民众朝着虎穴寺方向痛哭流涕，叩拜不起，悲情弥漫整个国土。在举国哀悼百日之后，时任国王吉格梅·凯萨尔·纳姆耶尔·旺楚克宣布，出资2亿美元重建虎穴寺。重建从1999年开始，诸多信众投身其中，直到2005年正式完工。

2005年4月28日，虎穴寺举行了重建后的开光庆典，这个庆典由第悉丹增·拉布杰的转世灵童主持。第悉丹增·拉布杰是不丹1680年到1694年的世俗统治者，他是不丹历史上一个位高权重的人物，他在位的十四年间，不丹享有了和平和巨大的进步。他的众多成绩之一就是在帕罗山谷修建了虎穴寺，在廷布河谷重建了登古寺，使之有了现在这种宏伟的规模。这两座寺庙从建成那天起，就是喜马拉雅佛教世界神圣的所在。历史上的第悉丹增·拉布杰建造了虎穴寺，主持了300多年前虎穴寺的开光庆典，而重建的虎穴寺，又是由他的转世灵童来主持，这300多年的轮回，对普通民众而言简直匪夷所思，而对更多信众而言却是佛圣显灵。

还是在1998年，一个聪慧的小孩走到了国王、王后的眼

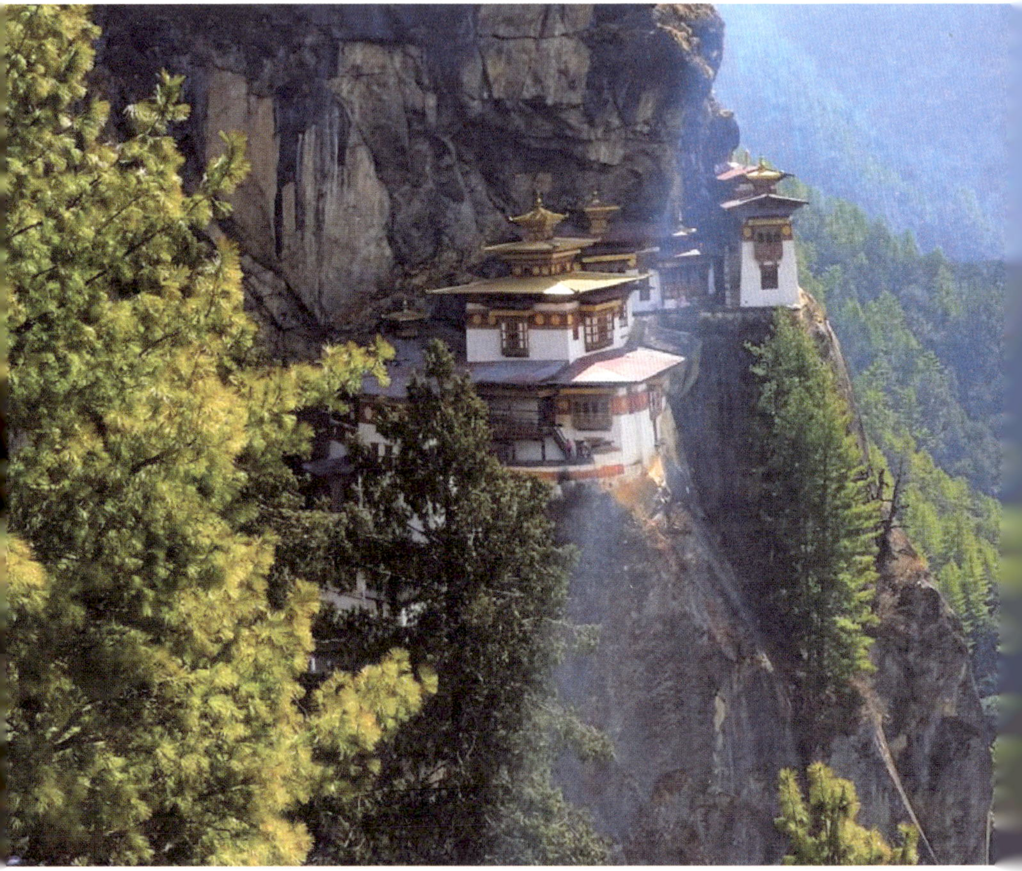

前，这个四岁的小和尚在重要场合表现得气定神闲，举止谈吐得体老成，佛事活动中的真知灼见，都让人刮目相看。尤其是对300多年前的场景与事情，娓娓道来，无一不与历史相符。就连他这么年幼患有白内障，视力很差，也与第悉丹增·拉布杰相同，第悉丹增·拉布杰临终前，其实已经双目失明。不丹法王吉美却达活佛杰堪布为此惊异，安排最好的经师、辩经师与他论道，又亲自面试于他，最终认定这个小和尚是第悉丹增·拉布杰的转世灵童。

在我读不丹王太后阿熙多杰·旺姆·旺楚克所著的《秘境不丹》时，那段有史有据、活灵活现的文字，曾让我深为所动，思索良久。

进入寺庙检查非常严格，相机、水、包都不能带，进去之前还要搜身，就像是坐飞机的安检。这是自2005年重建后实行的严格制度，无论对于谁，都不会搞特殊。在我看来，虎穴寺这样严格要求观访者无疑是对的，一个宗教场所没有一定之规，整天照相机咔嚓声不断，人群喧嚣闹哄哄，修行的圣地成了俗世嬉闹的场所，成何体统？眼睛只瞅着功德箱、香火钱，读经悟道都成了形式，哪还有心思修行？如果寺庙不是修行的道场，成了俗世经营的集贸市场，哪里还有佛国净土？喧嚣是对修行场所的亵渎。只有远离俗世俗念，驱逐心魔，静下心来，才有修行。

虎穴寺是群寺，由四座不同的寺庙殿堂组成，依着峭崖的凹凸起伏而建，全部以不规则的建筑结构连接在一起，静谧安逸地嵌于山腰之中，仙境般超凡脱俗。寺庙尽管随峭崖而建，但基本形式还是以四方基座为主，与西藏的建筑相同，建筑是多层构筑，墙体很厚，基本不设窗，看上去像断壁，白色为墙体底色，墙的上部刷上朱红的宽边，寺顶是金光闪闪的两层金顶。四座不同的寺庙，殿堂都不大，供奉的是不同形态的莲花生大士塑像。

走进虎穴寺，迎面是被称为"三族姓尊"的观音菩萨、文殊菩萨和金刚手菩萨的画像，画像右侧，有一块古老的石头，不丹人会在离石头两米多远的界线前，闭着眼睛走向石头，看看能不能把手指塞进石头上的一个小洞。据说这是测试功德的方法。我们也都好奇地试了，但都没有如愿。虽然沮丧，但也心甘，平时不注重修行，哪来的如愿？

离开这块石头，来到了莲花生大士闭关洞穴前的小佛堂，佛堂内满是莲花生大士八种化身的壁画。莲花生大士当年修行的洞穴被门封住，里面供奉着莲花生大士的愤怒化身——多吉卓洛，他骑在一尊雌虎上，这便是当年莲花生大士飞来此地的具象表述。这座洞穴是无数信徒的崇拜之地，也是许多高僧的向往之处，但是这道门每年只打开一天，供僧侣和信众朝觐叩拜，而那一天前来朝圣的人会占据整个朝圣的山路。

虎穴寺的殿堂里供有一尊会说话的佛像，据说当年这尊佛像在普纳卡宗雕刻完成时，曾开口说话，称他不属于普纳卡，应该把他送到虎穴寺。这自然是传说，难以考证，而在虎穴寺遭遇那场毁灭性大火时，却唯独这尊佛像完好无损地保存了下来，这不能不说是个奇迹。如今，寺庙的僧人与不丹人，都把这尊佛像奉为最殊胜的存在，朝拜的人甚多。寺内圣迹还有藏有金刚亥母宝冠的殿堂，藏有莲花生大士埋下伏藏的虎穴洞等。四座庙宇的内壁都贴满壁画，这些壁画的幅面要大些，都很精美生动。这些壁画的绘制方法都是先绘在布上，然后再粘于墙上，类似于唐卡的画法。记得在拉萨的罗布林卡，这种画法的工艺也出现在亭台楼阁中。这种绘画式的壁画，要比在墙上直接画得更为细腻，色彩也显得丰富艳丽。壁画的内容不外乎佛祖菩萨金刚以及佛经故事，只是没有佛教知识的人很难读懂它的内容。

佛殿之间的走廊有着很宽很厚的长条木板椅，供朝拜的人休息。坐在那里很惬意，山风徐徐吹来，身上很舒爽，眼前深奥的壁画、经文、圣迹，都透着一种静心参悟的深邃，发散着人类世界未知的奥秘。在我行走寺院的时候，总觉得这里不同于其他名胜，似乎是一种隐逸的秘境，拥有一种强烈的气场，让你静下来去想。坐在这里稍作休息，平定迷乱的心境，捋捋杂乱的思绪，想想人生究竟从哪里来，又到哪里去，也是难得。

站在虎穴寺俯瞰山下，群山巨龙般盘桓在云雾间，带着一种神性的淡然。背靠莲花生大士修行的神圣福地，放眼嶙峋的山石间数百幅经幡随风飘荡，参天的柏树默默指向澄澈的蓝天，无边的旷野一片翠绿一片金黄，好一种游目骋怀的心旷神怡。

下山的路依旧艰难，小心翼翼地步行了两个小时。

回到宾馆，已是很晚，尽管很累，脑子却异常兴奋。这种兴奋不仅仅来自朝拜虎穴寺的体验，更是从踏入不丹国土的那一刻，我们一行人就为它的朴素、自然、安宁所吸引。在走过了廷布、普纳卡、帕罗、布姆唐、多曲拉山口等地方后，在看过民众的纯朴、善良、虔诚、恬淡、隐忍后，深深地感到不丹的确和世界其他地方不一样。它壮观的自然美和原生态的环境，它绝妙的建筑和活生生的精神文化，它不以国内生产总值而是以国民幸福指数来衡量国家进步和发展的执政理念，它保留着的神奇而珍贵的社会价值观念，它让人民生活在充满善意的环境中，并拥有对居住环境和周边人群怀有敬意的平和心境，这些都让人感今怀昔，难以平静。

　　不丹这个国度，那种喜欢的就会一见钟情，如痴如醉，不喜欢的就会熟视无睹，无动于衷。这种差异，大概与人的年龄、阅历、悟性、欲念大有关系。朝拜了虎穴寺，体察了不丹人的生活状态，从心里觉得，人的一生可以失去很多，但绝对不能失去信仰。不丹人正是因为有了信仰，才能够获得心灵上的平和与富足，才有了满满的幸福感。相比于不丹人，我们物质上是富足的，但精神呢？获得感和幸福感呢？我们似乎还缺乏接受并面对真正生活的足够智慧。

敬礼，彼得格勒！

一

从莫斯科乘高铁去彼得格勒（现称圣彼得堡），只需四小时。我们是在傍晚乘车，夜间到的。当火车飞驰在俄罗斯广袤的大地时，落日把湖泊铺上了一层荡漾的金箔，松树林的壮阔，白桦林的修长，都被阳光雕刻得极其醒目。美丽的大自然与和平的宁静，构成了一幅优美而温馨的画卷。

抵达彼得格勒是夜里，天空淅淅沥沥地飘着小雨，淋湿了面颊，淋湿了街巷，昏黄的灯光下，车行匆匆，行人寥寥。我们下榻的酒店在莫斯科大街上，这里曾经是苏军二战中保卫彼得格勒、抵抗德军的前沿阵地，是无数个逝去的灵魂血肉搏斗的地方。酒店对面的环岛上，高高地矗立着彼得格勒保卫战纪念碑，它像一柄利剑，以一副冷峻与刚毅的姿态插向黑魆魆的天空。872个兵临城下的日日夜夜，150万个不朽灵魂，在这个伟大的城市演绎了波澜壮阔、长歌当哭的雄壮史诗，使这片土地越加厚重。

那一晚，我久久不能入睡，战争中发生在城市的难忘场景，在脑海里跃动翻腾……

1942年的初秋，已经被德军围困了一年之久的彼得格勒，城内残垣断壁，弹痕累累，哀鸿遍野；城外枯枝焦木，弹坑成片，焦土满眼。战争锯齿般地胶着着，死伤的数字每天都在增长。还是在1940年的冬季，希特勒制定了"巴巴罗萨"计划，要彻底消灭波罗的海沿岸的苏军部队，并宣布要在1941年7月21日之前攻占彼得格勒。希特勒宣称，届时他要前往彼得格勒冬宫广场检阅军队，在彼得格勒阿斯托里亚饭店举行祝捷宴会。在进攻彼得格勒的路途上，苏军的顽强抵抗使希特勒的计划面临流产。然而，德军依然在一步步逼近，距离彼得格勒城区仅有十千米之遥。久攻不下彼得格勒使希特勒焦躁，希特勒坐着专列，来到前线督战。尽管城里的伊萨基耶夫大教堂的穹顶和海军部大厦的尖顶在希特勒的望远镜里清晰可见，但苏联军民构筑的铜墙铁壁，任何攻击都不能使德军再前进一步。希特勒命令德军要不惜一切代价，在最近几天拿下彼得格勒。

8月9日这一天，德国人认为彼得格勒已经唾手可得，德军司令部提前为他们的军官们送去了在阿斯托里亚酒店参加庆功宴的请柬。而就在这之前,彼得格勒广播乐团接到了一个任务,这一天要在阿斯托里亚酒店举办交响音乐会,首演苏联作曲家肖斯塔科维奇刚刚创作的《彼得格勒交响曲》。当时的彼得格勒广播乐团只剩下指挥和15名团员,其余的人,不是饿死冻死,就是在前线作战,或受伤躺在医院里。组织一场交响乐演出,谈何容易?更何况还是一部全新的交响乐首演。但这些并没有难倒彼得格勒人民。没有乐手,乐团在全市征集临时乐手;没有总谱,空军为乐团运来总谱;没有完整的乐器,市民捐献家里乐器;没有演奏环境,苏联红军以强大密集的火力将敌炮打哑……那一天,德国人的庆功宴没能如愿以偿,取而代之的是《彼得格勒交响曲》的隆重首演。这也许是人类音乐演奏史上的一次壮举,一次用愤怒与泪水诠释的悲壮与优美。这部揭露德国法西斯凶恶形象,歌颂苏联人民英勇斗争精神的音乐杰作,以坚定庄重的气势,振奋了战争中浴血奋战的民众与军人。音乐像疾风吹遍了整个城市,街道上、坑道里、病床上、住所中,人们都聚集到广播扩音器前,倾听着这部英雄的旋律。这回响在阴霾密布城市上空的乐章,支撑人们战斗到胜利的最后一刻。

在现在看来,在战火连天的城市举办音乐会,简直是匪夷所思。但恰恰是这样的音乐会,鼓舞了军民为民族荣誉与尊严而奋战的信念，坚定了战胜德国法西斯的信心。

1942年1月29日，是普希金逝世105周年纪念日，这位俄罗斯诗歌的太阳，是这座城市的骄傲与精神象征。战前的每一年，人们都会举行各式各样的活动，纪念这位伟大的诗人。但是，战争已经使这样的活动难以为继，或者说成为一种奢侈的梦想。然而就是在那一天，隆隆的炮火声中，彼得格勒依然进行着普希金作品讨论会，依然举办着普希金诗歌朗诵会。战争不能阻止人们在精神与艺术瀚海遨游。即便是在这样苦难深深、危险重重的日子里，彼得格勒的人们没有放弃正常的、有尊严的精神生活：学生们照常上课，学校里每天都响起上下课的铃声；剧场依旧演出，剧场的观众每天爆满⋯⋯

也许，一个民族的伟大与不可战胜，就来自生生不息的民族精神，来自骨子里的威武不屈，来自灵魂深处对美的极度崇拜。

二

在人类战争史上，彼得格勒保卫战的惨烈悲壮是无可比拟的。

二战结束后，美国军方在《第二次世界大战》资料片中评价彼得格勒战役说："一个将军可以赢得一次战役的胜利，但是，只有人民才能赢得战争的胜利！"这是对人民在战争中的伟大的一种崇高敬仰。英国的《旗帜晚报》也称颂道："彼得格勒的抵抗，乃是人类在经受不可思议的考验中取得辉煌胜利的一个榜样。在世界历史上也许再也不能找到某种类似彼得格勒的抵抗。"这是对彼得格勒战役的歌颂，也是对那艰苦卓绝岁月中人们所经历苦难的一种记录。在战争结束以后，这些还有一点温度的文字，对于战争中人们所承受的无法回首的悲惨，依然显得冷漠无情；对于这个城市的人们的刚强与高贵灵魂的哀伤，依然显得苍白与词不达意。

二战之初，希特勒的对苏战略是以夺取彼得格勒为目标，从而取得整个波罗的海的控制权。战前，希特勒对德军将领们说："彼得堡（彼得格勒）自然应该先占领，而且要毁灭它，占领和毁灭这座城市，不仅可以取得巨大的战略利益，让德国严严钉死彼得大帝打开的'欧洲之窗'，把波罗的海变成德国的内海，而且通过占领布尔什维克主义的摇篮，还能瓦解敌人的反抗意志，摧毁他们的士气。"正是在这样的战略意图下，才有了希特勒志在必得的狂妄野心，才有了彼得格勒残酷的围城战争。

而在彼得格勒，伏罗希洛夫元帅由于指挥不利被撤职，刚刚到任的朱可夫元帅做出的第一个决定是即使战至最后一人，也要守住彼得格勒。朱可夫的口号是：不是彼得格勒惧怕死亡，而是死亡惧怕彼得格勒。永远不要考虑彼得格勒一旦失守怎么办，彼得格勒不能失守！就是这样的坚定信念，这样的宁死不屈精神，铸就了彼得格勒的钢铁长城。

许多年以后，朱可夫元帅在他的回忆录《回忆与思考》中谈到坚守彼得格勒的战略意义：一是德军一旦占领彼得格勒，将成功与北面的芬兰军队会合，巩固法西斯阵营并迫使其他一些仍在动摇的国家加入反苏战争；二是若彼得格勒失守，德军屯聚在此的坦克和机械化兵团会被解脱出来，投入和德中路军围剿莫斯科的战斗中，苏军将需要消耗大量预备队在北面建立保卫莫斯科的新战线；三是失去彼得格勒还意味着失去苏联强大的波罗的海舰队，也将会成为战略上难以承受之殇。因此，压根不能考虑彼得格勒失守这个可能。

这就是一个军事家在当时的思考和理念。

因为彼得格勒的战略地位，也因为彼得格勒的象征意义，希特勒渴望在占领这座城市的同时，重重地惩罚这座城市。因为苏军的殊死抵抗，希特勒发现自己难以如愿以偿地马上征服这座城市，于是决定封锁彼得格勒，要在饥饿的恐怖中瓦解人的信仰，摧毁城市的意志，从而实现最后的占领。

彼得格勒保卫战是近代历史上被围困时间最长、破坏性最强、死亡人数第二多的包围战。1941年9月9日至1944年1月27日，为期872天的围城，破坏了饮水、能源及粮食供应，

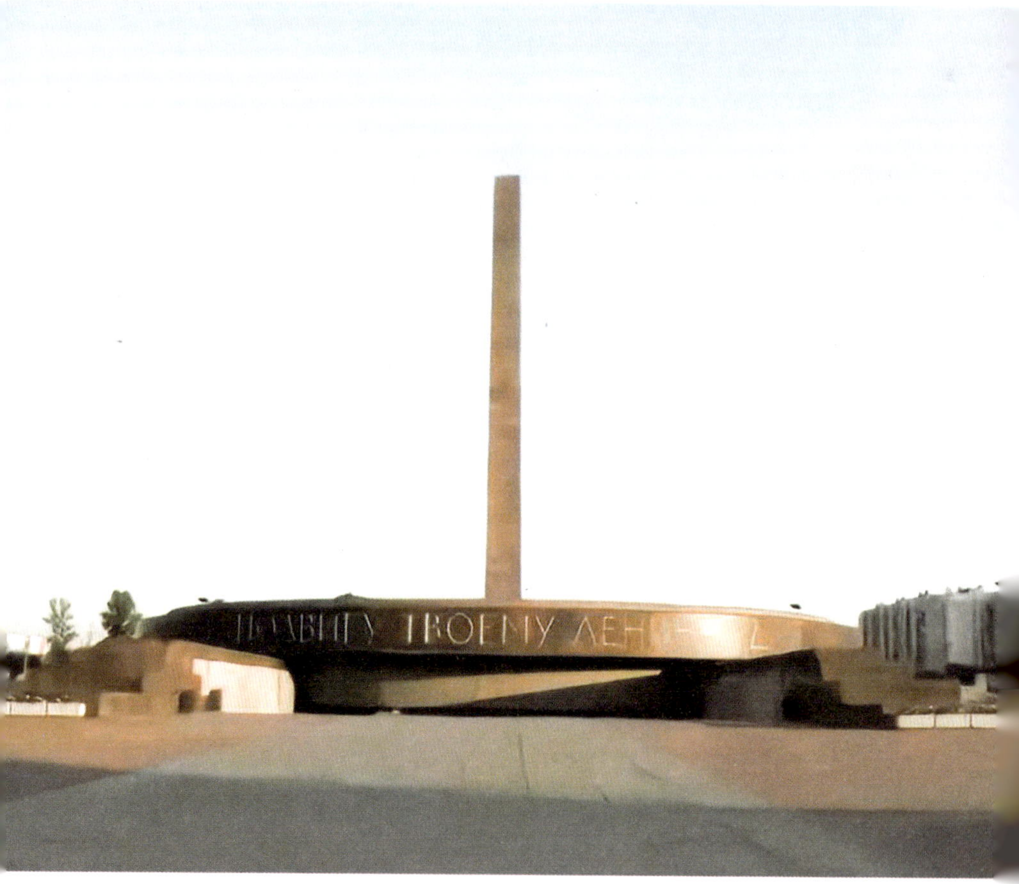
ТВОЕМУ

造成彼得格勒地区空前的大饥荒，造成近 150 万人死亡。仅彼得格勒皮斯卡列夫公墓就埋葬了 50 万名遇难者。经济上的破坏及惨不忍睹的死亡程度，超过了日本广岛与长崎原子弹爆炸。彼得格勒围城战被列为世界历史上最血腥的战役，是一次种族灭绝的罪恶。

三

任何战争都是人民的苦难。

灾难最初始于德军围城没有多久，城市最大的粮库被德军的飞机轰炸。那天，烧红了整个城市天空的粉色烟云久久不能散去，可以维持市民半年的口粮化为灰烬。在德国军队围城的日子里，粮食是维持生命的基本需要，粮食又的的确确是稀缺物资。围城期间，市民们每天只能领到 125 克的面包，相当于现在的一片面包。

一个阴霾的黎明，一辆满载新鲜面包的卡车行驶在街道上，德军此时开始了对城市的炮击，卡车不幸被炮弹击中，驾驶员与随行人员当场被炸死，诱人的面包顷刻撒了一地。路过的市民看到这一场景，俯身拾捡落在地上的面包，小心翼翼地拂去上面的尘土，在车板上依次摆好。深受饥饿折磨而在死亡线上苦苦挣扎着的人们，面对着能够延续生命的诱惑，却没有一个人把面包握在自己的手里，藏在自己的怀里，抑或是咬上一口，只是默默地拾起，默默地摆好，又默默地守候在那里，直到部队派人将它们运走。人们这时才知道，这是专给伤病员运送的面包。而就在拾捡面包的过程中，就有市民因饥饿而昏倒。忍住饥饿，抵抗诱人的面包香味，战胜生命的本能渴望，这需要多么强大的意志力呀！

在德国军队铁桶似的围住彼得格勒一年后，城市陷入了饥饿的深渊，但凡能果腹之物全被吃光，鸟雀、老鼠、蟑螂、草根，甚至宠物……人们为了得到一点食物，越过封锁线到河里抓小鱼充饥，许多人死在了德军的枪口下。市民缺粮，部队也缺粮，眼睛盯住了研究所的仓库，那里存放着粮食种子。驻军来了，要拉走这批粮食，科学家说：这是种子，是苏维埃将来的希望。驻军首长听了，默默地走了。浴血奋战的将军带着士兵来了，要求将粮食交给军队。科学家说：这是种子，不能吃掉，打退了德国人，我们要用这些种子过上幸福生活。将军听完，向科学家庄严敬礼，带领士兵离开了。彼得格勒保卫战胜利后，人们发现科学家们饿死在粮堆旁。人们为了纪念这些科学家，把这座研究所命名为"希望的种子"。

尽管在城市被围一年半后，苏联军队打通了一条生命之路，为彼得格勒运送粮食药品，转移伤员，但那被德军的飞机常常轰炸的路途上，运送来的粮食药品离市民的需要悬殊，不啻天渊。为了活下去，人们尝试一切可能维持生命的东西。战前剩下的胶水，用水稀释，搅上一点点面粉，就做成了胶水汤；粮食被焚烧后，渗入土中，就将这些被烧成灰烬的粮食搜集起来，做成主食；战前人们浆洗衣服时会用面粉，就将毛衣在水里煮了做成汤；将木屑浸泡发酵，做成木屑酵母片，用来充饥果腹……

即便在这样的环境下，人与人之间的关爱依然温暖人心。

一个劫后余生的女子安娜记述那段日子时说，她送信件时经常门是开的，屋子里的人却死了。那种场景让人很难受。不过也会有一些开心的事情，让人有活下去的勇气。收到信件的人会偶尔给她送礼物，比如一个巧克力盒子，里面装着土豆皮。她曾经深情地对后人说："我总能够遇见一些喜欢分享自己食物的人，大家都少吃一点，每个人都不会死。"

在这样任何一点食物都事关生死的环境里，人们的悲悯却随处可见。一次，一个人倒在街边，奄奄一息，只等着上帝最后的召唤。一位路过的神父，从自己的兜里掏出了一块糖，慢慢地剥去糖纸，将糖块轻轻地放到了这个垂死的人嘴里。旁边的人对神父说：神父，你给他糖，他也活不过来了，干吗还要给他？神父回答说：尽管他活不过来了，我还是要让他在去天堂前能够吃上一块糖，让他品味着人间的甜味，去见我们的上帝。

在被战火烧焦的这片土地上，一块糖金贵到什么程度，可想而知，但是人间的温情、人间的真爱，却不是可以用金贵来简单衡量的。

也许就是这样一种强健的精神，一种高贵的人格，一种崇高的品德，一种不可征服的血性，一种永远都不会放弃的人的尊严，使这座城市永存，使这个民族永生！

四

我曾经读过这样一篇文章，题目是《彼得格勒的树》，说在彼得格勒被围困的近九百个日日夜夜里，人们卖房屋、卖首饰、卖家具，倾尽一切可卖之物，换一点点口粮充饥，换一点点棉帛御寒。活下去的顽强意志支撑着每一个人，获得维持生命底线的温度是第一要务。而即便是在严冬酷寒的恶劣气候中，彼得格勒的人民，没有谁试图用柴火取暖抵御严寒，没有人为生计去砍伐一棵树。在走出灾难庆祝胜利的时候，彼得格勒街道上的树木依然郁郁葱葱，它们以作为植物的伟岸与自豪，赞美着人类的风骨与人心的博大。作者在文章的结尾这样说：有这样不放弃尊严的人，有这样精神高贵的人，彼得格勒的树可以被战火烧焦，但绝不会被人民砍伐。

这篇很多年前读过的文章，深深地扎在我的心里。这就是彼得格勒的人民！宁可放弃生命，也珍惜一棵树的生长；宁可冻疮遍体，也要让街道葱郁常青。

还记得这样一个画面，在战火纷飞的日子里，即便是亲人的生命在眼前消逝，旁边的建筑被炮弹炸毁，而在一个不起眼的窗台上，一盆盆红色的、黄色的花依然在开放，张扬着生命的活力。在硝烟弥漫的朦胧处，这些美丽的花极其醒目。人们对于生活的热爱，对于美的珍惜，对于和平的渴望，历历可见。这一盆盆的花，放在平时不算什么，绽放在硝烟弥漫的城市窗口，却使人感受到一个伟大民族内心的强大。

……

岁月已经过去了70多年，但是历史不会忘记，人心不会泯灭，鲜血浸染的土地上的那些英勇灵魂会护佑着这片土地。

五

我读过的书和看过的资料，在脑海里所形成的这些记忆，对于那场残酷的围城战争实在微不足道，对于彼得格勒人民的崇高精神、高贵灵魂的理解也是挂一漏万。我只是想，在那样的苦难日子里，濒临死亡的人们所展现出来的高尚品德，所象征的人的尊严，还不足够让我们深深地拷问我们自己的灵魂吗？

因此，我理解了纪念彼得格勒保卫战胜利 70 周年时，俄罗斯总统普京跪在皮斯卡列夫公墓前敬献花圈的情感。

在离开这座城市的早上，天空依然下着雨。我站在酒店外面的广场上，久久地凝视着远处的彼得格勒保卫战纪念碑，看着它在雨中的挺拔与雄健，脑海里浮想出一组组浴血奋战的无畏，一幕幕饿殍遍野的悲凄。对着远处的纪念碑，我庄重地举起右手，以一个中国公民的真诚，敬了一个军礼，一种崇敬的感动与难忍的酸楚涌上心头，两眼被泪水模糊。

别样小樽别样情

我是在仲秋时节到访小樽的。

出发前,带了岩井俊二的小说《情书》。那是因为《情书》的故事发生在小樽。

小樽是座小城,坐落在北海道,很美。整个城市精巧玲珑,素朴而又极有韵味,像村姑,轻柔、清纯、甜美,满是纯朴自然的美丽,恬恬淡淡、恍恍惚惚。秋季走进它,更是哀婉美艳,令人心荡神摇。

小樽三面环山,一面濒海,整座城市都建在斜坡上,城内坡路居多,有"坡城"之称,名为"地狱坡"的陡坡和斜而弯曲的"船见坡"尤为有名。迎海而立的天狗山是小樽地域的最高处,从山上俯瞰小城,街巷、楼阁、运河尽收眼底,极目远眺,港湾风景一览无余。

小樽是个富有诗意的名字,像北海道的许多地名一样,

"小樽"一词源自北海道原住民阿伊努语,意为砂岸中的河。想遥远的过去,这里一定是有过河的,只是现在看不到了。

历史上的小樽原本只是一个小渔村,寥寥几户人家,犹似武陵人,打鱼为生,过着桃花源中的日子。现今的小樽肇始于19世纪中叶,随着北海道的开发而兴隆。到了19世纪末,小樽已是北海道仅次于函馆的第二大城市。当年建设札幌所用的建材也都由此港输入,因它地处北海道中央,从而成为北海道物流进出的重要港口。作为天然良港,丰富的物产、繁荣的渔业、聚集的金融机构,使这里一度成为北海道商业中心,至今仍保留着19世纪末20世纪初繁荣的印迹。

这个曾经著名的港口城市,一条运河将城市中心与海洋相连,形成了这个城市的标志性景观。1914年,为了便于拓荒者粮食、蔬菜、工具等必需品的运送和矿产的外运,设计修建了小樽运河,历时九年时间,一条连接日本海和内陆的河道开凿而成。它是北海道唯一的、也是最古老的一条运河,全长大约1200米,河宽20至40米,清冷的河水流淌着历史的记忆,成为北海道拓荒历史的象征。一个默默无闻的小渔村摇身一变成为国际货运港,一座座明治、大正时期的石造仓库拔地而起,一幢幢欧式建筑闪亮登场,一座新兴的小城耀眼在北海道。

然而,在第二次世界大战后,经济格局发生了很大变化,小樽港不再是北日本海运输中心，因而日渐沉寂，这座曾经繁华忙碌的城市丰韵不存，魅力不再。运河、仓储区与商业街区开始没落，许多古老的建筑被改建得面目全非。几十年的光彩夺目，跌入了落寞的烟尘，一座繁华雅致的小城，成了满目疮痍的弃儿。

最能给人优雅旅情和罗曼蒂克心情的场所是小樽运河。尽管这条运河不长，但自然的曲线使它有着绰约多姿的体态，像一个成熟的少妇，婀娜着丰盈优雅的身躯。河岸上排列着古老石造仓库群，旧时俊逸而俏丽的影子映在水面，静静地守望着年代的流逝。河边依然能够看到斗大的"北日本仓库港运会社"字样。在这个季节，运河边的仓库上，满墙的爬山虎换上了藏红的衣装，斑斓艳丽，映在运河上，成为一道很迷人的亮丽风景。夕阳西沉，当运河边上的63支瓦斯灯点亮，整个小樽运河犹如进入了幻想世界，温馨橘黄的灯光把整条运河装点出幽远深情的浪漫，像一个风情万种的少女，楚楚动人。站在浅草桥上，让人想起久远的年代，想起遥远的故乡，想起曾经的年轻，心中竟升腾起一种莫名的感动。漫步在河边石板铺成的步道，恍如时光倒流，仿佛回到了100多年前，回到了那个曾经繁华的小樽。

从运河漫步至色内大街，街上是一排排很怀旧的建筑，这一带往日叫作"北方华尔街"。一些建于19世纪的石造洋房被保留了下来，一座现今仍为日本银行小樽支行所用，附近还有许多历史性的建筑，如美术馆、文化馆、小展览馆等。这是《情书》中藤井树上学放学常走的街道吧？虽然我没有找到藤井树上的色内中学，但在心中却期许着，在这样散发罗曼蒂克情调的古老街道，会不会遇到犹如藤井树一样纯美的女孩。

运河的岸边，有几幢满是岁月印痕的日式木板楼屋，一排古朴的木格窗俯临着悠悠的河水，楼屋因老迈而略微倾斜，据说这是昭和初年的遗存，距今也有近百年历史了。这一带当年是酒楼茶馆，是一个热闹的去处，卓有影响的作家小林多喜二常常携友二三，在楼上饮茶阔谈，抨击时政，畅想未来。有时候也独自凭窗俯瞰街景，观察人生世相，体察失业劳工、破产农民、贫苦学生的凄凉境况。运河的波浪拍击着作家的心灵，激荡着作家的思绪，在运河边上，他创作出了举世共鸣的长篇巨著《蟹工船》。今天，如果我们还有时间读读这部一百年前的作品，会使我们对现实世界有更加深刻的思考。

今天小樽运河的美丽姿色犹存，成为小樽引人入胜的亮丽标志，却不知它曾经历了死而复生的浴火熬煎过程。二战以后，作为物流集聚点的用途，小樽运河已丧失了。日渐废弃的运河，由于缺乏使用和管理，河道两端逐渐呈现壅塞淤积现象，到了夏天，淤泥的恶臭成为小樽郁闷而难堪的难题。将无用的运河填埋起来，建成马路干道成为政府与社会的主流呼声。1965年，政府决定把小樽运河填埋成道路，当施工到运河区时，在拆除了运河边石造仓库中有碍观瞻的杂物后，市民们意外发现运河景观的迷人之处，进而认为填埋运河改建干道的政策有必要重新评估，自此开启了持续十六年的小樽"运河保存运动"。最终，市民胜利了，运河保住了，仓库群保住了。斜倚着旖旎运河的小樽，再次焕发了青春，迎来了观光业的极大繁荣，每年近千万的观光客，让小樽政府叹服市民们的远见。其实，一个理性的政府应该知道，民众对一些事情的强烈呼吁，并非要对抗政府，恰恰是为了城市、政府更加美好的善意之举。就现在看，幸好运河没有被全拆掉，不然，小樽城市的风景还在哪里啊？还有什么是城市存在的根由和象征呢？温暖市民的历史靠山又在何处呢？

我去过的欧洲很多地方，每座城市几乎都有完整的历史延续，城市成为一种文化传承的载体。就日本而言，在经历了东京、大阪的大拆大建后，痛定思痛，才有了后来的京都、奈良、镰仓、小樽这样的文化遗存，它们至今依然熠熠闪烁在历史的沧海里。我们今天的建设，应该为人类保留更多的温和文化，不应简单粗暴地斩断城市的文化命脉，不应让历史的遗存跌落入现代化的悬崖，让今天和以后的人们再也无法阅读曾经的历史和文化存在，那是对生存于这片土地的人们的侵略。虽然我们的有些拆建，披着文化再造的华丽衣装，然而人们似乎都知道，被强权驾驭的文化，都不再是文化，而是文化霸凌，是丛林法则的延续。文化的碰撞和延展，应该是在包容、理解基础上的融通，而不是对另一种文化的毁灭性改造。中国的许多大城市已经走上了大拆大建的不归路，或许，那些还没来得及大拆大建的中小城市，一些有着浓郁特色的乡村，还有可能像小樽一样，留住曾经的记忆。

　　日本最大的音乐盒店在小樽，叫八音盒堂，位于运河岸边的仓库区。八音盒堂建于1912年，是一座花岗岩与红砖结构的西式古老建筑。这里陈列着世界各种音乐盒3000余种，一入大厅就像来到了童话世界。

　　音乐盒的雏形，来自教堂钟楼上的排钟，在14世纪初期，欧洲人发明了这种用发条装置来演奏的乐器，清脆如水晶般的乐声让音乐盒一度风靡西欧诸国。小樽开港后，音乐盒渐渐传入日本。

　　八音盒堂一共有7个馆，每个馆都是一幢独立的建筑，其中比较有名的是本馆和2号馆。本馆内摆放着19世纪的英式古董家具，这些家具尽管珍贵，但在这里注定成为配角，

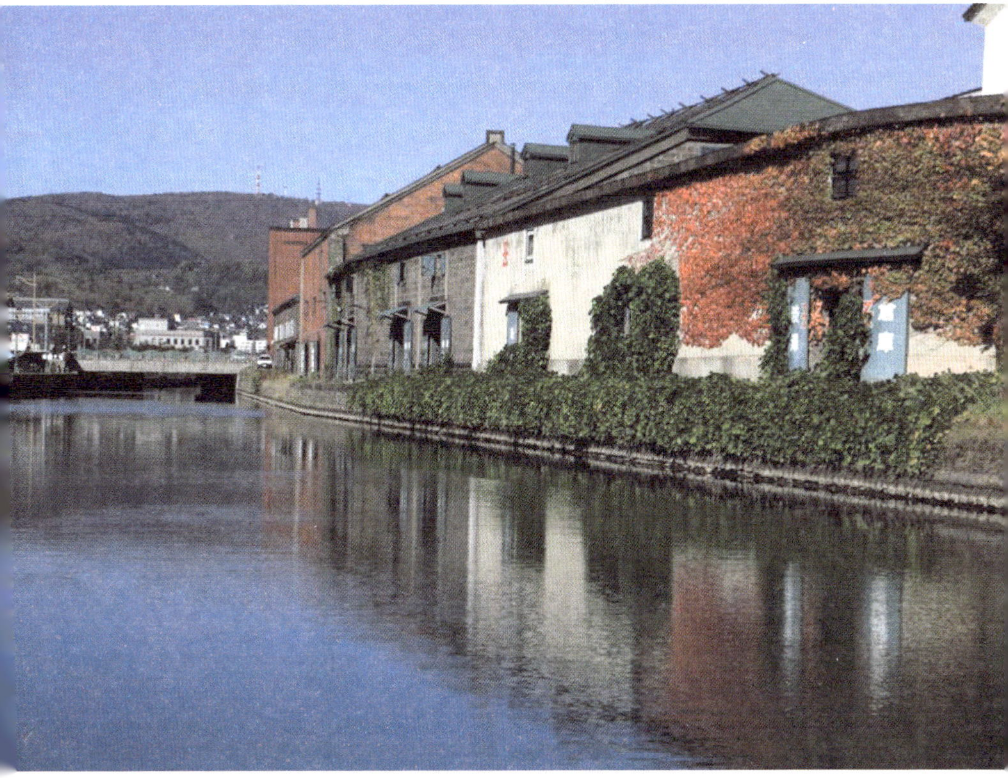

只是为陪衬19世纪制作的古典音乐盒。许多高品质的八音盒都在这里陈列，1880年制作的2米高的音乐盒就安放在这里。2号馆算得上名副其实的音乐盒博物馆，馆门口那架可以自动演奏的管风琴，是博物馆的镇馆之宝。从1908年制作完成以来，曾先后被收藏于英国约克郡和康瓦尔郡的博物馆，几经周转，漂洋过海来到这里。690根全手工打造的铜管，自动演奏的100首乐曲，实属世界罕见的珍品。管风琴的音色取决于"音纹"滚轴雕刻的精细程度，时过百年之余，管风琴所演奏的乐曲音色依然绝美，足见当年"音纹"滚轴制作时的精雕细琢。能进得了2号馆里的音乐盒，个个都非等闲之辈，都是音乐盒发展进程中的代表，随便一个小小的音乐盒，都是难以想象的耗工耗时。不要说调音师在黄铜滚轴上手工雕刻"音纹"的精细，仅就昂贵的材料、复杂的制作工艺，再配以优质胡桃木、黄杨木精雕而成的外壳，使其注定只能是富贵人家的珍藏。

小樽音乐盒的最大特色，是将精致的玻璃制作工艺运用其中，北海道的丽日蓝天、碧海山川、樱花飞雪、古街老巷，都在晶莹剔透的玻璃音乐盒上呈现，使世界各地的人们在品味音乐的同时，也能欣赏到北海道旖旎的风光。

八音盒堂正面的门旁，有一座号称世界最大的蒸汽钟，约有5米高，每隔15分钟发出汽笛般的音乐声，吸引着游人驻足倾听。记得前些年在温哥华煤气镇游览,面对世界第一座蒸汽钟,我充满了好奇,那情景依然记忆犹新。蒸汽机的诞生引发了第一次工业革命,也改变了城市供暖方式,传统的以家为单位的采暖转向蒸汽集中供暖,蒸汽运行中多余的蒸汽排放成为一件烦心事。一个名叫桑德斯的聪明人,利用多余蒸汽排放的散汽口,于1854年发明了世界第一座蒸汽钟,安装在温哥华的煤气镇。那座蒸汽钟一口气服役了160多年,至今依然每隔15分钟就会惊天动地地嘶喊一阵,每逢整点还会发出悦耳的音乐声,并伴着强劲的蒸汽喷出,很有点工业革命时期的味道。此后百余年,世界各地建造了100多座蒸汽钟,但保留下来的并不多,眼前小樽的蒸汽钟就是难得一见的一座。它在这里默默地守望着,眷恋而无情地记录着时间的流逝,回忆着不可追回的历史老人和时光姑娘。站在蒸汽钟旁的时候,我就在想,《情书》中的藤井树来到这里的时候会是什么情境?他们的老师一定会告诉他们这座钟的来历。

运河边鳞次栉比的海运货物仓库,依然是旧时容貌,青砖、红砖的墙体上书着"大同仓库""阜头仓库""篠田仓库"等字样,这些仓库体量都大,素面朝天,毫无装饰,展示着工业时代的简朴。单看每一座仓库并无动人之处,但当它们摩肩接踵地挤在一起，相依为命之际，就积淀集聚了一种厚重而无声的力量。这些仓库现在都有了新的用场，玻璃展销馆、八音盒堂、运河食堂、咖啡屋、博物馆、酒吧……成为小樽城市很火爆的去处。街巷上旧时的马车披挂着华丽的幔帘招摇过市，身着麻布衣衫、足蹬布鞋、头戴方巾或斗笠的人力车夫，不甘示弱地穿梭来去。人力车样式很古典，流线型的车身配着遮雨凉棚，夸张的硕大车轮尤为醒目。行走在这样的街道，有一种时光倒流的错觉。

　　有人说，欣赏精致的玻璃工艺，是小樽的另一种浪漫。在日本，有一句流传很广的老话："玻璃之街，唯有小樽。"这是小樽玻璃成为日本之最的真实表述，也是小樽人由衷的骄傲。运河岸边的仓库建筑都是百年建筑，大多是暗褐色的砖墙，看去尤为古朴。在这些仓库群中，最有名的玻璃制品工场在"北一硝子"，这里出售数千种玻璃制品，还可以参观玻璃工作室，欣赏光在玻璃里弹跳的惊艳，观看吹玻、烧制和喷砂等传统工艺，目睹形态各异的玻璃制品从橘黄色的火焰中诞生的过程。"北一硝子"玻璃制品工场里面不是很亮堂，但挂在大厅的167盏煤油灯，构成的妩媚迷离光源营造出梦幻般的空间，把整个大厅的气氛烘托得既浪漫温馨，又充溢着神秘魅惑。四周墙壁上的玻璃工艺品，在煤油灯光芒的映照下光影浮动，各色流转。穹顶镶满了教堂一般炫彩的玻璃，宛如璀璨星空，人在其中，如同步入神话世界，美轮美奂。小樽的玻璃制品大多是手工制作，花样、大小、色泽，细看都不相同，有别于工厂制造的批量产品，因而更具有独具一格的魅力。这里的玻璃工艺品，小到耳钉项链、花草昆虫、咖啡搅拌棒，大到华丽的吊灯和大花瓶，琳琅满目，让人目不暇接。这些玻璃制品的工艺水准，丝毫不逊于威尼斯的玻璃工坊，却又带有东亚人群的文化特征，因而看起来有一种亲切感。

离开小樽，我住在洞爷湖，一个火山爆发陷没后形成的广阔湖泊。

那个晚上，我读完了《情书》，掩卷之后，久久不能入睡。一封寄往天国的情书竟然收到了回信，由此引出了两段纯洁美丽的恋情。那种朦胧纯净的暗恋，像樱花般淡淡地沁人心脾的清香，微妙青涩，百转千回，美得让人心酸，美得让人心碎，美得让人绝望。那一封封旧日的情书，成了岁月中最澎湃的沉默，最温柔的激情。物化生活使我们离开纯粹的感情太远，我们对感情的感知也日趋浅薄，追逐过往的纯真，寻求真情的回归，是一条绚丽而珍贵的情感求索之路。

岩井俊二是个怀旧的人，青涩的时光，恬淡的暗恋，那份纯真、浪漫、哀婉、唯美、纯粹的感情，都在《情书》中充分释放，如同小樽这座城市给人的体验。

"你——好——吗？我——很——好……"那一声声不抱任何希望的希望，那一种不死心幻象中的纯情，依然响在我的耳畔，就像小樽，让人无法忘怀。

沉醉在那片蓝蓝的海

玛纳岛是斐济玛玛努卡群岛中的一个珊瑚礁岛。从香港乘机落地斐济楠迪国际机场时,正是南太平洋的清晨,被海水洗过似的阳光,火辣辣地拥裹着全身,浑身冒出清亮的汗水。阳光像千万束针芒扎在身上,不太适应的皮肤微微痒痛。

从楠迪到玛纳要再乘一个半小时的船。

沿途海天一色,蓝天上飘着的白白云朵,像是镶在一块无垠的蓝宝石上未经雕琢的硕大钻石,晶亮、迷人而震撼。海水深蓝如碧,浪很小,船行得很快,船尾的浪花画出长长的白线,一群群的海鸟在船前船后飞来飞去,像是对陌生的访客表达热情。不时有一个个小岛浮在海面,大都没人居住,那些岛上多是岩石崇峻,没有树丛,没有沙滩,甚至没有可以寄居一时的礁石,岛就是一座山峰,突兀地矗立在那里,很个性,却少了些情趣与柔美。有的岛很精巧,看上去圆圆的，四周都是细绵的沙滩，岛上长满了各种各样的热带植被，一副精雕细琢的模样，就像是精美的牙雕作品。有的岛一片狭长，远远看去呈现一种润泽的黑色，似一头酣睡的鲸鱼，在海面上舒展着身躯。遇到一个很是奇妙的小岛，远远看去，犹似海里突然卷起的一排浪花，在海面形成一个涌起的波峰，近前，才发现那原来是一片硕大的沙滩，孤零零地傲然于四周的波涛中。

到达玛纳岛的时候，是上午10时，岛上的居民身着色彩艳丽的民族服装，敲着鼓，唱着当地的歌谣，热情地欢迎到这里度假的宾客。这些居民脸上的真诚与淳朴，舒展狂放的舞姿，欢快优美的歌谣，让人有一种亲切的温暖。

我不是第一次到海岛度假，可这一次到达住所的时候，心里却有些失落，因为这里与想象中的度假地有很大的落差。这个岛的建筑都是当地风格，茅草铺顶竹编墙，清一色的茅草屋，若隐若现地散落在树丛间，看上去就像几十年前国内的贫困乡村。好在都是独门独院一居室，室内宽敞，配套也全，门前屋后都敞亮，也还觉得别致舒展。

早上5点刚过，同行的朋友敲响了窗，才想起约好去看日出。旅途中曾聊过，由于180度经线贯穿斐济，因而它是世界上最东也是最西的国家，是地球上最早看到日出的地方，便约好次日看日出。走沙滩，翻山岗，拨荆棘，一路紧赶慢赶，终于站在了山顶。虽说攀登山峰，是一步一步走向光明，但双腿打战，大汗淋漓，还是浑身不自在。黎明前的山岗没有一丝风，任汗水滴滴答答，眼睛被汗水浸得涩涩地痛。蚊子也是起得早，还没觉得有嗡嗡的叫声，裸露在外的胳膊大腿已经被叮了好多包。东方天际的霞光被浓厚的云遮住，云的边缘有灿烂的霞光射出，海水翻动着黑涛白浪。一个直观判断，日出恐怕是很难看到了，这让人多少有点失望。然而，海边的云层变化也快，倏忽之间，太阳就穿透了乌云，探出了头，这颗火热的灵魂冲出黑暗幽深的渊底，保持着蓬勃的趋势，上升上升。起初，太阳悬挂在云层之中，云海被染成透亮的橘红橙黄，那不可阻挡的光芒，在海上铺出一条金光大道。接着，太阳便挣脱云层，以一个崭新完整的姿态，燃烧成一个巨大的火球，把山海苍穹瞬间点亮，波光粼粼的海面闪烁着金光。在这一刻，一行观日出的人们对着大海、对着太阳，发出了舒爽的呐喊。毕竟我们迎来了这一天世界上最早的日出。

这个岛有两座山，都不高，一座适合看日出，一座适合看日落。适合看日出的山海拔100多米，绿树茂密，荆棘丛生；适合看日落的山，海拔不到50米，坡平缓，树丛少，与其称为山，不如称为坡。刚到的第一个早上看了日出，自然也一定要去看日落。

　　临近黄昏，登上山坡，观景台上看落日，正是太阳贴近海水的时候。海上落日景象很壮观。起初太阳还是耀眼的金盘，在海面上铺出层层叠叠的灿灿金光，就像被熔化的金水在眼前荡漾。随着太阳接近海平面，满眼的金光灿灿就变成一条金光大道，似乎可以踏步前行，走向辽远。此时，太阳也从耀眼的金色变为赤红，随着一点点沉落，又从赤红变为殷红。每一种变化，都向着浓重迈进，幻化出绮丽迷人的色彩。天空云朵由最初的银色渐变成了红色、紫色，随着太阳沉入海底，云朵变成了蓝青色。日落与日出是完全不同的情景，初升的太阳就像一个背负使命的小伙，急不可耐地要冲出海面登上天空，把光明灿烂赋予大地；落日就像是一个老人，蹒跚而行，像是对于蓝天很不舍，用最后的余晖创造出辉煌的晚景，完全不是日出时的清亮明快。当余晖把山川大地染成胭红的时候，是日落最壮丽的时刻，也是夜幕降临的时刻。

　　岛上度假，会有一些离岛的安排。

　　早上，乘坐游艇，出海观光。先是去电影《荒岛余生》的拍摄地，四周碧波白浪，岛上寂寥无人，处处充满热带海洋的原始美感，可以随心所欲地走到岛的角角落落，尽兴领略大海的浩瀚无垠，海水的澄净透明，沙滩的洁白如玉，岛礁的突兀奇特。

去土著居住的岛屿访问，要举行一种仪式，这种仪式叫卡瓦仪式。不举行卡瓦仪式，不能进入村落。先是由参访的队伍选出一名男性"首领"，由他向村落的酋长提出请求，酋长和祭司神态虔诚，嘴里念叨神秘咒语，祷告祖先神祇请求批准，并捧上椰壳盛满的卡瓦，由"首领"一饮而尽，才算完成了进入村落的仪式。进入迎客的简陋礼堂，遵照土著人的安排，一行人席地而坐，把跟前摆放的待客最高礼仪的卡瓦酒，按照习俗喝了下去。只有饮用了卡瓦，酋长致过欢迎词后，才表示游客是村落的朋友，方准许在村落内自由参观。卡瓦名为酒，但并不含酒精，它扮演着与酒和饮料相似的角色。生长在南太平洋岛屿的卡瓦，是一种胡椒科类植物，当地人将其根部榨汁，作为一种情绪饮料，既在节日欢庆时痛饮，也用来招待远道而来的客人。经过压榨过滤后的卡瓦呈乳浊色，最直接的体验就是它独特的口感，一入口，味道微微辛辣，舌尖略感麻木，继而精神镇静，全身松弛，体验到一种满足与舒适。这或许就是斐济人依赖卡瓦的重要原因，也是斐济人幸福快乐的秘诀。这与国人饮酒抒怀有着异曲同工之妙。卡瓦仪式在斐济部落中极为重要，部落决定大事、勇士出征、欢迎贵宾、族人欢庆节日都少不了它，对外来的观光客而言，更是走入当地部落的必需仪式。

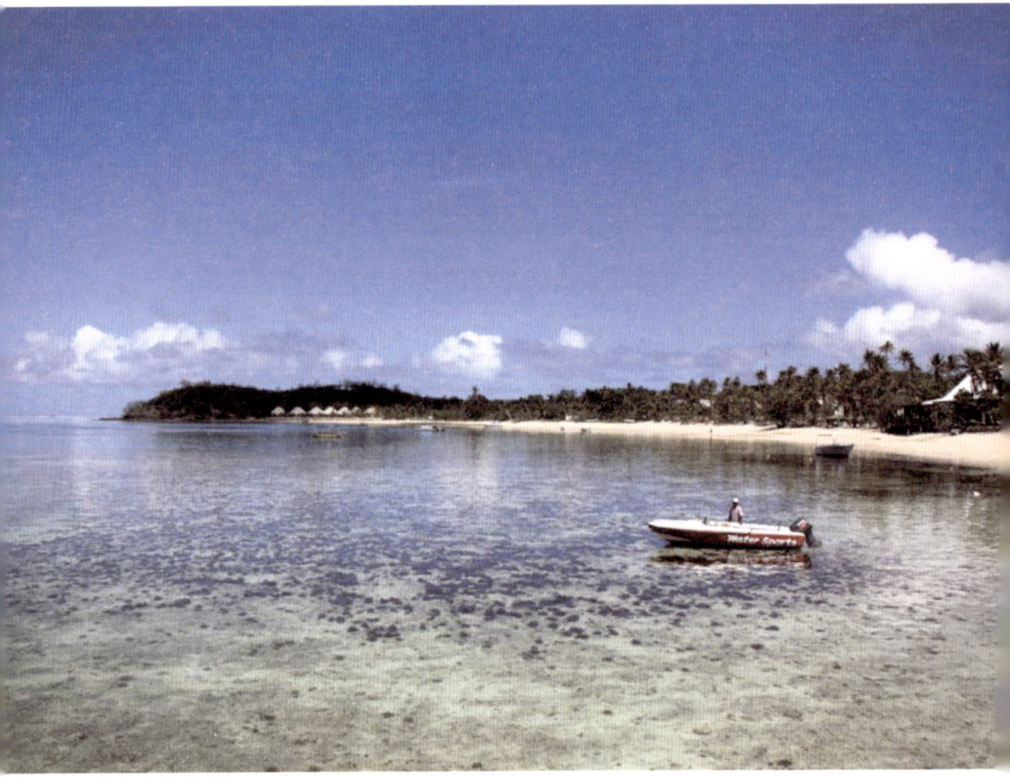

斐济的土著人热情，又能歌善舞。在欢迎大厅，土著男人和女人为游客表演了两三组歌舞，表达欢迎之情。斐济人的服饰别具特色，男子身着色彩艳丽的花衬衣和齐膝的黑裙子，女子着花布长裙，头颈上挂着色彩斑斓的项链，手臂上戴着棕色的手环。

斐济人有头上戴花的习惯，但戴的位置有讲究，花戴在左边，表示未婚，戴在右边，表示已婚。斐济土著人喜欢在脸上抹一层黑，这是他们的审美，以脸上抹黑为美。他们终年与森林、大海为伴，漫长岁月中与大自然的顽强抗争，形成了自己的独特文化，舞蹈表达了他们对大自然的感受，记录着他们的风俗习惯、神话故事及渔猎生活。

除夕是华人的狂欢，无论走到哪里，无论贫穷富贵，这一夜都是不可忘却的。我们一行十余人，在海边最大的餐台上，定制了丰盛的晚餐。暮霭初上，便推杯换盏相互表达祝福，放歌纵酒释放对旅居于此的欢愉。一对40来岁的外国夫妇，饶有兴趣地站在旁边，看着我们这一桌老老少少的豪放。我们邀请二人入席，一道欢庆。推杯换盏间得知这是一对澳大利亚夫妇，10年前在此第一次相遇，一见钟情，不久便结为夫妻。每年相遇那天的纪念日，他们都会飞到这里度假，不带孩子，不带家人，在点燃爱情的地方，重温第一次遇见，这已是第十次来到这里。在这个绮丽妖娆的地方，漫步在洁白绵软的沙滩，看着高耸的椰林，透过婆娑摇曳的树影，观赏清澈透明的海水，欣赏千姿百态的珊瑚礁与五彩斑斓的热带鱼，一起体会海枯石烂、天荒地老，这该是人生多么美丽的事情啊！

真情这种东西，不分民族国籍，总是存在于那些善良而纯净的人心里。我们为他们浪漫的故事感动，为他们纯真的感情举杯。

那晚，小岛安排了民间歌舞表演，我们醉眼蒙眬地前去观看。很简单的乐器，鼓与吉他，很强烈的节奏，很异域的歌声，心就与那节奏澎湃着。一个个皮肤黝黑而又彪悍的男人，张扬着雄性的威猛与豪放，与丰盈柔美的女人，枝条般地摇动身姿。他们表演的是波利尼西亚舞，这是一种生命力与生活态度的倾情表达，很是迷人，坐在台下的我们也随着音乐扭动着身体。波利尼西亚人的歌舞好看又有趣，男性舞蹈简单有力、洒脱阳刚、粗犷奔放，女性舞蹈婀娜多姿、眉目传神、柔情似水。男性舞者踩着鼓点用力踏步，击打身体或是地面，不时像原始人般大声喊叫。女性舞者随着音乐上肢波浪式摆动，腰部臀部时而柔曼时而狂野地扭动，腿部稍微下蹲。整个构成类似蓝天、白云、碧海、绿树的情景，产生一种逍遥自在的感觉。舞者的服饰都来源于大自然，树叶、鲜花、树皮、石头等都可直接做成服装或装饰点缀。

表演自然少不了草裙舞。草裙舞所代表的浓郁的文化背景，表明一个族群对神明的崇拜，对宗教的向往。战争时期跳草裙舞祈祷战争结束，遇到天灾跳草裙舞祈愿平安。草裙舞的表演既热辣奔放又温柔如水，既性感狂野又纯朴笃实。草裙舞赋予生命以力量，赋予肉体以狂放，赋予精神以神游，赋予族群以强壮。它创造心灵和肉体的融合，它寻求时间和空间的美好升华，都是难能可贵的聚合。

在我的审美观中，对于越是接近人类原始状态的粗狂、野性、健壮、赤裸，越是满含深情，就像在西藏面对吐蕃汉子，在内蒙古面对蒙古汉子，有一种说不明白的亲近。除夕夜土著人的歌舞表演，让我兴奋到了极点。

最美好的是在岛上清幽地休憩时光。

岛上热带树木浓绿成荫，无论清晨傍晚，走在海边，海风吹拂着高耸入云的椰林，洁白的沙滩泛着银光，海里奇形怪状的珊瑚礁影影绰绰，色彩斑斓的鱼儿将海水搅得五彩缤纷，到处充满热带海洋的原始美感。

这里的海水很迷人，是那种七彩海水，就像是画家无意间洒了颜料盒，一层层的碧，一道道的彩，依着海底的深浅铺出一条条彩带，随着阳光的强弱变换着绚丽的颜色，幻境般绮丽。

洁净的沙滩细细绵绵，脚踩上去，像海绵般舒坦。

在这里探海，是不需要厚重的潜水装备的。由于海床非常浅，只要走向海里，珊瑚和海鱼就在你的脚下游动，如果还会游泳，就可以在透明的海水中与鱼同游。也可以乘坐五颜六色的独木舟，前往海的深处，在蓝水晶一样的海中悠悠荡荡，忘记时间，忘却烦恼，享受安静而浪漫的度假生活。

入夜的这里，更是奇妙无比。抬眼望向天空，就像坠入了星海。从没有见过星星这么繁密的星空，就像是"小王子"穿行于星际间的旅行，完全被这样深邃而璀璨的星海所吸引。海风微微吹过，树丛轻轻絮语，更像是翱翔在瑶池仙境……那一刻，生命倏忽静止，心醉不知归处。

这个岛是那种第一眼看去平淡无奇，第二天就开始滋生爱意，慢慢就深深陶醉，从而不想离开的地方。这里没有电视，没有很多人，没有职场礼仪，没有刻意应酬，不用周旋于别人的情绪，不用猜测别人的心情，宁静，自然，原始，田园，淳朴，是一个久别的故土，是梦幻中的家园，像是来到了世外桃源……好亲切，好放松，好舒展，好享受。难怪这里被称为"天堂不过如此"的去处，难怪世界首富比尔·盖茨、好莱坞影星米歇尔·菲佛、妮可·基德曼等名流，会选择在斐济度他们的浪漫蜜月。这里是离心最近的地方，可以让自己的心陪伴自己。

人心本该是宁静的,世俗的欲望与喧嚣,使人变得躁动与迷乱。如果能够远离世俗喧嚣,寻一处安静之地,让心有一份安宁,使人的本真回归,那种愉悦是无可比拟的。

在斐济玛纳岛,我体会着这种愉悦。

走在最美地球表面

尽管此行美国的时间足够长，但留给黄石国家公园的时间却很短，只有匆匆的一天。在行走于黄石公园浮岚暖翠、山辉川媚的景色之中时，尤其感到时间的局促。

我是在游览了犹他州的首府盐湖城后，住到杰克逊小镇，次日清晨驱车前往黄石国家公园的。

黄石国家公园，是世界上第一座国家公园，建立于1872年。这片曾经的印第安人圣地，在被美国探险家路易斯与克拉克发现后，就被政府设立为国家公园，并在1978年被列为世界自然遗产。美国一共有62个国家公园，大雾山、大峡谷、落基山、大提顿、奥林匹克……不胜枚举，每一个都有其独特之处。当然，黄石公园是最为人们青睐的公园。国家公园是美国珍贵历史遗产中的一部分，作为国家的公共财产得到严格的管理和保护。美国利用国家公园这种形式，保护着国家的自然、文化和历史遗产,并让世界通过这个视窗,了解美国壮丽的自然风貌和历史财富,以及国家的荣辱盛衰,同时为子孙后代保护着大自然的原生面貌。早在1916年8月25日,美国总统伍德罗·威尔逊就创立了美国国家公园管理局,开始用行政手段管理国家的自然资产。美国前总统富兰克林·罗斯福曾说过,设立国家公园是美国做得非常棒的决定之一。一是将北美的动植物保护了起来,生态得以继续完美地存在;二是能让世界各地的人,见识到如此壮丽的景色。不能不说这些政治人物的高瞻远瞩,使人类与大自然的共生共长得以和谐实现。

黄石公园地处落基山脉,山多林密,水草丰茂,栖息着多种动物,是世界上少有的野生动物园。黑熊、棕熊、麋鹿、野鹿、野羊、狐狸、野牛等,无拘无束地行走于公园深处。有的动物完全把这里当成随心所欲的家园,肆无忌惮地行走在公路旁、旷野上、蒿草里。飞禽走兽自由来去,人一不留神就会与这些珍奇动物擦肩而过。当我坐在黄石河边休憩的时候,一头黑熊带着小熊,正沿着草丛向路边缓缓走动。按照园区规定,人观赏动物需保持60米的距离,对于像黑熊、野牛这样的大型动物,要保持至少100米的距离。而我与黑熊的距离也就三四十米。它们根本不怕人,我行我素地行走在自由而安全的领地。

走进黄石公园，行走在茂密的深林中，远山近峰，就像被碧绿渲染了一般。开阔处，宽宽的黄石河蜿蜒流淌，流过辽阔的原野，河水是那么清澈，看得见河床上的每一块砾石。原野上一片片枯萎的草丛，挺着直直的腰板，在阳光下，金丝般耀眼。大峡谷壁立千仞，鬼斧神工，雕刻出各种神奇姿态。峡谷的瀑布自天而降，烟雾缭绕，气象万千……在黄石公园，每一个瞬间都是惊鸿一瞥。

黄石公园是世界上最大的活火山口，这里的火山岩地质造就了公园地面的五彩斑斓，从远处看去特别漂亮，一种梯田般的层次，形态万千，像一幅绚丽多彩的锦缎。当那些白亮如银与斑斓如虹的地块交织一起时，很难想象地下硫黄质和石灰质亲密渗透，经历高温的液化态势，才漫溢出这样壮丽的奇观，才在岁月的地老天荒中绽放出迷人的色彩。

火山区的地面，架设着一条长长的木栈道，通往不同的火山温泉池边。走在木栈道上，望着远方的蓝天白云和眼前的陆地与温泉，犹如行于彩云之间，有种悠然自得似神如仙的感觉。

最先进入眼帘的是大棱镜温泉，在黄石公园，出镜率最高的就是这座温泉。这座美国最大的温泉，世界第三大温泉，被人尊称为"黄石的眼睛"。那汪深不可测的碧水，以它一尘不染的清澈，深情地凝望着蓝天，好似向天庭送出一份依恋，含情脉脉，情深意绵。这个温泉很深，深达49米，很宽，径直望到对岸有百米之宽。如此巨大的温泉池，本就是稀奇，加之它还拥有不同凡俗的亮丽之姿。站在木栈道上俯瞰温泉，蓝莹莹的泉水深不见底，弥漫池面的水雾随风浮动，轻纱一般，泉水从池子里轻轻溢出，柔柔缓缓地漫过池畔，流向四周的低处。泉水中丰富的矿物质把水池周围砌出一层层纵横交错的纹理，渲染出一片片浓艳欲滴的色彩，水面倒映着蓝天白云，仿佛是上苍遗落在人间的颜料盘。由温泉中心向外，依次呈现蓝、绿、黄、橙、红多种色彩，宛若巨大棱镜折射出的阳光倾泻而成，就像一个镶着金边的祖母绿宝石戒指，艳丽珍贵而壮观。这种奇妙色彩的产生，有赖于富含矿物质的温泉中水藻与有色菌类滋生繁茂，而泉水在光的作用下呈现蓝色，则是温泉中心的高温使微生物不能生存所致。

望着这被渲染出的一片片艳丽色彩，才知道"地球最美丽的表面"真是名不虚传。

老忠实间歇泉毗邻大棱镜温泉，从木栈道上走过去只需七八分钟。

黄石公园有超过10000个温泉和300多个间歇泉，但老忠实间歇泉却独占鳌头，名气最大。当我第一次听朋友说到

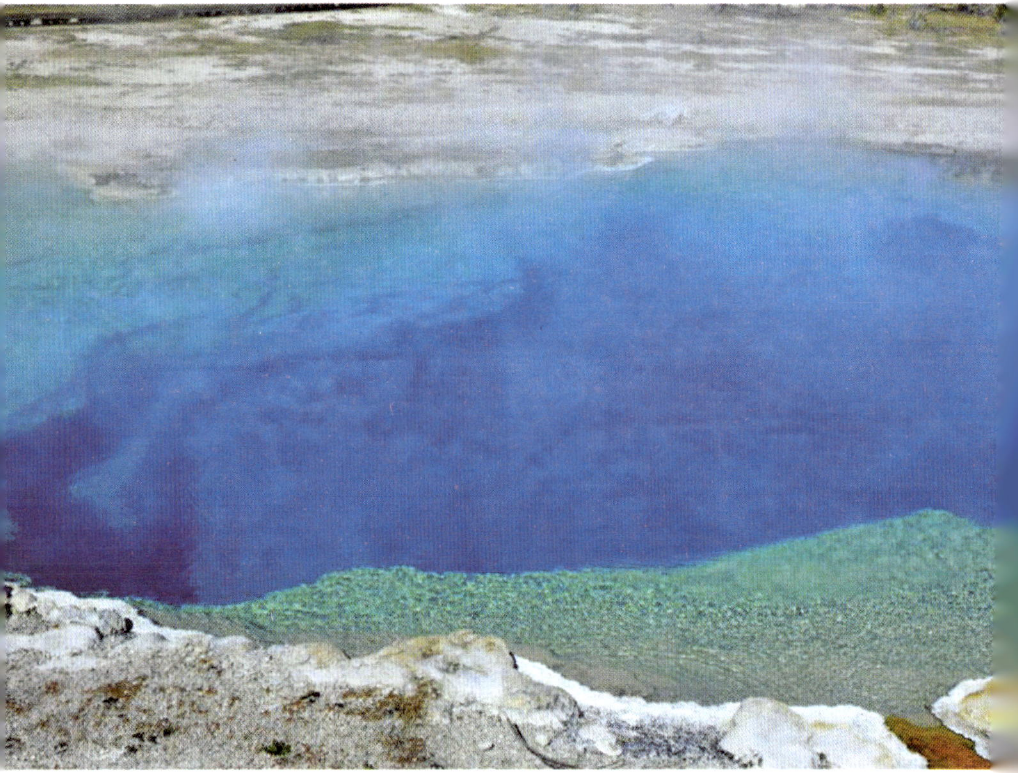

老忠实这个名称时，觉得很土气，这似乎不像英语国家遣词造句的讲究。但仔细想来，忠实本来就是一种朴实，一种品质，不需要任何的美饰，它本身就自带一种美丽的高贵。

这座喷泉得名于它有规律的喷发时间，自打1870年夏日的那天，一个叫沃什布恩的人来到这里发现这个间歇泉，至今已有150年，它每间隔一个小时左右就会喷发一次，喷出的水柱高达四五十米，从不曾叫人失望过。这种持续不断的坚持，也实在难得，这也表明地壳的运行也是在规律中呈现出品格，并以这种品格启发着生存在它躯体上的芸芸众生。

老忠实泉附近有一家宾馆，虽说简陋，却干净而有意思，每次温泉喷发过后，宾馆服务人员都会把下一次温泉喷发时间的牌子，挂在门廊最显眼的地方。这自然不能带来订房率，但确实给游客带来极大的方便。望着这预计时间的木牌，心里生发出几丝温暖。来到老忠实喷泉的时候，正是它的间歇时间，要看到它喷薄而起的壮丽，需要再等半个小时。

在酒店门廊前站了不久，就听见老忠实泉眼开始发出"咕嘟咕嘟"低沉的吼叫声，隆隆的声响震动耳鼓。这声音刺激着身边游人兴奋的神经，人们都探出头，聚精会神地望着那正在苏醒的泉眼。泉眼先是冒出一股股洁白的水汽，忽高忽低，袅袅娜娜，像是怕惊扰了周边欣赏它的观众。紧接着，在轰隆的鸣响中，一股巨大的水柱喷涌而出，如同火箭射向苍茫的高空，又似脱了缰的野马，毫无顾忌，倏忽之间就喷射到四五十米的空中，把憋屈太久的巨大能量，又一次肆无忌惮地释放。一根如云如雾的白色水柱四周，高温的地下水发散出的水蒸气，在阳光的映照下幻化出一道七色彩虹，色彩缤纷，奇幻瑰丽。奇特的水柱落而复起，不断冲向空中，让人振奋不已。挤在栈道上和坐在宾馆前的游客们，在这奇观前指指点点，赞美不已，为它的神奇壮丽欢呼。过了四五分钟时间，喷泉的强劲冲动开始减弱，渐渐降低了高矗的身躯，慢慢恢复了平静，成了一帘白帆样的水柱，幽幽淡淡，如烟似雾。

从老忠实喷泉望向远方，多处雾气缭绕，周边的喷泉达几十处之多，它们带着地球深处的积淀，向蓝天喷吐着激情，人行其间，犹入仙境一般。

顺着木栈道，来到了黄石湖边的西拇指间歇泉。所谓西拇指是黄石湖西边类似大拇指形状的一片水域，这里分布着大大小小的彩池，也被称为西拇指间歇泉盆地。西拇指间歇泉盆地紧邻黄石湖边，15万年前因地壳陷落而形成，在热喷泉与湖水的混合中，出现了一种烟雾弥漫的奇妙景观。当我走到西拇指间歇泉边，立即被眼前的景色惊呆了——远望，蓝天碧水，冰川雪山，一幅磅礴大气的壮丽画卷；近看，云蒸霞蔚，色彩缤纷，如同观赏瑶池玉液的仙境一般。大自然鬼斧神工的神奇造化，叫人惊叹不已。

　　这个区域是黄石湖的湖湾，许多间歇泉聚集此处，形成多种颜色的水池。望着这些瑰丽而诡秘的间歇泉，人不由得生发出种种美丽的幻想。

　　深渊池是这里水最深的水池，也最美丽。一汪翡翠蓝，游泳池一样清澈，镜面一样平静，向下望去，深邃而望不到底，人就像潜入了蔚蓝的无底深渊，没有尽头，神秘莫测。黑池与深渊池的平静不同，池面蒸腾着热气，娉娉婷婷地缭绕，水也极度透明，绿宝石一样迷人，池中嶙峋的地貌，在绿莹莹的水中透出一丝恐怖。还有的水池多个圆形相交，蓝色居中一片，周边橘红、褐色镶嵌，很有点大棱镜的韵味。有几处间歇泉比牛奶还白，四边是灰白的池堤，完全是一种死亡的色调。也有一些间歇泉看上去很浅，颜色呈宝蓝、墨绿、橘红。整个小盆地看过去倒像是开着鲜花的荒野。

　　沿着黄石湖岸边漫步，热泉流进湖中留下的硫黄色铺满地面，为这蔚蓝的湖面镶上了美丽的花边。湖水清澈见底，但在这清澈平静的湖水下面，却隐藏着滚烫的不时喷涌的泉水。岸边很平缓，但岸边偶尔堆起的每一个小椎体，都可能是致命的高温陷阱。

　　黄石湖湖面很大，远水含山，烟波浩渺，静如处子，一片沉静安详之美。但这看似平静的湖面下面，竟然是巨大的活火山口，它已经休眠了几个世纪，只是不知道它还将沉睡一千年，还是苏醒在明天。活在世上的人们，其实随时都处于某种危险之中，只是不知道那危险将爆发在哪一时段。但人们总不能因为潜在的危险，就远离美丽的世界，而龟缩于蓬门荜户。

　　坐在湖边的木椅上，面对着翡翠般的湖面，银白色的雪山，放空自己，不去思想，似乎世界就只有自然，只有眼前的湖面雪山。人就像是蓝天的一朵白云，就像是湖水中的一股清泉，整个地融了进去，随着蓝天舒展，随着湖水坦然，如同进入了美妙的梦境，沉浸，陶醉，迷幻，完全不觉得雪山带来的寒冷。时间匆匆而过……不知过了多久，如果不是随行的朋友提醒，我也许会一直坐到太阳落山。

风雪弥漫少女峰

上午,从苏黎世乘车前往少女峰,一路上随处停车观光,到了因特拉肯小镇已是傍晚。匆匆赶到车站,乘火车前往少女峰腹地的文根小镇。

文根是离少女峰最近的小镇,坐落在少女峰的山坳里。到了文根车站,天已经很黑,大约9点光景。办理了酒店入住,约着同行的朋友去逛小镇。小镇不大,一条主街,百十米长,商铺分列主街两旁。纯朴的老屋多以木板制造,古朴自然,随山势错落有致,宁静美丽。刚刚落了雪,眼到之处一脉的白。脚踏在雪上的吱吱响声,使静寂的夜空显得尤为宁静。远处或白或黑,大都是黛青的朦胧。没有人影,没有夜宵摊点,极少灯光,寒凉顺着衣领灌进前胸后背,和在山下的温度天差地别,悻悻然无趣,便都回宾馆休息。

次日早起,走到户外,阴晴相间,寒风冽冽,空气清新。

小镇异常静谧安详，走在雪地木屋街道，从小镇向下俯瞰，断崖下的山谷仿佛童话世界，星星点点的木屋散落山间，白雪皑皑，炊烟袅袅。瑞士的小镇个个如诗如画，文根也不例外，四周群山环绕，白雪与冰河相映，蓝天与山脊倾情拥抱，油画般的美景，深印脑海，令人难忘。像所有的欧洲小镇，镇再小都有教堂，教堂是小镇的精神家园。文根的教堂不大，很精美。小镇貌似拙朴的中世纪木屋，已成为隐藏雪峰间的精美酒店和富豪们的隐居之地。抬头仰望上方，感到极大惊喜，少女峰俊俏挺拔，秀丽的山峰分外迷人，一袭白衣，仿若一位恬静、温婉、圣洁的天使，轮廓分明地耸立在蓝天之下，清晰地显露着清纯的芳容。

少女峰本就不是阿尔卑斯山脉的最高峰，它的高度既不能与阿尔卑斯山脉的最高峰勃朗峰相比，也屈就在马特洪峰、杜富尔峰、多姆峰、魏斯峰之下，但它却是阿尔卑斯山脉最为有名的山峰，是世界各地游客心驰神往的地方。

关于少女峰，瑞士人喜欢告诉游人一个古老的故事：传说美丽的天使被仙境般的凡间吸引，飘然来到一座绮丽的山谷，欣然而居，并为山谷镶嵌了银光闪烁的珠链，铺上了无尽的鲜花和森林。自此，这座山峰充满了美的活力和梦幻。从山脚到山顶，一山之内景观截然不同。山顶白雪纷纷，雪雾弥空，一派冰雪世界的奇观。山腰以下，却是山花烂漫，一望无尽的茵茵绿草……天使对这座山许愿说:"从现在起,人们都会来到你的面前,亲近你,赞美你,并爱上你。"

这座让天使心醉的山就是少女峰。天使的愿望早已实现,少女峰已经成为每个来瑞士旅行的人都不会错过的地方。

继续从文根站乘火车,经克莱纳谢德格站到少女峰站,半个小时的车程。与从因特拉肯乘坐的火车一样,依然是高山齿轨火车。受陡峭险峻的地质环境所限,列车只有三节车厢。少女峰齿轨铁路不同于普通的铁路,是有着三条铁轨的窄轨轨道,在一米宽轨距的窄轨间,多了一条齿轮轨道,通过与机车引擎连接的齿轮咬合轨道中央的齿轨,防止因冰雪阻隔而滑轨,保证火车安全攀爬雪山。少女峰齿轨火车,又叫云霄火车,因它的终点在海拔3454米的少女峰车站而得名。少女峰火车站,迄今已有百余年历史,是目前全欧洲海拔最高的火车站,享有"欧洲之巅"的美誉。在一百多年的岁月中,它一直是世界上海拔最高的火车站,雄立在欧洲屋脊的阿尔卑斯山脉,直到2006年7月1日,海拔3600米的拉萨火车站建成运营后,它的百年骄傲就只能屈居第二了。

这段铁路工程的设计建造者是瑞士铁道工程师阿道尔·古耶·泽勒,他是著名的铁道工程师,也是瑞士铁路的先驱者之一。这条齿轨铁路的修筑始于1896年,1912年通车投入运行,施工工期长达 16 年之久。由于铁路处于高海拔地区，恶劣的地质与气候条件，陡峭的花岗岩山体，以及当时尚不发达的施工技术，尤其是四分之三左右的隧道是在艾格尔峰腹地亿万年冰河河床下的岩体内挖掘施工，隧道异常狭窄，岩石异常坚硬，全靠人工一锤锤凿出。这样巨大的工程量，这样险恶的工作条件，即便放到今天，施工之艰难也难以想象。

这位开世界先河的阿道尔·古耶·泽勒先生，1839 年 5 月 1 日生于瑞士的巴雷特斯维尔小镇，父亲离世后，还在苏黎世瑞士联邦理工学院读书的他，接手了父亲留下的纺织厂和纺织品贸易生意。不久，他开始关注当时正在蓬勃发展的瑞士铁路建设，并很快成为瑞士东北铁路的负责人。

机缘巧合，1894 年的一天，他与朋友来到少女峰游览，时年 55 岁的阿道尔·古耶·泽勒突发灵感，决定修建少女峰铁路。在联邦议会通过后，他开始了艰难的准备工作。为了筹措建设少女峰铁路的资金，资助少女峰铁路工程的正常进行，他创立了瑞士私人银行吉尔泽勒银行，以保证有通畅的融资渠道。这家银行始终运营良好，直到 110 年后的 2004 年，被汇丰银行全资收购。1899 年 4 月 3 日，享年 59 岁的阿道尔·古耶·泽勒心脏病发作，在苏黎世去世。阿道尔·古耶·泽勒去世后，少女峰铁路的建设工程由他的后任接着进行。艰苦卓绝的 16 年建设，终于在 1912 年，用隧道及齿轨铁路连接的少女峰铁路工程建设完成，投入正常运行。

少女峰铁路工程的完工，创造了当时世界铁路工程的奇迹，创建了多个世界之"最"：少女峰车站是世界上海拔最高的火车站；齿轨铁路是世界上海拔最高的铁路工程，是世界上地质条件和施工条件最恶劣的铁路工程，是世界上运行路线最陡峭的山地铁路；等等。

尽管历时 16 年之久，经过不可胜数的艰难险阻，但这条铁路的最终建成，却成为人类文明在征服自然的过程中，表现出的坚忍与智慧的巨大硕果。

人类对山巅的敬畏是永恒而神圣的感情，能够近距离地亲近它，源自内心一种强烈的渴望。攀登并不仅仅是征服，而是敬畏中的崇敬，陶醉中的抒怀。曾经有多少名人因少女峰高崇险峻寒冷，面对奇丽的山峰望而却步。在欧洲文学景观中，少女峰拥有一席之地，歌德、拜伦、雪莱等诗人都因路途险峻而无缘登临，情之所系，只能留下望之弥高的仰望诗篇。那时，人们观赏少女峰大多止于因特拉肯，与少女峰那或云蒸霞蔚或云纱半掩的温婉景象遥遥相望。英国诗人拜伦来到少女峰脚下的因特拉肯，凝望着峰峦叠嶂的云端之境感叹道："这真是一个仙境。"年轻的朱自清当年来到因特拉肯，望着俊俏袅娜的少女峰这样说："起初以为有些好风景而已；

到了那里，才知无处不是好风景。"他们一定都因为没能走进少女峰，没能在那圣洁的峰巅抒发情感而满怀遗憾。

正是阿道尔·古耶·泽勒建造的齿轨铁路的通车，曾经高不可攀的少女峰，才能让每一个爱着它的人都能够亲切感知。

齿轨列车带着齿轨咬合钢铁的摩擦声，直接深入隧道，不疾不徐地穿行在亿万年历史沉积的冰川岩体中，幽闭与黑暗瞬间冲进车厢，成为这段7千米长的隧道中的真实陪伴。这条花岗岩内的冰山隧道虽然只有短短的7千米，坡度却达到25%，这意味着每前进十米就要攀高一米，可想而知，火车在这样的峭壁中的攀爬该是何其不易。列车在海拔2865米的艾格尔旺德站和3160米的艾思美站有五分钟的短暂停留，可以下车体验幽闭、狭窄又光明的荒凉，可以细致观览裸露的古老岩壁，可以触摸百余年前开凿掘进的艰辛。站在粗粝坚硬的石壁前，想象着亿万年前的这里，本该是一片波涛涌动的汪洋大海，如今却成为倾竖褶皱的山川峭壁。如今我们泅过历史的沧桑，就将登上地球拱起的一段脊梁，就好像穿行于时光隧道中，亿万年的时光也只是转瞬之间。

齿轨火车的终点是少女峰站，坐落于海拔3454米处。下车出站，穿过一扇蓝色旋转门，走过一段蓝色阶梯，一路向前，

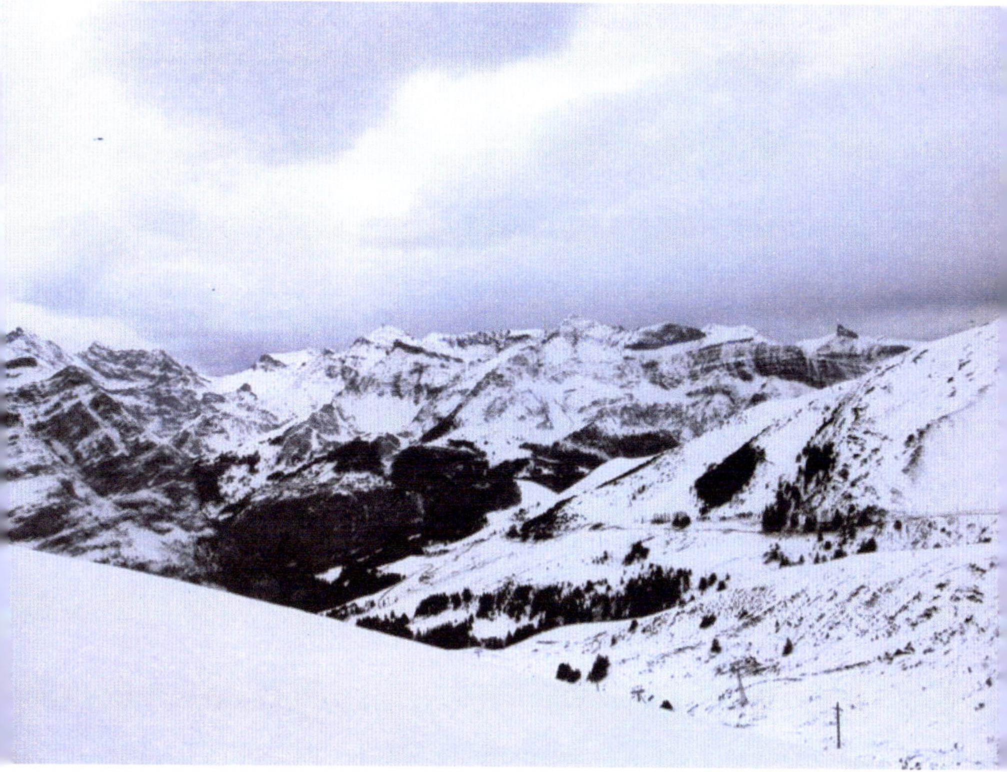

便来到闻名遐迩的冰宫。冰宫建造于20世纪30年代，处于阿莱奇冰川下30米处的冰层中，是用冰镐和冰锯小心翼翼地抠凿而成。冰宫岩洞覆盖面积有千余平方米，拥有许多的小岩洞和通道，曲径通幽。头顶的冰川圆拱，身边的晶莹冰壁，洁净无瑕，通透如玉，泛着幽幽淡淡的蓝光，人行其间，好似行走在神秘奇妙的蓝洞。走进一个稍大的空间，如同进入一座晶莹剔透的水晶宫，熊、鹰、企鹅等动物冰雕，活灵活现，晶莹剔透，闪烁着蓝色的微光，默默诉说着亿万年的冰川历史。

乘上电梯，感到心往下坠，110米的垂直高度，25秒钟即可抵达，这大约是海拔最高的地方速度最快的升降机吧。站在斯芬克斯这座欧洲最高的观景台上，感受着3571米的海拔带来的心悸，体验着寒风吹透衣衫的寒凉。尽管周边弥漫着轻微的雾气，但挡不住清新的冰雪世界映入眼帘，满眼澎湃着柔软冰洁的雪峰雪野。而那山间飘浮的云雾，仿佛别有一种气度，让人平添几分神闲气定，几分心境开朗。在这里，可以360度观赏阿尔卑斯山脉的雪域群峰，举目远眺，数十座海拔3000米以上的高原雪峰威武雄壮，千里纵横，万里苍茫。

少女峰所处的伯尔尼高地高高隆起，艾格峰、僧侣峰、少女峰三座高峰构成阿尔卑斯高地北部最为璀璨的明珠，连成一片壮丽的冰雪世界，气势磅礴，举世闻名。眼前，欧洲最大的阿莱奇冰川苍茫可见。这条欧洲最长最大的冰川，面积达171平方千米，主体部分长24千米，宽1.6千米，冰层厚度达900多米，沿着铺满厚厚白雪的河床，像一条凝冻堆砌的银白巨浪，在起伏的雪峰簇拥下，从艾格峰和僧侣峰的深处磅礴而出，涌向远在天际的罗纳河谷地，气吞山河，蔚为壮观。这就是被联合国教科文组织列为世界自然遗产的"欧洲之巅"的雪域群峰景观。

然而随着全球气候变暖，壮丽的阿莱奇冰川每年都在缓慢地消融。2016年8月，阿莱奇冰川管理中心负责人马里奥·盖尔钦说过一句让世界震惊的话：参照过去20年阿尔卑斯山区的气候变化条件推算，未来阿莱奇冰川的消融速度会越来越快，预计21世纪末该冰川将消失。这确实是让人悲伤的预言！毫无节制地掠夺、挥霍和摧毁大自然的人类，最终大约也只能是在冰川消融后的海洋里苟延残喘吧！

站在阿尔卑斯山间的欧洲之巅，在冰雪世界里观赏着雪峰冰川，全然不顾冰雪与寒冷，绕着斯芬克斯观景台一圈圈地行走，迟迟舍不得离开。无论是填满眼瞳的雪天一体，还是偶尔露出的一块峭岩，无论是峻峭伟岸的座座山峰，还是雪野茫茫的一望无边，我陶醉于冰雪的每一根曲线，我迷恋着岩石的每一寸肌理，这少女就这样与世无争地静静地立在那里，神思却飘向了那辽远的天宇海滨。亿万年的坚守静立，亿万年与冰雪的苦恋，从不曾想过获得，从不曾想过逃逸，只是默默地守候在这个白色的世界，用一种执着的梦幻，俯视地老天荒，笑看花开花谢。

在我用心体会少女峰的时候，心变得很静，茫茫雪白世界好像就只有我一个人，仿佛我也成了大自然的一部分，进入一种美妙的梦境，融化在雄伟峰峦的云中之地。曾经有人说：有一种宁静就像时间凝固的感觉。此刻的我就在这凝固中而浑然不知。

忽然一阵大风刮来，吹起漫天雪花，吹得人摇摇摆摆，眼前瞬间被扬起的雪糁迷住，曾经隐隐可见的雪域高峰，都模糊在一片漫天搅动的雪雾中。本还等待着丽日晴空，想在蓝天白云下一睹少女峰更为靓丽的芳容，不承想被这阵昏天暗地的风雪搅得慌张退去，躲进火车站旁的咖啡厅。

在咖啡的陪伴下在室内等了四五十分钟，风依然没有停歇的迹象，从窗户望去，依然是风雪弥漫，漫天皆白，人不免有些焦虑。导游说，登少女峰真的很需要运气，能赶上峰顶好的天气不是易事。山里天气变化大，我们此行还算幸运，虽然没有晴空丽日，但总还能清楚地看到阿尔卑斯山脉的美丽山峰，曾有游客登少女峰几次，都不曾等到蓝天白云。

赶火车时间紧迫，不能再继续等下去。乘着齿轨小火车蜿蜒下山，少女峰渐行渐远……挥不去的少女峰情愫，解不开的冰雪心结。

别了，少女峰！

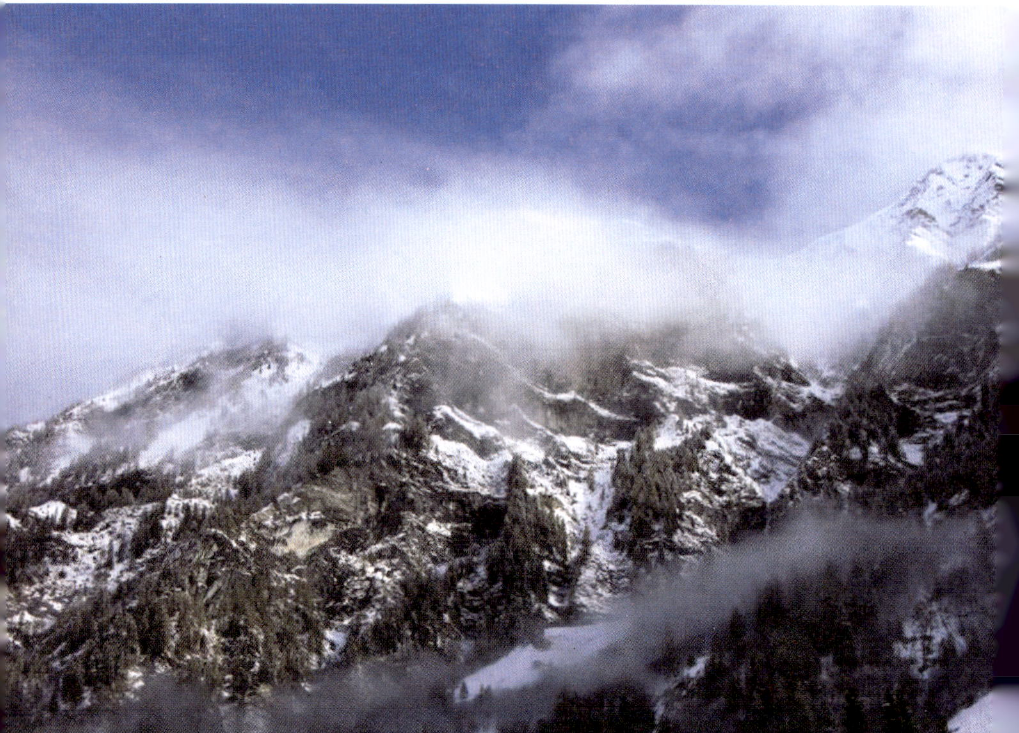

后记

曾经因为工作和喜欢旅行，在过去的20多年里走访了30多个国家和地区，这应该说是一种难得的幸运。

这得益于我供职的企业和那些与我心心相印的朋友。我曾经供职的陕西伟志集团股份有限公司，是一个有着做百年企业的美丽梦想，有着学习现代管理的开放心态，有着对不同文化的好奇和包容的企业，这就使我有了很多出国考察学习的机会。而在学习考察之余，徜徉于不同文化海洋里畅想，呼吸不同文明古老而新鲜的空气，是一种奇异、舒畅而厚重的陶醉。我的朋友们也是一群拥有着有趣的灵魂，对不同文明饶有兴趣，对不同风俗充满好奇的人。他们用可贵的假期与我结伴同行，弥补了我向往而因公无法前往某些国度的遗憾。那些旅程充满了浓郁的友情和爽心的乐趣，构成了生命中美丽的画卷，沉淀成人生难忘的记忆。

正是有着这样的机缘,这些年才行走了那么多去处,才使我以更大的热情阅读不同国家的历史,了解不同国家的文化,因而才有了今天这本书。对于我曾供职的企业,对于我的朋友们,我的心里一直充溢着"中心藏之,何日忘之"的感激之情。

记得第一次走出国门,是1997年的初秋,我随陕西省经贸代表团出行欧洲,布展在法兰克福。当在法兰克福国际机场出港的时候,恢宏壮观的建筑让我惊诧不已,自觉眼睛不够用,总是看不够,就像刘姥姥进了大观园。展览之余,非工作人员是有着一定闲暇时间的,我与同行的向炳伟先生商量在德国境内转转。我们找了在德国留学的陕西学生,开始了德国之旅。

我的学生时代在"停课闹革命"中度过,受教育于封闭的体制中,在坐井观天中自得其乐,对世界文化孤陋寡闻。在游走柏林勃兰登堡门、科隆大教堂、海德堡城堡、巴伐利亚新天鹅堡时,那种知识的贫乏、文化的困窘,极其伤害自尊。行走在德意志大地的那些天,我就像一个无知的文盲,既不懂外语,无法与人交流,又不懂欧洲历史文明,在一个完全陌生的世界里四顾茫茫。

第一次出国的无地自容,使我每次走出国门的时候,都会找来属地国的历史阅读,为了避免再度尴尬与自卑。这种快餐式的填充，成为此后行游的灵丹妙药，作为旅人的我，就成了似懂非懂的南郭先生，在异国他乡的历史文化、山川湖海中滥竽充数。

人一旦对异域文化、风光产生兴趣，就会有很亢奋的欲念，就想去了解不同文明的内蕴，行游就成了一种生活。在西班牙巴塞罗那，我遇到一个台湾女子，不到40岁，曾是一家世界500强企业大中华区的人力资源总监（HRD），应该说她有一份令人羡慕的工作。但行游世界的渴望与企业规范要求的矛盾，使她难以不受拘束地去她想去的地方。在游览巴塞罗那后，她喜欢上了这个城市，就辞了HRD这样位高权重的职位，落脚在巴塞罗那，在一个不大的公司里供职。她告诉我，为了行走世界，她做了充分准备，她自身懂英语，又先后进修了法语、德语、西班牙语、意大利语，同时研读世界史。她的目标是要去100个国家。我们见面的时候，她已经去了50个国家。她在巴塞罗那选择职业的最重要条件，就是每年要集中休30天假期，使她能够自由安排行走世界的旅程。我羡慕她，也好奇，便问：你这样行走的意义是什么呢？她略一思考说：阅读世界。她的话让我想明白了一个道理：阅读是心灵的行走，而行走是更为深刻的阅读，行走着的人生才叫人生。

其实，我们每个人的内心都藏着一颗不安宁的灵魂，都期盼在陌生的路径上探索未知，灵魂和身体同行在路上，是一种妙不可言的愉悦。只是我们还不曾活得那样洒脱率性。这是人生的遗憾。

旅行这种事情，每个旅者的视角都是感性的，凭借的是感觉，是内心与旅行地的互动融通，是心灵与景观的共通默契，是情感与文化的呼应渗透。一种带有感情色彩的感觉，不是用去多少次、待多久衡量的。有的国度，曾经去过五六次，但引起内心情感震颤的东西不多，文字记录的自然也少。而有的地方去了一次，就想浓墨重彩地记录眼中所见、心中所想，就想有机会再去。这就是感觉，是内心产生共鸣的情感所致。

因为曾经做地产十数年，行游中对建筑就有着别样的兴趣，在书中的有些篇章就有许多对建筑的解读，这也是职业考察过程中的职业积累。建筑是凝固的音乐，是文化的立体表现形式，是民族文明的载体，从建筑上看一个民族的历史文化，看文明演绎，是很有趣的一件事。只是域外的人们对古老建筑的尊重，对文明演绎过程中遗留的敬畏，是我们所不及的。

多年来，每每行走一地，随手记录所见所闻所思，数百字者居多，归来闲暇时再品味旅程，完善文字，走过的景观再次重现脑海，似乎重走了旅程，是一件很快乐的事，也养成了习惯。但做这件事要及时。我前些年行走埃及、以色列、土耳其和欧洲一些国家的随手所记，都因当时忙于工作，没能及时整理，如今闲暇想要整理时，却已不知去向。数日翻箱倒柜，查遍电脑、优盘，找得人心烦气躁，依然一无所获，留下了追悔莫及的自责。这是痛心疾首的教训。记录旅途感觉这种事，是懒惰不得的，懒惰往往就意味着失去。生活中的许多事情概莫能外，稍微地疏忽拖延懒惰，都会使似乎手拿把掐的东西销声匿迹，只能站在懊悔的岸边泣下沾襟。

虽说世界再大，无远弗届，可一个人即便有足够的时间精力涉足不同文明的河流，也终还有奇美绝伦的地方不可企及，更何况我们不具备那个台湾女子的胆魄。这难免让人心中充满无尽的憧憬和惆怅。

但人只要有行走的梦想，就会一直在路上。只要行走，就会看见不一样的世界。

路上的风景，美丽无限……

2024 年 1 月 16 日于玄默居